澄澈

偷马头 著

上 册

青岛出版集团 | 青岛出版社

图书在版编目（CIP）数据

澄澈 / 偷马头著. -- 青岛 ：青岛出版社，2024.
ISBN 978-7-5736-2504-5

Ⅰ. I247.5

中国国家版本馆CIP数据核字第2024U6L966号

CHENGCHE

书　　名	澄澈
作　　者	偷马头
出版发行	青岛出版社（青岛市崂山区海尔路182号）
本社网址	http://www.qdpub.com
邮购电话	18613853563
责任编辑	方泽平
特约编辑	崔　悦
校　　对	郭金乔
装帧设计	蒋　晴
照　　排	梁　霞
印　　刷	三河市良远印务有限公司
出版日期	2024年9月第1版　2024年9月第1次印刷
开　　本	32开（880mm×1230mm）
印　　张	15
字　　数	349千
书　　号	ISBN 978-7-5736-2504-5
定　　价	65.00元(全2册)

编校印装质量、盗版监督服务电话 4006532017　0532-68068050

目录

上册

第 一 章	迟到的男人	1
第 二 章	结婚吗？	21
第 三 章	烟 吻	41
第 四 章	正面交锋	59
第 五 章	恋 综	78
第 六 章	危机感	99
第 七 章	亲我一下	124
第 八 章	她没说	148
第 九 章	霍修，来接我	171
第 十 章	没 用	194
第十一章	她于他是山	218

目录

下册

第十二章	我才是她的丈夫	237
第十三章	爱是克制	256
第十四章	暴雨中的屋檐	273
第十五章	生气也可爱	292
第十六章	普通朋友	310
第十七章	正人君子	331
第十八章	你准备怎么哄我	352
第十九章	看他那副不值钱的样子	368
第二十章	他的心	387
第二十一章	我不喜欢你了	403
第二十二章	他终于爱上一个人	419
番 外 一	"鲸鱼"	445
番 外 二	女主茶话会	453
出版番外	爱情结晶	463

第一章

迟到的男人

"你不觉得吗?相亲这事儿就是封建糟粕——包办婚姻遗留下来的遮羞布。"怀澈澈一想起昨天她爸那副吹胡子瞪眼的嘴脸,就被气得连坐都坐不下来,踩着跟高足足十厘米的黑色长筒靴,在包间里来回跺着脚。

"你想想,两个互不认识的男女,吃顿饭,看场电影,就谈婚论嫁了,这合理吗?我只看了对方的一张照片而已。我还以为我爸再昏头也不至于这样摧残我,没想到他和那些庸俗的老男人一点儿区别也没有!"怀澈澈越说越激动,"我才二十五岁,二十五岁啊!他昨天把我说的就像我五十二岁了一样,好像我再不结婚立刻就会老死街头,要烂出骨头来了才会有人给我收尸!"

"好了,姑奶奶啊,这有什么好气的?要我说啊,不就是让你同对方见一面吗?又不是让你们立刻领结婚证,你就当去吃顿饭呗。砚亭楼可不是天天能去的地方,你去蹭顿饭不亏。"电话那边的唐瑶笑着安慰怀澈澈。

砚亭楼算是庆城顶尖的粤菜馆。所谓"顶尖",不只体现在砚亭楼的菜品那地道的本帮菜的味道,自然在方方面面都有所体现。从排到明年的超长预约排期,到极其考究的装潢,都好像在证明砚亭楼名不虚传。

此时在砚亭楼中愤愤地踱着步的怀澈澈,每踩下去一脚,都能感觉到脚下绵软的纯羊毛地毯稳稳地接住那股带着怨气的力道。她握着手机,在窗边站定,侧过头,透过落地窗向外看去。春寒料峭,对面走廊上穿着单薄的旗袍的服务员袅袅娜娜地走过,身影被近处错落有致的竹林半遮半掩,如云影飘忽。

怀澈澈不以为然地"喊"了一声:"菜还不知道怎么样呢,没准是'金玉其外,败絮其中'。"

"那我可以先担保,只要你吃得下粤菜,那砚亭楼的菜就是顶尖的。你也就是前几年不在国内,没赶上砚亭楼刚开业那阵儿,没看到那个场面……"唐瑶笑着说,"不过你们约的是几点啊?现在快六点了,也该吃晚饭了吧。"

"我们约的就是六点啊。"怀澈澈被一提醒,回头瞥了一眼房间一角摆着的古香古色的实木座钟,目光便落在座钟的表盘上,再不移动。她喃喃地道:"还剩三十秒、二十九秒……"

唐瑶愣了一下:"不好意思,我问一下,你是在读秒吗?"

"对啊!"怀澈澈说得相当理直气壮,"第一次见面就迟到的男人,有什么用!"

唐瑶:"……"

细长的镂空秒针以永远稳定的节奏越过表盘正上方。怀澈澈已经拿着自己的小手包,从房间的衣架上把自己的外套扯下来披到肩上,大步流星地往外走去。

霍修开车到砚亭楼停车场的时候，看了一眼时间——下午五点五十七分。他拎起放在副驾驶位上的外套下了车，却听车的另一头儿传来"哐"的一声，随后便是玻璃落地的凌乱的声响。

脚步一顿，霍修就看到旁边的那辆车慌乱地打起双闪，车往前驶了两步，停下了。两个估计刚二十岁出头的青年从车上迅速地下来，大概是看见了霍修的车被撞的那一侧的惨状，脸上的表情僵住了。

其中一个青年连连向霍修道歉："对不起、对不起！我刚拿到驾照，倒车还不是很熟练。这个情况，肯定是我全责。您想怎么赔偿，我都可以接受！"

刚才那么结结实实的一声，霍修不用绕过去看，大概也能猜得到，自己的车的后视镜应该已经碎了一地，今晚自己得坐别人的车走了。但来不及处理，他先看了一眼时间，便直截了当地道："不用了，我赶时间，你们下次小心一点儿。"

他上了离自己最近的电梯，从地下二层上到一层，迎上迎宾小姐礼貌的笑容，报上包间名："砚竹轩。"

"霍先生是吗？请这边来。"迎宾小姐穿着和传菜员们同款不同色的旗袍，一身樱粉，尽显娇嫩。

两个人一前一后，没走多远，迎面来了几个客人模样的人。对方见到迎宾小姐，神色一松："你们这儿怎么出去啊，我是按原路出去吗？"

"可以的！"迎宾小姐礼貌地停下脚步，向顾客解释说，"您原路出去是正门，另一边是后门。您无论走哪边，都是可以出去的。"

霍修侧睇看了一眼落地窗外郁郁葱葱的竹林，礼貌地朝迎宾小姐点点头："那就不用麻烦你带路了，我自己过去就可以，谢谢。"

没走几步，霍修抬眸便看到"砚竹轩"三个字。字风飘逸，如行云流水。大概是为了把古色古香的原则贯彻到底，砚亭楼的门并没有设门吸，不会自动闭合。霍修走到包间虚掩着的门前，抬手敲门，门便直接被敲开了。

空气中残留着女孩子馥郁迷人的香水味，但暖意融融的包间里空无一人。主桌上是空的，她没点菜。她应该是拿过侍者为她泡的茶随便抿了一口，杯沿上有一个小小的红印。这个茶杯此刻正被当作镇纸，压在茶桌上的一张小字条上。

霍修走过去，拿起字条看了一眼。上面的字带着一股龙飞凤舞的味道，乍一看有点儿像是他以前爱练的字体类型，但仔细一看，还是能从撇捺勾折中看出一点儿柔软感。

"霍先生，你迟到了。我比较喜欢有时间观念的男人，所以觉得我们不太合适。很抱歉，我就先走了，祝你晚餐愉快。"

霍修以一只手拿着怀澈澈留下的白纸黑字，另一只手拿出手机。他看了一眼手机，就见时间正好从六点零一跳到了六点零二。

站在空荡荡的包间里，霍修还没来得及去感到无奈，抬眸看向窗外，眼神忽然定住。他好像想到了什么，笑起来的瞬间已然没了情绪。他打了个电话出去："王瑞，把今天在所里的人都带到砚亭楼来吧。嗯，我请你们吃顿好的。"

王瑞是霍修的助理，比霍修小上两岁，从研究生毕业就一直待在霍修的身边。虽然是上下级的关系，但更确切来说，两个人已经是密不可分的合作伙伴。

王瑞刚回到律师事务所就接到霍修的电话，本来还想多问一句"你不是去相亲吗"，但一想那可是砚亭楼，就直接带着一帮人兴高采烈地下楼开车去了。

一帮"蝗虫"来得飞快,霍修看着他们鱼贯而入,大方地将目光从门口移到一旁的茶桌上:"想吃什么菜,你们自己去点。"

"天啊,真的吗?!"

"今天在砚亭楼畅吃?老大,你简直是菩萨转世!"

"蝗虫"们立刻积极响应,都围到茶桌旁。倒是王瑞看出了端倪。他先到旁边准备倒两杯茶边喝边聊,便看见桌上已经有一杯茶,想着手底下这帮人真是越来越懂眼色,就先把茶杯递给了霍修:"你不是来相亲的吗?那个女孩子呢?怎么今晚变成团建了?"

"我迟到了,"霍修接过茶杯抿了一口,眉头舒展,"所以她被我气跑了。"

"啊?"王瑞愣了一下,不太能接受这个说法,"今天你迟到那不是因为……"说到一半儿,王瑞大概是觉得木已成舟,现在说这个也没什么用,又看着霍修的脸色不像是连面都没见就被别人甩了的样儿,狐疑地问:"你怎么看起来好像还挺高兴?"

霍修又抿了一口茶,双眼含笑:"这么明显吗?"

砚亭楼为了保证观景体验,在每个包间朝向竹林的位置都做了落地窗,霍修刚才站在茶桌前拿着怀澈澈留下的那张字写得张牙舞爪的字条,随意抬眸一看,很快便发现刚才迎宾小姐口中的后门。

而刚才他跟着那个迎宾小姐进来的时候,只碰到了刚才的那几个问路的客人,那么显而易见——有人字条写得好像大获全胜,自己却是从后门溜走的。

霍修知道这不过是凭空想象,但脑海中还是浮现出麥毛刺猬提前把字条写好,着急忙慌地往后门赶,生怕被人从身后叫住的画面,顿时面上的笑意又深了两分。

一旁的王瑞看霍修居然还越来越开心了，满脸疑惑地问："霍律师，霍大哥，你到底在高兴什么，能不能给我解释一下？"

霍修把茶杯里的最后一点儿茶喝完，放下茶杯，朝王瑞摆摆手表示不想解释："正好我们也很久没出来团建了，今晚吃顿好的，犒劳犒劳大家。"

虽然有饭吃是挺好的，但王瑞还是忍不住为霍修捏一把汗："那你这第一次相亲就搞得这么僵，要怎么办呢，回去也不好交代吧？"

"没事儿，"霍修却好像并不担心这一点，将小巧的白瓷茶杯拢入掌心，以拇指指腹缓缓地将杯沿上的那一点儿残留的红色揉开，直至那一点儿颜色仿佛在他指尖化了一般消失，才轻笑一声，"还会再见面的。"

话音未落，霍修原本放在手边的手机便"嗡"的一声振动了一下。屏幕亮起，一条微信消息出现在时间的正下方。

霍修拿起手机看了一眼，有些意外。这是怀澈澈发来的微信消息。

"律师嘛，肯定很忙。尤其人家还不是什么小律师，是个'大状'——业界传奇好不好？"

怀澈澈踩着高跟鞋，步子却飞快。她连走带小跑，一分钟多的工夫已经从砚亭楼的后门出去并成功拦到了出租车，但拦不住耳机里唐瑶的嘴。

"你别在这儿道德绑架我啊，唐小瑶，"上了车，怀澈澈总算安下心来，嘴上警告唐瑶的同时，手指却飞快地点开微信，找到那个以一钩新月为头像的男人，"他要是忙，可以不出来相亲，对大家都好。"

在怀澈澈的印象里，做律师的人，社交账号上一般都是用身着西装、姿势专业的人配白色底的头像，生怕体现不出那种专业性一样。但霍修的头像很随意，就像是在某个夜晚，他一时兴起对着天空随手拍了一张月亮的照片，便直接拿它来做头像。而且这张照片不怎么清晰，她甚至能从月亮模糊的轮廓与那些噪点中看出一种年代感。

嗯，他确实是很忙的样子——自己的每个微信头像都坚持不到一周的怀澈澈如是想。

他们两个人之前的一系列沟通都是通过双方父母，直到昨天才加上微信。截至刚才，两个人的微信上只有两三句聊天儿记录。霍修问她知不知道砚亭楼的位置，她回了一句"知道"，霍修又说了一句"好的，明天见"，就再无下文了。

现在怀澈澈点开霍修的聊天儿界面，也没打算打字，而是用手指戳了两下，给霍修转了三千元钱过去。那意思明显得很——我请你吃饭，我们两不相欠。而且怀澈澈或多或少还是自知理亏的，想着吃人家的嘴软，希望这位霍律师别吃了她的饭再去告她一状。

"这怎么叫道德绑架？我顶多是被他的那张脸收买了！"唐瑶在电话的那边语气夸张地说，"你看看人家那张脸多会长！昨天你把他的照片发给我的时候，我都不敢多看，怕自己心动又无法染指。"

唐瑶的话是半开玩笑地说的，不过评价倒是中肯。霍修的那张证件照是他四五年前专硕（专业型硕士）毕业的时候拍的。照片上，他穿着一身黑西装，对着镜头微微一笑，清隽、温润已不必言，不知"暴杀"了多少人的自拍照和艺术照。

而霍修的内在也完全配得上这过于优越的皮囊。他的父母都是"红圈所"（中国顶级律所）的高级合伙人。他本人硕士在读时就跟着导师四处"征战",成了导师最得利的左膀右臂,还没毕业就已经能够独当一面,后来独立出来和几个同行一起开了一家律师事务所,头一年就在律师圈一战成名。

"对了,我是不是还没与你说过霍修打的那场传奇官司?"唐瑶忽然一拍大腿,"对对对,当时你出国了嘛,我总想着与你说这事儿,但是时差颠来倒去的,我就把它给忘了!"

"唐小瑶,"怀澈澈打断唐瑶,"我不喜欢的是相亲,又不是这位业界传奇。而且这世界上厉害的人千千万,我要是见一个爱一个,就应该让这位业界传奇帮我打重婚罪的官司了!"

"哎呀!你看你想那么多,我又没那么说。"唐瑶本来只是想分享一篇"爽文",也没有要给他俩拉郎配的意思,一听怀澈澈有点儿不乐意了,赶紧转换话题,"厉害的人当然多了,但都不是你心里的那个……"唐瑶顿了顿,揶揄地点出怀澈澈的心上人,"大明星萧经瑜嘛。"

听唐瑶提到萧经瑜,怀澈澈刚才还嚣张的气焰立刻熄灭,人也变得温顺不少:"你说话别那么恶心好不好?我和他只是朋友而已。"

"我懂!我太懂了!我微信里现在的、曾经的'朋友'一大堆呢。"唐瑶颇有深意地说完,又话锋一转,"不过澈澈,你说你就这么走了,你爸那边……你怎么交差啊?"

这句话就戳到了怀澈澈的痛点。怀澈澈的爸爸怀建中是最早随着改革开放经商潮下海的那一批人。一开始,他什么都干,倒过光盘,卖过烟,真穷的时候在包吃包住的饭店后厨里也干过。后来赚到第一桶金,他就与别人合资开了个工厂,卖起了槟榔。这些年他积累下来相当一笔财富,目前已经坐上了资本的"牌桌",开始玩起了投资。

在生意上的成功，让怀建中时常有种人生无往不利的膨胀感。在对家人疏于陪伴、对家庭缺少付出的情况下，他还非常自信地对怀澈澈实施着很久以前的中国式家长惯用的挫折教育。他每次回家，必定抓着怀澈澈一通打击，生怕她飘起来就压不回去了。

怀澈澈在小学的时候还会被怀建中骂哭，而到了初中，基本就是怀建中说一句，她就顶一句，把对这个"常年不着家，回家就找碴儿"的爸爸的不满明晃晃地写在脸上。

还好怀澈澈虽然贪玩，但脑子很灵，成绩一直不错，高考时甚至超常发挥，比"三模"（高考前的第三次模拟考试）时整整多出三十多分。填报志愿的时候，她瞒着她爸悄悄地填了一个离庆城最远的"985"大学——海城大学。

当时怀建中已经不搞槟榔，专心退居二线玩投资了，空闲时间骤然增多。他跟怀澈澈提了好多次，说是不让她去外地，怀澈澈每次都敷衍地答应下来。后来她的录取通知书一到，怀建中被气得放下狠话，说要打断她的腿，还好当时被她妈拦了下来。她妈说，他要是想动女儿一根毫毛，就先从自己的身上跨过去，把怀建中气得差点儿进医院。

不过怀澈澈可不管那么多，满心想着赶紧迎接自由的空气，当年八月下旬就拍拍屁股动身去海城，连逛带吃地玩了半个月，九月初正好拎着行李箱报到入学。

怀澈澈的长相随了妈妈，皮肤白，大眼睛，一张巴掌大的小脸儿。怀澈澈安安静静的时候，脸上每一处都"写着"纯净、温柔，可她一开口，眉眼间就全变了，一副古灵精怪的样子。

别的同学初到他乡，或是紧张，或是羞赧，而怀澈澈就像被放回山林的小老虎似的，对一切都充满好奇，与宿管阿姨都能聊上半小时。也就是在那个时候，怀澈澈正式认识了萧经瑜。

萧经瑜是寒门里出的贵子、席城来的高考状元。他在学习之余还自学了吉他，在新生晚会上登台，唱了一首《月半弯》，轰动整个校园。同学们纷纷议论，一时之间，说萧经瑜像谁的都有，好像只要是长得帅的男艺人，都可以往萧经瑜的身上代入。怀澈澈一直不喜欢别人说萧经瑜长得像谁。她觉得萧经瑜就是独一无二的萧经瑜，不像任何人，也谁都取代不了他。

那天演出一结束，怀澈澈就溜到后台要来了萧经瑜的电话，并存在手机通信录里，一天给他改一次名字，从"金小鱼"改到"小鲸鱼"，然后自己天天趴在桌上看着通信录里的名字傻乐，好像他们之间有了别人不知道的秘密一样。

整个大一期间，她都会见缝插针地寻找机会接近萧经瑜。萧经瑜去打篮球，她保准到场送水；萧经瑜去图书馆，她就算凌晨五点起床也要占到他身边的座位。

那时候怀澈澈总没话找话地同萧经瑜说："我觉得你唱歌特好听。"

后来的事实证明怀澈澈说的是对的。那时候"网红"（网络红人）这个概念刚刚兴起，萧经瑜在一次校内演出的时候被别人拍到，视频被发到了网上。他一下子火到风头无两，很快顺利地签了经纪公司，开始往歌手的方向发展。

中文系的萧经瑜集唱、作于一体。他的第一张专辑一共十首歌，其中八首歌是萧经瑜自己作词，首首精华，叙事性极强。后来在他红得发紫的那几年，那张专辑被粉丝们追封为"第一神专"。

萧经瑜在出道的第二年就成功登上春节联欢晚会的舞台。怀澈澈那天在小公寓里看晚会直播，一边看，还一边打电话问爸妈："你们觉得萧经瑜怎么样？是不是特别帅？"

怀建中当时一听怀澈澈那语气，心里就门儿清。中年男人明明关心女儿，一张开嘴却没一句好话："帅有个屁用？这种人天天在外面登台唱歌，一年到头能有几天在家里陪你？找老公还是要找个实用一点儿的，要能赚钱，也能照顾你，长相看得过去就行了！"那种"你懂个屁"的高傲语气把怀澈澈气得直接挂了电话。

"算了，管我爸怎么想干什么？"怀澈澈刚才写字条的时候爽完了，现在才想起来心虚，"他就没什么看得顺眼的人，看萧经瑜不顺眼，看我也不顺眼。反正我喜欢的他都不喜欢，那我也没必要讨他喜欢。"

"唉，行吧。"唐瑶有几分无奈，"现在相亲这事儿过去了就完了，就凭你刚才那德行，我估计也没下文了。你现在到哪儿了？我去找你，我们一起吃个饭？"

怀澈澈刚想应"好"，转念想起昨天听萧经瑜身边的助理说萧经瑜回了庆城，便改口道："萧经瑜好像回庆城了，我打个电话问他来不来。他要是来的话，咱们今晚直接组个局呗。"

"也可以。"唐瑶说，"那你先去找萧经瑜吧，定了地方之后，发个定位给我。"

"好！"

怀澈澈先打了萧经瑜本人的电话，没人接，于是她又给萧经瑜的助理打过去，电话很快被接通。原来萧经瑜就在这附近拍杂志封面，已经忙碌了一下午，马上就要结束，之后就是愉快地下班。

这简直是天赐良机！怀澈澈直接给出租车司机报了新地址，往萧经瑜那里去了。

大概是性格原因，萧经瑜朋友不多。除去必要的工作关系，其实他也就和身边的几个贴身助理、经纪人比较近。

怀澈澈以己度人，一直担心他会太闷，总是想方设法地让他融入她的朋友圈。只要萧经瑜回到庆城，她都会想办法组个局，把她所有的好朋友都叫出来，一起为他接风洗尘。

怀澈澈到了萧经瑜拍封面的地方，萧经瑜的助理已经准备好热奶茶，直接端到怀澈澈的手边，朝怀澈澈殷勤地笑："澈澈姐，'鲸鱼哥'今天状态不太好，估计还得拍一会儿。我带了一个平板电脑，你要是觉得无聊就和我说，我去把平板电脑给你拿来。"

助理叫孟小馨，比怀澈澈小上一岁，在萧经瑜身边也就刚工作一年。不过好在孟小馨为人相当机灵，萧经瑜忙的时候，就是孟小馨负责向怀澈澈报备行程。这么一来二去，两个姑娘已经相互很熟悉，成了朋友。

"他怎么又状态不好？"怀澈澈正感到饿，拿着奶茶喜滋滋地把吸管戳进去，吸了大大的一口，"一年三百六十五天，他三百天状态不好。"

孟小馨咳了一声，回头看了一眼正在镜头前忙碌的老板，想笑又不敢笑："公司那边儿给'鲸鱼哥'的最终期限就是这个月的月底，现在他还有五首歌没有写出来呢。"

这个月的月底？现在差不多是3月中旬，到月底满打满算还有十五六天，那不是平均三天萧经瑜就得写完一首歌？再加上萧经瑜又是那种完美主义的性格，这事儿确实够呛。这么想着，怀澈澈也抬起头，顺着孟小馨的目光，看了一眼正在打光板前笔直地站立的男人。

其实萧经瑜能火，除了本身长得好看、嗓音条件好、作词的能力强外，另一部分原因就是他的仪态真的太漂亮了。别说萧经瑜现在已经出道五年，哪怕是大一开学前，怀澈澈在一个小破酒吧的舞台上第一次见到他时,也完全看不出他和她的那帮上了好几年仪态课的朋友有什么区别。

萧经瑜穿着一身休闲西装站在镜头前,熟练地摆姿势,虽然她对着那张脸已经看了这么多年,可还是觉得常看常新,百看不厌。

孟小馨走后,怀澈澈一边喝着奶茶,一边在微信群里喊人。怀澈澈这个群里的朋友,大都和她一样,是家里有钱,自己贼闲,一叫出来就不见不散、不醉不归的类型。她在群里问了一句,立刻一呼百应,没到半个小时,从餐厅到酒吧就都订好了,一个两个的像报数似的在群里汇报自己的劳动成果,把怀澈澈笑坏了。

但怀澈澈没笑多久就笑不出来了,因为她刚从群聊里退出来,点开微博扫了一眼微博话题榜。

#闻枫和亓云是真的#

闻枫是萧经瑜之前接的一部电视剧里的角色。当时这个角色的定妆照一出来就上过一次话题榜,怀澈澈还转发了相关微博。

刚看到这条话题,怀澈澈还挺高兴的,想看看是不是这部剧,或者是不是萧经瑜在剧里的角色组合爆了。结果她一点进去,就看见铺天盖地都是他和亓云的扮演者昨天在某综艺节目中同屏的截图。

截图里,萧经瑜和扮演亓云的当红年轻女演员沈翡,俊男美女,一对璧人。两个人时而相视一笑,时而低头耳语,就差把"我们俩有'情况'"这几个大字写在脸上了。评论里一堆人被迷得死去活来,说是"荧屏情侣"从剧里走进现实了,这俩人之间若是没有点儿什么,**他们不信**。

虽然怀澈澈知道这是**剧组**在作品发行过程中冲热度的惯用手段,更甚者说,这就是**剧组**选择萧经瑜和**沈翡**主演这部剧的最终目的——捆绑营销,以此吸引二人的粉丝。不管二人的粉丝群体之间是因喜欢这一对而相处融洽,还是因不喜欢这一对而相互争吵,都会为这部剧制造讨量和热度。

看到这里,怀澈澈还能勉强维持理智,但继续往下翻这条话题下的信息,翻到萧经瑜和沈翡当晚还被拍到一起吃饭,怀澈澈不淡定了。虽然从照片里两个模糊的人影能看出两个人只是简单地并排坐着,但怀澈澈看到评论区的网友讨论得那么起劲儿,总有一种这两个人之间是不是还有什么别的但自己没发现的感觉。

一杯奶茶很快见底,在孟小馨口中已经进入尾声的工作却怎么也没法儿真正收尾,怀澈澈一直在话题里寻找蛛丝马迹,倒也没感觉等多久,直到怀建中的电话打了进来,怀澈澈才想起看一眼时间。

现在晚饭时间已经过去了,那么老爸打这个电话,估计就是来问她相亲的情况的。她不想接电话,又怕自己不接,等过几天回家见到老爸时,情况更严重。纠结来,纠结去,直到手机振动的声音已经引来外围的工作人员的目光,她才不情不愿地接通电话。

"喂,爸?"怀澈澈一边接电话,一边往外走,很快到了安全出口。

她要烦死了!万一那个霍律师小肚鸡肠,收了钱还不懂事儿,就以他业界"传奇律师"的口才,还不把她爸气得立刻坐飞机过来揍她?

"你到家了吗?"电话那边怀建中的声音却比她想象中的平和太多,"刚才你霍叔叔打电话给霍修,霍修说刚送你回家。你今天晚上和他相处得怎么样?没惹人家生气吧?"

"啊?"他刚送她回家?怀澈澈举着电话眨了眨眼,很快反应

· 14 ·

过来——这位"传奇律师"好像没告她黑状。不光如此,他还把她做的留字条、跑路等一系列事儿都隐瞒下来了。

"啊什么啊?你不会又喝酒了吧?"而怀建中估计是因为她第一次相亲成功而心情大好,没跟往常似的直接说她像个傻子,"看来你还挺喜欢霍律师的啊,第一次见面就跟人家喝上了。"

"啊……嗯……主要是砚亭楼的菜还挺好吃的……"怀澈澈哪儿敢在这个时候再去拆霍修的台?她含含糊糊地应了几声,让电话那边的怀建中难得地有些满意。

怀建中继续道:"那你准备什么时候约霍修见第二面?这次你们可以去看看电影什么的。这样你们就别约在晚上了,看完电影,时间太晚,不方便。"

"呃……"怀澈澈本来还以为自己能就这么顺利地"逃出生天",结果该来的还是来了。她在心里骂了一句自己太天真,压下那股烦躁,小心翼翼地说:"爸,我觉得霍律师人挺好的,但是与我可能不太合适。"

"不太合适?"怀建中闻言,语气一变,"你说说哪里不合适?我跟霍修见过面,帮你把过关了。人家成熟稳重,配你这么个小孩儿脾气的人,那还不是绰绰有余?!"

又来了又来了!你想夸别人就夸,为什么还要扭头踩我一脚?怀澈澈就烦怀建中喜欢捧一个、踩一个的毛病。

以前就是这样,怀建中一年到头不怎么回家,但每次怀澈澈的学校开家长会,他都要准时参加。开完家长会回来,他就开始横挑鼻子竖挑眼,拿怀澈澈跟班上的其他同学各种对比。对成绩比她好的,他就说人家的成绩;对成绩没她好的,他就说人家的特长。反正他就是生怕她觉得自己比别人强了,恨不得拿个锤子把她锤到地里去。

这种日积月累起来的不服与怨气，让怀澈澈对怀建中的脾气格外难以忍受。每次回家，两个人说不到五句话，大概率就已经吵起来了。但今天自己做过头儿在前，霍修仗义地帮自己兜底在后，怀澈澈觉得有点儿心虚，只能忍着心中的烦躁，好声好气地跟怀建中解释："他比较忙，我比较闲，时间上不合适。"

只是这话到了怀建中的耳朵里又变了味道。他对自己的推测无比自信，直接提高声调继续批判："哦，霍修今天是不是迟到了？他已经说了，今天下午要开庭，估计晚上六点赶不到。要不是你非要定这个时间，他怎么可能迟到？你就不能稍微体谅一下别人？"

怀澈澈本来就因为萧经瑜与合作的女演员被以"荧屏情侣"的关系炒作的事儿正烦着，听着电话里怀建中一个劲儿地责怪，烦躁得恨不得直接把手机扔了。

可惜怀建中完全不知"适可而止"四个字怎么写，好像打定了主意对怀澈澈"赶尽杀绝"："我看你就是还对那个唱歌的念念不忘。但是你念念不忘有什么用？你追了那个死小子几年了，追上了吗？怎么，他工作不忙？你找借口之前能不能先……"

这些话，怀建中也不是头一回说，但在此时，怀澈澈听着尤为刺耳。怀澈澈再也听不下去，直接挂了电话，世界才终于安静下来。只是她还来不及平复一下情绪，就听见有人喊了一句"辛苦了"，那是收工的信号。

摄影棚里，方才还井然有序地各司其职的工作人员都在忙着收拾手边的东西，乱哄哄的一团。怀澈澈捕捉到萧经瑜的背影，便随着他来到休息室的门口。她推门进去的时候，正好听见萧经瑜的经纪人在说萧经瑜和沈翡的相关微博已经发了。

萧经瑜以余光瞥见怀澈澈进门，就给了经纪人胡成一个眼神：

"知道了,你先回去吧。"

但怀澈澈已经听懂了。这次炒作,不是剧方单方面的意思,而是萧经瑜也点了头的。她想想也是,萧经瑜和沈翡在综艺节目上已经有互动了,要是没有萧经瑜的配合,怎么可能?

刚才怀建中的话,在怀澈澈的脑海中浮现出来,变得振聋发聩,毫不留情地灼烧着她的耳道和鼓膜,令她从耳根到耳郭烧成一片绯红。

胡成也认识怀澈澈多年,一看她那脸色,扭过头来还想帮萧经瑜解释两句,但感觉到她周身的气压,知道已是山雨欲来,于是想了想,还是夹着尾巴明哲保身了。

果不其然,胡成刚走,休息室的门还没彻底关严,怀澈澈就发作了:"萧经瑜,你这是什么意思?"

她还记得以前萧经瑜是从来不碰花边新闻的。他洁身自好,独善其身,让她和他的粉丝都非常自豪——自己喜欢的人出淤泥而不染,身处染缸却独为清流。

一切好像都是从萧经瑜两年前首次参加综艺节目开始,他不光作为歌手在圈子里活动,还突破圈层,接电视剧、上节目,在人气迅速提高、基本盘急速扩大的同时,咖位(演艺圈中的地位)也在节节攀升,很快从配角演到了主角。

在此期间,有些粉丝对他的改变不能接受,脱离粉丝群体,而有些粉丝却欣赏他的野心。怀澈澈也问过萧经瑜为什么忽然开始接其他通告。萧经瑜只说想在演艺圈里站稳脚跟,就需要多方面发展。

"电视剧需要宣传,"萧经瑜这次给出的答复依旧简短至极,浅琥珀色的双眸中透出冷淡之色和明显的回避意图,好似自己对这件事儿完全不想多说,"我也没办法。"

"没办法？"然而这三个字在怀澈澈听来简直如同狗屁。小姑娘提高声调："怎么，谁按着你的头去拍摄了吗？还是谁把你的嘴缝住了，不让你说'不要'？这种需要靠炒作才有人看的破剧，有什么好拍的？"

萧经瑜闻言，脱外套的动作一顿。他扭过头，对上怀澈澈的目光。两个人皆不避不让，眼中的锐利之色如针尖对麦芒，在空气中撞在一起，划出一道冷光。

"怀澈澈，"半晌，萧经瑜才稍微提了提嘴角，"你以为我是你？"

怀澈澈顿了两秒，随即明白了萧经瑜的意思。他的意思是，他没有一个有钱的爸，没有和她一样的退路，所以在事业面前，没有选择权。

"哦，你的意思是，你出道这么多年，没赚到钱，你缺钱，你穷，所以你没有选择的余地，是吗？"她是真的被气笑了，语气也越来越冷。她的手紧紧地抓着包带，凸出的指关节已经泛了白。她在转身出去之前，只丢下一句："我真后悔今天跑来接你，听你放屁。"

夜幕降临，怀澈澈很快和唐瑶他们在订好的餐厅里碰了头。一上桌，怀澈澈就先叫了几瓶起泡酒来助兴。

怀澈澈跟萧经瑜的那点儿事儿，在朋友圈里早已不是什么秘密。一群朋友从怀澈澈一个人来就看得出，估计怀澈澈又和萧经瑜吵架了。虽然不太清楚来龙去脉，但一群人在怀澈澈借着酒劲儿说要把萧经瑜的微信删除的时候，还是都象征性地阻止了一下。

"哎呀，算了。澈啊，删了又加，怪累的。"

"就是啊。萧经瑜嘛，就是这个德行，你别与他计较。大人不记小人过。"

"我不！"怀澈澈却很坚决，甚至一拍桌子站起身来，头顶着餐厅顶灯的光，颇有指天誓日的意思，"我就要删。要是再把他加回来，我是狗！"

众人毫无诚意地附和着："啊！是是是……"反正怀澈澈也不是头一回当狗了。

他们这群人，有男有女，一共十来个人，都是从学生时代就认识怀澈澈的，也是一路看怀澈澈追萧经瑜看过来的。这两个人日常相处的模式，就是怀澈澈去找萧经瑜，而萧经瑜总能精准地踩到怀澈澈的"雷"，然后两个人吵架、删微信、拉黑，过上几天，不知怎的又好了，如此循环往复。

其实删微信还算轻的，这些年怀澈澈跟萧经瑜生气，什么事儿没做过？大一那年，因为跟萧经瑜赌气，怀澈澈说是下定决心不要再联系他，跑到国外读书去了。可她这书读了不到半年，两个人不就又见上了？

所以现在怀澈澈叫嚣要删微信，别说萧经瑜了，就连这帮好友也没将此当回事儿，像看小夫妻吵架似的，最多在私底下猜测猜测，这次怀澈澈能气几天。

吃完饭，一群人依照先前的计划去了酒吧。酒过三巡，大家聊到待会儿散场后怎么回去，不知谁提了一句，叫怀澈澈把萧经瑜喊过来帮忙，萧经瑜的那辆保姆车能把他们全装下。

大家这么说，当然不是因为家里没司机，也不是因为有多喜欢萧经瑜，主要是给怀澈澈一个台阶、一个找萧经瑜的借口。毕竟这两个人之前吵架，都是因为些鸡毛蒜皮的事儿，在他们看来，是真犯不着生那么大气的。所以若能把这两个人哄好，大家也乐意当和事佬。

怀澈澈从刚才吃饭的时候就一直在喝酒，现在整个人已经晕晕乎乎的了,像一坨泥一样陷在卡座里。她听见有人这样提议,脑袋还空白着,手已经快一步点进了微信。她先发了自己的定位信息,然后留言:

"过来接我。半小时,过时不候!"

旁边的几个人见怀澈澈成功顺坡下驴,立刻向旁边的服务员要了个计时器放在桌上,说萧经瑜这回要是迟到,他们一起帮她讨伐萧经瑜。

怀澈澈一开始还答应着,盯计时器快两分钟,才后知后觉地想起来,这不对。她好像刚到餐厅的时候就把萧经瑜的微信删了。那她刚才把留言发给谁了?

此时,怀澈澈的意识模糊,手也软。她拿着手机,解锁三次才解开。好不容易点进微信,在看见顶端的那个月牙儿头像的时候,她顿时被吓得连酒都醒了一半。这不是那个相亲对象吗?

第二章

结婚吗？

怀澈澈又用了五秒钟,才想起这个相亲对象的名字叫"霍修"。为什么她会把消息错发给他？大概是因为他给她回了微信,所以他的微信号被顶到了微信列表的最上面,紧挨着之前被她置顶的萧经瑜的微信号。

怀澈澈看了一下霍修的微信消息。霍修先是把她的转账退了回来,然后发了两句话:

"我今天迟到了,不好意思。你找到地方吃饭了吗？"

说实在的,要是霍修六点多的时候把钱退回来,再加上这两句,怀澈澈说不定会以为他在讽刺她。但她之前接到怀建中的电话,知道霍修帮她打了掩护,现在再看人家好声好气地跟自己道歉,还关心自己有没有吃饭,她反而觉得自己留个字条扭头就走,好像是有点儿无理取闹。

其实她确实没必要直接走掉,留下来吃顿饭,再好好说清楚自己有喜欢的人，霍律师有钱有颜，肯定也不会对她死缠烂打。况且相亲这事儿，也未必就是霍律师自愿的。他也有可能和她一样，是被家里人逼着来的。

怀澈澈感觉今天的酒是真白喝了，居然开始设身处地地帮霍修考虑了。不过霍修的留言是在一个多小时以前发的，而自己刚才错发的微信消息他还没回复，她不知道他看见了没有。她尝试撤回消息，但消息发出已经超过两分钟，无法撤回了。

旁边的朋友看怀澈澈的脸越来越红，还以为怀澈澈是在因为刚才对萧经瑜的微信说删没删而难为情，笑着将头凑过去调侃："干吗啊，澈澈小朋友，被我们发现虚张声势，所以不好意思了？没事儿的。咱们都认识多少年了，谁不知道你舍不得萧经瑜？"

"不是！"

怀澈澈一直觉得被逼着去相亲是一件特别丢人的事儿，所以除了唐瑶，怀澈澈没将此事告诉别人。现在看着这些不知情的朋友，一时之间，怀澈澈真是想哭的心都有了。

"不是萧经瑜！"怀澈澈总归还是先否认了一句，以表示自己这次的立场真的非常坚定，"哎呀，烦死了！"

怀澈澈越说烦，旁人越好奇。转眼间，一堆人兴趣盎然地把怀澈澈围起来，盘问她到底是怎么回事儿。最后还是唐瑶从另一边凑过来看了一眼怀澈澈的手机，没憋住，笑出声，然后同大家讲起怀澈澈今天相亲的事儿，这才让怀澈澈露了馅儿。

怀澈澈感觉这帮朋友真是损友啊。她已经这么难过了，他们居然还一边听她相亲的事儿一边笑。而且她的表情越显得难过，他们笑得就越开心，到最后一个两个的笑得前仰后合的，甚至有几个夸张得已经跌坐到地上了。

"你们还是不是人啊？！"

直到怀澈澈是真的快被气哭了，损友们才笑着安慰她："主要是相亲有什么大不了的？你不去也就算了。毕竟只是相亲对象嘛，谁把谁当回事儿啊？留张字条，放别人鸽子比较厉害。"

唐瑶一边用手搂着怀澈澈的小肩膀头儿，一边也在笑："一开始她倒是想去与人家见一面来着，等到了约定地址之后，又怕人家直接把她架去民政局。"

怀澈澈越听越烦，抬手想把服务员拿来的那个计时器关了，却忽然被人把计时器从她的身后夺了下来。她一回头，又看见一张好事儿的欠揍面孔。

"你们说，怀澈澈的这个相亲对象真的能来吗？"

问话的人叫张跃，平时就看热闹不嫌事儿大。他爸妈吵架，他拱火，最后终于成功地把自己"拱"成了单亲家庭。平时怀澈澈觉得他这个人还挺逗，但他今天在她看来就格外讨厌。

怀澈澈抬手想打张跃，被张跃躲过去。他拿着计时器走到卡座的另一头儿。他身旁的人瞥了一眼时间，问怀澈澈："只剩二十来分钟了，你的这个相亲对象住哪儿啊？"

旁边的一个女生想了想，说："除非他住在城西那边，要不然开车的话足够到这里了。"

"你看看，你就是那种典型的没有时间观念的女人。"张跃立刻嬉笑着反驳，"现在都已经几点了？你以为人家都像我们似的，白天不上班，晚上不睡觉？就算人家不睡觉，万一在洗澡呢？万一在玩游戏呢？万一又在跟别人相亲呢？看见澈澈的微信消息，人家还不知道多烦呢。"

怀澈澈心说"你才烦呢"，但又不得不承认张跃说的其实有道理。她赶紧低头给霍修补发了一条消息过去：

"不好意思，你别来了。我刚才给别人发消息，错发给你了。

自打怀澈澈错发的消息发出后，霍修是一条消息也没回复，她也不知道他看见自己发的消息了没有。她想给他打个语音电话，又觉得万一他看见消息了，只是像张跃说的那样，觉得烦，不想回复，那她再打电话过去强调一次别来，也太尴尬了。

怀澈澈看了一眼时间，晚上十点四十六分。这时间还挺尴尬的，他睡觉吧，有点儿早。可要是霍修已经躺下了，看见她发的消息，确实挺烦的。

"我看看时间，现在……哦，已经过去六分钟了。"

张跃还在那儿讨人嫌地报时。怀澈澈实在不想理他，又开了几瓶酒，跟其他人玩起了酒桌游戏。几个人玩了两轮，张跃也把看热闹的事儿忘了，将计时器往桌角处一放，也加入游戏，还连着被怀澈澈灌了好几杯酒。

时间就在谁也没有注意的情况下悄然流逝，直到唐瑶瞥了一眼桌角的方向，说了一句"马上就到半小时了"，才将大家的注意力重新转移到计时器上。

张跃感叹一声："估计是没戏了。没事儿啊，澈，待会儿你要是怕没人送你回家，叫我一声'哥哥'，我保准把你毫发无损地送回去。"

"我呸！"唐瑶闻言，直接抬腿踹了张跃一脚，"你醉得连舌头都大了，别来祸害我们家澈澈！"

怀澈澈刚才又喝了好几杯酒，重新开始迷糊起来，听张跃叽叽歪歪的，便接了一句："他不来才好，要不然我尴尬死了。你们别在这儿'乌鸦嘴'！"

话音未落，她就听见酒吧的门被人从外拉开。这酒吧的门是实木做的，很沉，颇有质感，却没被好好保养，金属门轴缺了点儿油，无论是推还是拉，都会发出一点儿说轻不轻、说重不重的

"咯吱"声。

"哇！姐妹们姐妹们，看到那位没有？极品！"

"我的天，真的！他的长相也太斯文了吧。他刚才推门进来，我还以为他是来看画展，走错地方了呢。"

"他不会是澈澈的相亲对象吧？"

怀澈澈还低着头在喝酒，身旁的这群人倒是先窃窃私语了起来。她笑着想说"怎么可能"，侧头望去，就正好对上了男人四下里搜寻的目光。

男人看着像刚从办公室直接过来的一样，身穿白衬衫、黑西装，外面套了一件黑色的长呢风衣。风衣开襟两侧的金属圆扣被做成了磨砂质感，猛地迎上酒吧内的灯光，也反射不出刺眼的光芒。一如此刻他身上的气质，温和内敛，仿佛被雾气笼罩着的阳光，让人望进去的时候，能感觉到和煦，却又什么都看不清楚。

怀澈澈只见过霍修的一张照片，对他的五官的认知还处在不太清晰的阶段，再加上刚喝了酒，这一打眼看过去，也不太确定那个男人是不是霍修。直到旁边的唐瑶给了自己一肘子，怀澈澈才意识到那真的是霍修本人。

"我的天！"其他人从怀澈澈和唐瑶这一小小的互动中立刻读出信息，"不会吧，他还真是那位啊？"

张跃立刻从卡座里一跃而起："看看，看看！时间多少了？"

"牛啊！二十八分钟。他是开飞机来的吧？！"

"哦！天啊！他的脸完全是我喜欢的那种啊。澈澈，你要是不喜欢他，把他让给我得了，我喜欢啊！"

张跃不愧是"人中搅屎棍"，就在此时，眼珠子一转，计上心来："哎哎哎！你们都别说话了，猜猜这个男的能不能从你们这一群女人里认出澈澈来？"

这也太损了！唐瑶已经憋不住再次喷笑出来。

怀澈澈有点儿无语，但又不得不承认，霍修还真不一定能认出自己。毕竟她和霍修都只看了对方的一张照片。虽然霍修的父母给的是一张儿子的证件照，但她爸可是自作主张地把她的精修艺术照发出去了。想想自己现在醉醺醺的，一副蓬头垢面的样子，怀澈澈觉得这和那张"照骗"上的样子简直判若两个人。

就在其他人还在谴责张跃这招儿太损的时候，坐在怀澈澈左边的女孩儿已经直接站起身往前走了一步，正大光明、面不改色地冒名顶替："没想到你居然还真来了，是来接我的吗？"

这个女孩儿名叫林静姝，名字挺斯文秀气，人却是圈子里出了名的胆大爱玩的。只要有局，她场场必到。

顿时，众人的目光都集中在林静姝和霍修两个人身上。怀澈澈捧着手上的直口杯，一时之间被这意料之外的情形搞蒙了，不知该作何反应。

霍修刚从侍者的口中问到卡座的位置，走过来就对上一副陌生的面孔，也有些意外。但下一秒，他看见这个女生的身后，有个人就像从洞里查看情况的小耗子一样，稍稍地探出了头来，然后在对上他的目光的瞬间，被结结实实地吓了一大跳，猛地把头又缩了回去。

"不好意思，你应该是认错人了。我是来接怀澈澈的。"

怀澈澈就看到霍修礼貌地朝林静姝点头致歉，目光从林静姝的身侧掠过，向后落到自己的身上，如同带着风疾射而来的一支倒钩箭，一下将怀澈澈的目光捕捉住，而后钩回去。

那是非常短暂的一瞬，怀澈澈身上的酒劲儿好像如退潮般立马消退下去。她感觉密密麻麻的鸡皮疙瘩从身体与沙发接触的位置开始向全身蔓延，男人那带着若有若无的温度的目光，就像一只温暖的手,一把将她从酒酣耳热的混沌中扯进了光天白日里,令她无处可躲,避无可避。

林静姝看了看前面,又看了看后面,感觉自己不只像电灯泡,简直亮成了一颗太阳。她玩得开,自然也输得起,见自己的玩笑被他识破,很大方地回到怀澈澈的身旁坐下,对他道:"好吧,你是怎么发现的?不过小哥哥你真行啊,说半小时就是半小时,真有时间观念啊。"

"没办法,"霍修走到怀澈澈的面前,先用眼神询问她还能不能站起来,回答旁人的话时绕开不方便回答的部分,语气则是温和中带着一点儿不易察觉的调侃,"我可不敢迟到了。"

霍修的这句话是回答给林静姝听的,但眼睛却是一动不动地看着怀澈澈。他这样毫不隐晦,完全可以称得上是明晃晃、赤裸裸地向怀澈澈隔空喊话。

众人刚才已经听说过怀澈澈的"一分钟壮举",一时之间几乎同时看了过来,眼神或明或暗,都含着些暧昧的意味。怀澈澈感觉更臊得慌了,一时之间也分不清自己是恼还是羞,总之是借着酒劲儿起了一股无名火,瞪着霍修,用眼神质问他:你胡说八道什么?

霍修见"小狮子"的眼刀子已经飞过来,眼看她就要"凶相毕露",赶紧先把怀澈澈手中的酒杯夺下,拿起她的外套往她的身上一裹,再随手抓起她的小手包,微笑着朝大家礼貌地点头致歉:"她喝得有点儿多,我先送她回去。不好意思,打扰各位了。"

怀澈澈还没反应过来就被霍修扶着站起来,等出了酒吧门才想起来要反抗。奈何现在腿脚都使不上劲儿,她只能口齿不清地冲着霍修发脾气:"我已经说我把消息发错人了。你已经知道了,还来这儿干吗啊?"

怀澈澈真觉得此时自己是很凶的，但有六七分醉的小姑娘，再凶又能凶到哪儿去？尤其怀澈澈本身声音就偏细、偏软，现在她又喝了酒，嗓子还比平时更哑，她这一提起声调说话，就像快哭了似的。霍修一回头，就看她的眼眶还真浮起一点儿薄红，双眼干净、清透，因两个人已到酒吧外面，光线一暗，此时的她反倒像眼中沁着一层水汽，一副受了委屈别别扭扭的模样。

怀澈澈继续道："我说我要走了吗？你还拉拉扯扯的，被人看到多不好啊！"

霍修的一只手正握在她手腕处的毛衣外。他看到她身上的短款羽绒服快要滑下来了，伸手帮她向上拽了一下羽绒服："你先把衣服穿好。"他的语气温和，立场坚定。

三月中，倒春寒正盛，怀澈澈刚从酒吧暖意融融的场子里出来，也确实被风吹得一哆嗦，再看霍修一副对于她发脾气无动于衷的好好先生的样子，思忖了两秒，还是决定不跟自己过不去，把胳膊塞进了袖筒里。

见她把衣服穿好，霍修才继续好声好气地说："走吧，我送你回家。"

穿好衣服，体温回升，怀澈澈直接把羽绒服的拉链拉到顶，仿佛在用实际行动表示与眼前的男人划清界限。

"不要。"怀澈澈瞪着霍修，话说得口齿不清但铿锵有力，"我还没喝完呢。我的朋友都在里面，到时候随便谁都能送我回去……"

她说着就准备往回走，却没注意脚下，刚一回头就被台阶绊了一下，眼看就要在酒吧的大门口摔个屁墩儿。霍修索性心一横，直接把她拉住，打横抱起。

"你干吗？你干吗？光天化日之下你就敢动手动脚！"怀澈

澈在身体失去平衡的瞬间，出于求生本能，手先扶住霍修的肩膀，两条腿却在空中踢来晃去，以示反抗，"我就知道你根本没有那么好。你肯定是在我爸的面前装样子，现在原形毕露了吧！"

话音落下，半晌没有回应，怀澈澈觉得霍修肯定是被她的话刺痛了，定睛一看，却见他的嘴角上扬。她顿时泄了气，好像被刺破的气球迅速地瘪下去，只剩下声音里还带着几分虚张声势："你笑什么？"

霍修没有立刻回答。怀澈澈却因刚才一番闹腾透支了力气，现在脑袋晕得厉害。她在浑浑噩噩间，没有了距离的意识，头已经倒在了霍修的肩膀上。

女孩子温热的鼻息在这样春寒料峭的时节，给人的感觉最是清晰。霍修垂眸看了她一眼，见怀澈澈抬起头，眼眶确实更红了一点儿，但双眼一如他方才所见，没有眼泪，眼神干净中透着一丝小动物般的天真、懵懂。

面对这样的眼神，霍修好像也被剥夺了掩饰自己的权利："我笑你觉得我好。"他说着，笑容略微加深两分。

霍修回答得坦诚。怀澈澈却走了个神，没听清他说了什么，只感觉他的步伐很稳，一双手臂仿佛被注入了无穷无尽的力量，让她有一种自己好像不是近百斤的人，而是一根羽毛的错觉。

这种稳定的滞空感在某种程度上可以模糊梦与现实的分界。怀澈澈歪着头看着人行道。路灯的光从叶片的间隙透过，斑驳的光影营造出如梦似幻的意境。她被耳畔忽然响起的一声海鸥的鸣叫，带回自己刚到海城的那个夏天。

怀澈澈当年收到海城大学的录取通知书，便迫不及待地想离开家，海阔天空任鸟飞。所以在大学开学前，她提早半个月就拎着行李箱从家里跑了出来，准备先把海城逛个遍。

她先订了海城当地最著名的海景酒店，逗留了近一周，把酒店附近所有大大小小的街大都逛了一遍，然后在一家小酒吧里，遇到了也是提前来海城，却是为了赚取学费而出来卖唱的萧经瑜。

那是两个人第一次见面。那时候怀澈澈还不怎么敢喝酒，就端着一杯橙汁坐在台下听了全场。

虽然怀建中基本不在怀澈澈的身边，但他的意志一直贯彻在她妈对她的管束方针里。怀澈澈长这么大，从来没去过酒吧。而她就读的私立高中虽然为了升学率以优厚的条件挖了一些寒门学子进来，但在怀澈澈的印象里，他们都没有什么才艺，也不怎么说话，每天都在以一种背水一战的姿态拼了命地学习。换句话说，怀澈澈从来没见过像萧经瑜这样，从清贫中来却自由又坚强的人。

那家酒吧，她连着去了好几天，连酒保都对她熟悉了，戏称她为"小橙汁"。大概是看出她是奔着萧经瑜来的，酒保总明里暗里地想帮他俩认识一下，但萧经瑜总是来去匆匆，时间一到就拎着吉他离开，怀澈澈和酒保都一直没有找到机会。

后来，临近开学日期的某个晚上，萧经瑜最后一次登台演唱，整个酒吧的人都在为他"饯行"，开玩笑地大喊着"苟富贵，莫相忘"。怀澈澈也不知不觉地在酒吧里待到很晚，后来老板大手一挥，让萧经瑜送怀澈澈回酒店。

回去的路程不短也不长，路上还有很多出来旅游的游客在散步。路灯的光从棕榈树的叶子间透下来，微咸的海风吹来，空气中一点儿也没有八月底的燥气，充满让人舒服的湿润的凉意。

两个人一前一后地走着，萧经瑜在前，怀澈澈在后。她看见他一直把手往自己的裤子上蹭，想蹭掉掌心的汗，好像和她一样紧张。

那时候他们确实都太过青涩，一路上怀澈澈同他聊了好多，问了他好多问题,萧经瑜也一一回答。然而直到目送他的背影完全消失在夜色中,她才想起,他的电话、他就读的学校,她一个也没问。

怀澈澈回去后懊恼了好久,直到在学校的迎新晚会上重新遇到他。她感觉这可能就是天意,是注定的缘分。可是她现在想来,那天自己将最应该问他的问题忘记,当时的阴错阳差,会不会也是一种冥冥之中的天意呢?毕竟她也只是肉眼凡胎的凡人,说什么、做什么只能凭感觉。但老天爷一定清楚地知道,那天晚上所有的朦胧的梦幻,都不过是她的错觉。

萧经瑜不喜欢她,从来都没喜欢过她。

霍修把怀澈澈扶到副驾驶位上,自己绕到驾驶位准备开车的时候,才发现她的脸上不知何时已经挂上了两行泪,而她好像对此并未察觉,只呆呆地看着眼前的空调出风口,偶尔眨眼。

他当然知道以他们现在的关系,自己不适合伸出手去帮她擦眼泪,但他不动,怀澈澈也不动,任由泪珠把浓密、卷翘的睫毛变成好像被雨水压弯的细枝。细枝在风雨中颤动,悬挂不住的雨水很快只能在重力的影响下簌簌滴落,每一滴都好像在无形之中撩动他非理性的神经,与他的大脑中用来控制行动的脑前额叶的力量展开拉扯。

显然,这不是一场势均力敌的较量,理智迅速落败。霍修伸出手去,以拇指将她的脸上的泪水往旁边揩。粗糙的指腹接触到女孩子滚烫、细腻的脸颊,摩擦间因多了眼泪的润滑,令他感觉她的肌肤细滑到几乎没有触感。

怀澈澈不知道是没发现自己哭,还是没想到霍修会突然伸手过来,蒙了一下,也忘了反应,只呆愣地看向驾驶座上的人。

"别哭了。"

她能听见,但无法分辨他在说什么,只觉得男人的声音很沉,就着这片漫无边际的夜色听起来,如同热带丛林中被湿热的夜风带到面前的遥远的低吼。

眼里全是泪水,怀澈澈什么也看不清楚,在停车场暗淡的灯光下,就连男人的身形都是模糊的,仿佛此刻天地之间唯一令她能清晰地感知的存在,就是不断在她的脸上摩挲的微凉的指腹。

从脸到耳根都因酒精的作用着了色,她吹着车载空调的暖风,原本逐渐趋于昏沉,直到此刻,叠加在皮肤上的触感与温度让她如梦初醒。她抬手就挥过去,想打一下霍修的手。

男人的手指修长,指关节微微凸起,整条小臂犹如钢浇铁铸一般。怀澈澈一巴掌打过去几乎没怎么改变他的手的位置,自己的手心却被反作用力震得一阵发麻。她终于借着这点儿痛感更清醒了几分,想起此时此地不是自己十八岁那年的海城,身旁的男人也不是萧经瑜,而是别人。

"抱歉。"霍修被挠了一爪子,好脾气地把手收回去,"你突然哭了,我不知道该怎么办。"

酒的好处在这一刻体现出来。原本应该如山呼海啸般涌出的情绪,因夹杂着混乱的记忆,扰乱她的神思,令她对疼痛的感知也变得迟钝。

怀澈澈用手背擦了擦眼泪,大概是想看清楚眼前的是什么人,捋清刚才是怎么一回事儿,但无论她怎么擦,眼前都是模糊的,因此她看向霍修时,只剩下直勾勾的目光。

她的头发有点儿乱,尤其她穿了外套之后,部分发丝被压在衣下没理出来,而且她刚才还像一条鱼似的在霍修的怀里折腾了一阵,现在好多发丝在衣领处半出不出地鬈在那儿,整个人看起来像一只麥毛的小狗。她的眼睛红着，鼻头红着，嘴唇也有点儿肿。在她一抽一咽、哼哼唧唧间，那双眼睛却亮得惊人。

这辆车本来是霍修冲着它的空间大买的，他开了两年，一直没觉得它有什么问题，直到这一刻，才发觉它的前座的空间原来这么逼仄，车内的暖风也热得令人发躁。他的手背刚才被她挠过的地方应该是破了点儿皮，在这种温度下，好像着起了火，掺杂着一点儿可以被忽略不计的痛感，化成钻心的痒。

车里安静得像是被冻住的湖面。霍修的喉结顶在脖颈中间，线条僵硬得仿佛凝固。他抬手拉着衣领往外松了松，稍微活动了一下肩颈，顺势避开了怀澈澈直白的目光，但下一秒，怀澈澈的一句话让他再也无法平静下来。

"霍律师，"她的声音很轻，轻得像是人大梦初醒时的喃喃自语，又因为带着哭过之后的嘶哑和浓重的鼻音，像是被一股蛮力撕破的布料边缘细小的碎毛，"你想和我结婚吗？"

怀澈澈惊雷似的一句话，到了霍修那儿，就像直接砸进了一团棉花里，一点儿声响都没有。

这下怀澈澈的脸上挂不住了。想就想，不想就不想，他不说话是什么意思？他被吓到了？不至于吧。他们不就是结个婚，有这么可怕吗？不想结婚，他出来相个屁的亲啊！

寂静在密闭的空间里发酵，暖风不断地从出风口徐徐吹来，令怀澈澈的脸开始发烫。她感觉自己浑身上下的血好像都在这一刻冲上了脑门儿，燃烧着里面的酒精，"咕嘟咕嘟"地冒着泡。

"算了，你就当我没说。"

她的耐心在这种难熬的死寂中迅速地被消磨殆尽。她侧过身甩下这句话的同时，已经扶上了车门的把手，准备直接开门下车。

"想。"霍修的答复，在怀澈澈已于昏暗中摸到车门的开关，拉下开关的瞬间发出几不可闻的一声轻响时，才从旁传来。

比回答更快的，是他的动作。他直接一把扶住了她的椅背的侧边，迅速向她贴近，伸手握住了她的手背，在话音落地之前，已经将她开门的动作拦住。而后，他才重复一次："想。"

霍修的上半身越过车座，这一刻他想说话，只能低下头来，音量也不自觉地被压低，声音的颗粒感越发清晰。

怀澈澈的整个手几乎是在片刻间就完全被他包进了掌心。她抬眸，才发现两个人之间的距离已经很近，近到她好像能感觉到男人的脸颊上的温度。他温热的气息从她的毛衣的针织缝隙中钻进去，落在她的皮肤上。那种感觉是凉的，在她的身上激起一阵鸡皮疙瘩，而在那阵凉意过后，又燃起火，迅速地沿着她的侧颈灼烧起来。她本能地抬起手抵在男人的胸口上。

他应该有健身的习惯，穿着衣服时看不出来，但她上手一摸，能感觉到是有线条起伏的，而且不是那种隐隐约约的起伏，那起伏的线条形成非常分明的轮廓。

酒精没有让怀澈澈失去思考的能力，却让她因过度感受和思考，注意力分散开来，以至于这一刻她做的是防卫式的动作，却心猿意马地想的是这样与自己的行动毫不相关的内容。她终于得到了想要的答案，却没有心满意足的感觉，只剩下一种类似于想买的东西已经售罄，但不能空手而归，所以随手买了另外一件东西的空虚感。

怀澈澈抽回手，调整了一下坐姿，因有点儿困倦，打了个哈欠，然后含混不清地说："好，那我们明天就去结婚。"

次日清晨，怀澈澈躺在床上，意识已经清醒，但眼睛还有点儿睁不开，此时她只能皱着眉头躺在床上发出痛苦的声音。看来昨天是真的喝过头了，她现在躺在床上没动，都感觉头痛欲裂。

这是什么人间疾苦啊？！

怀澈澈艰难地睁开眼，伸出手准备去够床头的手机，这才发现自己所在的地方不是熟悉的房间。

这间卧室比她的房间要大，也可能是因为收拾得很干净，东西不多，家具基本是棕灰色系与黑白色系混搭，款式非常经典，横平竖直，线条硬朗，所以房间整体看起来有一种冷淡的克制感。

这里不像酒店，因为有明显的生活气息。她努力地回忆了一下，猜测这是霍修的家。她低下头，昨天穿出门的白色打底毛衣还完好地穿在身上，倒是外套被脱了下去，挂在一旁的深棕色实木衣架上。

怀澈澈想起了昨晚突然向霍修求婚的事情。其实她昨晚虽然喝了不少酒，刚出酒吧的时候也确实晕乎乎的，但后来哭了一场，思路一下就打开了。

很显然，现在她爸——怀建中先生是上头了。按照她对她爸的了解，她爸在她顺利结婚之前，是不可能放过她的。就算她和霍修相亲没成，明天还能有"林修""李修"等各路被她爸"把关过"的优秀男士，跟"排排坐，吃果果"似的被推到她的面前，她一个也逃不掉。

那么说到结婚，萧经瑜会与她结婚吗？怀澈澈用脚后跟想也知道不会。两个人相识七年，怀澈澈死缠烂打地追了他七年，他始终对外宣称两个人是普通朋友。

事实上也确实如此，萧经瑜没有喜欢过她，也没有借着她的喜欢做一些逾越朋友界限的事情。他们之间的边界一向清晰，他的冷漠无时无刻不在提醒她——这一切都不过是她的一厢情愿。

七年间，他们无数次闹掰，她也因为想把自己的注意力从萧经瑜的身上转移开，做过无数荒唐的事情。她扔过手机，换过手机卡，接近过其他男人，出国留过学，兜兜转转到头来却发现，认识更多的男人，不仅对她脱离萧经瑜没有任何帮助，反而让她更清晰地明白，这些人都不是萧经瑜。

怀澈澈自己也觉得自己真是个死心眼儿。而且，不说萧经瑜根本不喜欢她，就是喜欢，他现在忙着与合作的女演员炒作"荧屏情侣"，扩大知名度，提升咖位，哪儿有空儿恋爱、结婚啊？怀澈澈追在萧经瑜的屁股后面跑了七年，差不多也应该知情知趣一点儿，别当个挡他财路的绊脚石了。

然后就是最后一个环节。对怀澈澈来说，结婚对象除萧经瑜之外，是谁有区别吗？好像还真没有。反正如果一定要结婚，而又不能跟萧经瑜结婚的话，怀澈澈觉得其实与谁在一起都差不多。那么这个问题的答案确实就显而易见了。

不过霍修都三十岁出头了，估计家里也是真的催得很急吧，连一个蓬头垢面的醉鬼求婚他都能答应，他也太狗急跳墙了。但她转念一想，那不就是自己可以预见的未来吗？这现实真是让人笑着笑着就哭了。

怀澈澈忍着头疼，龇牙咧嘴地从床上下来，找到自己的手机，看了一眼昨天晚上自己被霍修带走之后未读的微信消息。

唐瑶昨晚估计也是醉晕了，到后半夜才发来一条微信消息问怀澈澈去哪儿了，不知道唐瑶是在哪儿睡醒了忽然良心发现。怀澈澈回复了一句"人还活着"，就见霍修的微信消息发了过来。

霍："醒了吗？"

他是来问怀澈澈早饭想吃什么的。怀澈澈看了一眼时间，是还挺早，上午八点多钟。她便顺水推舟地回了一句"随便"。

没过多久，霍修就拎着早饭回来了。怀澈澈顶着"鸡窝头"出了房间，看他一身运动装的打扮，他应该是刚健完身回来，一副生活规律健康、心态积极阳光的模样。相比之下，怀澈澈好像是另一个极端，代表着城市的黑暗面，一身酒臭，灰头土脸，顶着一头乱发坐在人家窗明几净的大厨房里狼吞虎咽地吃稀饭。

她甚至是有点儿故意表现出邋遢又不驯的样子，一顿饭吃完，自己都感觉自己仿佛是一条饿了三天的野狗。她吃完饭还打了一个响亮的饱嗝，向霍修传递出一个信息：朋友，趁现在还没领结婚证，你还有反悔的机会。

不过霍修从头到尾都表现得十分平和、包容，甚至在她吃完饭之后还给她递了一张纸巾，然后体贴地来了一句："吃饱了吗？"

怀澈澈只能接过纸巾擦了擦嘴，说："吃饱了。我先回去洗个澡。下午三点，我们在民政局门口见。"她的语气随意得好像自己只是在与他约下一顿饭。

霍修笑着"嗯"了一声，然后说："走吧，我送你回去。"

下午两点五十分，霍修到了民政局的门口，远远地就见怀澈澈已经到了。

小姑娘是一点儿妆也没化，素面朝天，身上套了一件白色的面包服，下面就是一条穿起来最舒服的粉色运动裤。她站在民政局的门口，将两手揣在兜里，头上扎了个高马尾，整个人看起来青春洋溢。

她眯着眼睛站在往来的人流旁边晒太阳，就像一只正好路过这里随便找了一个地方休息的小白猫，小脸儿被晒得皱皱巴巴的，满脸痛苦之色。

霍修找到一个车位停好车后向她走过去的工夫，已经看见三个男生上前与她搭话。男生们问的是什么，霍修没听清，倒是怀澈澈的声音清清楚楚。她说："我是来结婚的，大哥！"

霍修走到怀澈澈的身旁，看男生满脸尴尬地说着"不好意思"迅速走远，有点儿好笑地问她："怎么了？"

"他想加我的微信，说愿意等我办完离婚手续。"怀澈澈感觉这些人都是在嘲讽她的"苦瓜脸"，无语地翻了一个白眼，转身往民政局的大门走了一步，"走吧。"

结婚和离婚都在同一个大厅里办理，但分成左右两边，两两一组，各办各的。乍一走进大厅，怀澈澈倒是觉得离婚的队伍看起来更热闹。相看两厌的两个人，恨不得走一步就和对方拌两句嘴，想让别人知道对方有多惹人嫌恶，真是各有各的不幸与悲哀。

相比之下，结婚这边反倒无趣很多。不过结婚这事儿，本来就很无趣。如果你细想一下，会发现它跟成年是一样的。你会感觉人生的阶段被很明确地用一条一条的线划分开。一旦你过了某条线，不管自己有没有准备好，都会在社会层面被强硬地推进下一个人生篇章。

不过拿着"红本子"从民政局出来的时候，怀澈澈就像一觉把十八岁的生日睡过去了的小孩儿，没有一点儿人生已经开启了新篇章的自觉。她连结婚证都没往包里放，就先掏出手机接了一个经纪人打来的电话。

怀澈澈目前是一个全职自媒体人，专做高端探店（通过个人真实体验对实体店进行考察和宣传），衣、食、住、行都涉猎。之前在国外读书的时候，怀澈澈就经常拍摄自己吃喝玩乐的视频。因为高端探店成本大，做的人本来就不多，再加上怀澈澈长得好看，嘴又伶俐，还不打广告、不卖货，随便做做就已经积累了一些粉丝。

后来国内有个 MCN 公司（打造网络红人的公司）主动联系怀澈澈，在微博上同她聊了足足半年之久，说能给她配备专业的后期制作团队,她再也不用拍摄视频后自己剪辑、自己加字幕,甚至她不想自己拍摄时还可以找助理跟拍,她只需要自由自在地做自己想做的事情就行了。

怀澈澈的需求完美地被对方的这套理论击中,于是她去年回国后,爽快地和这家名叫"蘅舟传媒"的公司签了约。

只是签公司这事儿,哪怕她签的是一个靠谱儿的公司,也是有利有弊的。譬如怀澈澈有了更新视频作品频率的压力,不能像以前一样自己想什么时候出去吃就什么时候更新作品,在情绪不高,什么也不想做的时候,也要硬着头皮找一家店来尝上一尝。

"后期制作那边同我说,你之前拍的视频,更新到本周五就没了。但再过两周,清明就到了,小长假就是网络流量小高峰,你最近得抓紧时间攒素材,要不然到时候哪家店里都人山人海,你拍都不好拍。"

怀澈澈的经纪人叫方红,年纪比怀澈澈大了一轮。方红是蘅舟传媒公司里最有经验的经纪人,手底下的所有人都管她叫方姐。

怀澈澈毕竟是带着流量进公司的,蘅舟传媒内部准备对怀澈澈重点培养,资源对她倾斜得比较厉害。方姐和怀澈澈的关系自然也不错,两个人偶尔还会一起吃饭。

怀澈澈现在刚从民政局出来,手里还捏着"红本子",哪儿还有心思探店吃饭?一听方姐催自己更新,一时之间怀澈澈觉得连胃都开始隐隐作痛。

怀澈澈举着手机含糊地应了一声,自顾自地往前走了两步,又忽然想起现在自己多了一个合法丈夫,回过头看了霍修一眼,抬起拿着结婚证的手随意地向他挥了两下,以示道别。

"嗯,我在外面逛街呢,就在中山路这边儿。我知道……我今天就看看私信里有没有观众推荐的店……嗯……"

庆城是典型的南方城市，三、四月最是多雨，但今天很难得是个艳阳天。

四点多的下午，民政局所在的街道上一片敞亮。霍修也抬起手与怀澈澈挥手道别，两个人手里那一模一样的红色本子，好像被他拉着，在街道的两端牵起一条无形的红线。

霍修看着怀澈澈快步走到路边打了一辆出租车钻了进去，迅速地消失了踪影，才收回目光。他低下头，打开结婚证，看民政局的钢印将两个人的合照牢牢地嵌在了结婚证上，照片上两个人的头靠在一起，怀澈澈的笑容很漂亮、标准。她已经很习惯面对镜头，知道怎么调度面部肌肉才能使笑容显得真诚又亲切，熟练地将她拍照时的那点儿敷衍的态度藏得干干净净。

手机振动，霍修接通电话的同时，脚步往另一个方向的停车场走去："我在民政局……不是，我来结婚。"

两个人各怀心思，但无论如何，他们结婚了。

第三章
烟　吻

"你真结婚了?"

"真结婚了啊。"

"牛啊!怀澈澈,你现在真是……厉害爆了……"

"还行吧,普通厉害。"

领了结婚证的当天晚上,怀澈澈就拍了一张结婚证的照片,发了一条朋友圈。

一般怀澈澈发朋友圈,图片至少也是排满"九宫格",然后她会用几百个字,逐个儿地对这些照片说得清清楚楚、明明白白。

但今天她的这条朋友圈言简意赅,只有三个字——结婚了,文字下的配图是一个红本子的照片。再往下的互动区,五大排点赞的人,还有一堆留言问什么情况的人,怀澈澈一个也没回复。

唐瑶今天一觉睡到傍晚,睡醒后刷了一下微信。群里已经有"99+"的未读消息,她扫了一眼,就赶忙给怀澈澈打了个电话过来。

"你昨天不是还在嗷嗷叫着，说不想被别人左右命运吗？"唐瑶戴着蓝牙耳机打电话，点开朋友圈，翻到刚才怀澈澈发的那一条，"然后你扭头就这么嫁了？"

唐瑶说完，又好像想到什么："不会是昨天晚上他把你带走之后……看不出来啊，霍律师一副温文尔雅的样子，其实是个衣冠禽兽？那我昨天看着他把你带走，岂不是助纣为虐了？！"

"什么啊？！"怀澈澈愣了一下才反应过来唐瑶说的是什么，立刻大叫了一声"不是"，然后道，"你在想什么啊唐小瑶？我只是单纯地结婚了而已，超级单纯好不好？！"

"啊？"唐瑶活了二十来年，第一次听见有人把"单纯"和"结婚"这两个词放在一起，正语塞，就听怀澈澈又开口道："其实吧，我就是突然感觉烦了。"

怀澈澈一开始还想嘴硬一下，但架不住旺盛的倾诉欲，索性一拍大腿，都跟唐瑶说了。

唐瑶是越听越想大呼"离谱儿"，想说的话堆积成山，最后千言万语化成一个被惊呆的表情，什么也没说出来。愣了好一会儿，唐瑶才憋出一句："随便找个人结婚，亏你想得出来……"

过了五分钟，怀澈澈已经开始找别的话题了，唐瑶才回过味儿来，又追问："你想想，你们都结婚了，总不能还分居吧？你什么时候住到他家去？你要是住过去了，总得有夫妻之实吧，到时候你是给还是不给？"

怀澈澈蜷着双腿，整个人都窝在沙发里。一听唐瑶提出这样一个赤裸裸的问题，怀澈澈蜷缩得更紧了，已经开始把通红的脸往膝盖后面藏，但语气还硬着："怕什么？我今年二十五岁了，还没享受过，已经很亏了好不好？"

因为大学时期到现在始终与萧经瑜纠缠着,怀澈澈虽然对"滚床单"这件事儿心里好奇,但因为找不到实施的对象,一直没能实际操作。有的时候听朋友圈里的那群女孩儿讨论这件事儿,怀澈澈只能红着脸听,然后再被她们围起来进行一通"理论知识"教育。

唐瑶一听怀澈澈是这样的态度,倒是将心放下了一点儿,肯定了怀澈澈的想法:"可以啊,姐妹,早该这样了。要我说啊,你就是被萧经瑜给耽误了。你知不知道在这花花世界里,已经错过了多少人、多少事儿?"说完,唐瑶又想起一个问题,"现在萧经瑜知道你结婚了吗?"

"他不知道。这关我屁事儿?"怀澈澈一听"萧经瑜"三个字,轻轻地往上翻了个白眼,"他老人家忙着跟别的女人炒作呢,哪儿有工夫管我干什么?"

哟,听听这话,唐瑶嗅到熟悉的酸味,毫不留情地笑话怀澈澈:"你这条朋友圈发给谁看的,别以为我不知道啊。怀澈澈小朋友,就你这点儿小伎俩,瞒得过谁啊?"

怀澈澈哼了一声,没否认。电话那边的唐瑶大概是又考虑了一下,轻轻地叹了一口气:"不过你说你做的这事儿……你真的太冲动了。你就没有想过万一你和霍律师不合适,婚姻不幸福怎么办?"

"那就离呗。现在已经是什么年代了?离婚也能算个事儿?"怀澈澈倒是说得轻巧,跟说自己要去买一块巧克力似的,"到时候要是闹得难看才好呢,让我爸知道知道婚姻这条河不是谁都能蹚的。"

合着你结婚就是为了给你爸长教训是吗?唐瑶对此感到很无语。

此时,孟小馨拎着大包小包来给萧经瑜送午饭。萧经瑜喜欢的那家餐厅没开外送服务,只能叫人过去取餐。孟小馨吃的是助理这口饭，当然也得干助理的这点儿事儿。

看自家老板没心没肺地合上笔记本电脑就开始用餐，孟小馨颇有些皇帝不急太监急的感觉。她忧心忡忡地问："'鲸鱼哥'，有个事儿……"

"说吧，"萧经瑜连头也不抬，心里却对孟小馨要说的话有了数，"怀澈澈又干吗了？"

"澈澈姐……好像结婚了。"

话音未落，萧经瑜握着筷子的手终于定在了空中。他抬头看向孟小馨，向她确认她刚刚说的话："结婚？"

"对。昨天澈澈姐在朋友圈里发的内容，你没看见？"孟小馨心说，这位可算有点儿反应了。随即她掏出手机，翻到怀澈澈的朋友圈，给萧经瑜看。

"没看见。"萧经瑜一时之间也不知道应该以怎样的心情面对这件事儿，又以怎样的语气谈论它。他伸出手接过孟小馨的手机，继续道："她把我的微信删除了。"

说完，他扫了一眼这条乏善可陈的朋友圈，低声骂了一句："扯淡。"

孟小馨没听清，"啊"了一声。萧经瑜紧接着说了一句"没什么"。孟小馨想点开大图让他看清楚，但他已经转过头去，懒得再看。

都说当局者迷，旁观者清，萧经瑜和怀澈澈作为当局者，很多时候对此看不清，但孟小馨作为旁观者，当然比他们看得更清楚。

昨天晚上怀澈澈走后，胡成本来说安排大家一起去吃一顿，但萧经瑜说不想吃，就直接回家了。

孟小馨当时没多想，因为萧经瑜经常不参加聚餐，但刚才她送饭过来，才知道萧经瑜从昨晚到现在没吃饭也没睡觉，该创作的新歌歌词也一个字都没写，荒废了一整夜的时间。刚才她用密码开门进来，就看见萧经瑜坐在电脑前，看着窗外，不知道在想些什么。

孟小馨本来觉得自己不该多说，但离开房间之前实在没忍住，还是问了一句："'鲸鱼哥'，你既然这么难受，为什么不去跟澈澈姐道个歉呢？你不要那么强硬地说'没办法'，女生都不爱听这个……"

"过两天吧。"萧经瑜看不清自己，却比孟小馨要更了解怀澈澈，"她现在在气头上，听不进去。"

这两个人，看着好像是一个追，一个跑，这么稀里糊涂地过来，但想想也知道，如果萧经瑜这边就是铁板一块，那么怀澈澈不管再怎么执着地喜欢他，也该放弃了。

在孟小馨看来，这两个人之间根本不是没有感情的问题，更多的是因为性格太像，谁都不肯服软，就像是矛和盾，一边是尖锐，一边是固执，撞在一起就是两败俱伤。

他们这帮人其实偶尔聚餐的时候也会聊到萧经瑜和怀澈澈的事儿。但这个团队里除了孟小馨，都是男人。他们提起怀澈澈，第一反应都是摇头。

"漂亮，有钱，但看她的性格，太难搞了。"

"对，就看她的那张脸，是真的很难不让人喜欢，但这性格……我估计'鲸鱼'也是因为这个，所以一直没有松口和她确认关系吧。"

"这还没确认关系呢，她就作成这样。两个人要是真成了男女朋友，那她还不得把男朋友绑在家里，谁也不让看啊？这种女人再漂亮、再有钱也没用，太让人窒息了。"

萧经瑜满打满算出道已经五年，因为对身边的人比较好，团队里的工作成员流动并不大。孟小馨作为加入这个团队最晚的成员,每次听到他们这么说怀澈澈,心里都不太舒服,但自己又不好多说什么,只能当作没听见。

"'鲸鱼哥'……"和男同事们的看法不同,孟小馨能感觉到怀澈澈根本不像他们描述的那么极端。孟小馨也很喜欢这个大方又直爽的女孩儿,当然希望怀澈澈和自家老板能修成正果。但眼看这一盘棋随着怀澈澈领结婚证已经成了死局,孟小馨也只能讪讪地收回手机,无助地问:"现在怎么办啊?"

"什么怎么办?"萧经瑜重新拿起筷子,"你以为她是认真的?"

"啊?"孟小馨这回声音更大了,"不会吧,这可是结婚啊!结婚还有闹着玩的吗?"

"对别人来说,可能没有,"萧经瑜面无表情地喝了一口汤,"但她是怀澈澈。"

萧经瑜想,估计怀澈澈是还在生昨天的气吧。毕竟这么多年来,只要同他吵架,怀澈澈总会想各种办法逼他主动去找她,其中闹得最凶的一次,她直接随便拉了一个男生"谈恋爱",还像示威似的把自己与那个男生的合照发到朋友圈,让自己与萧经瑜共同的朋友给萧经瑜传话。

和那副看起来单纯温顺的皮囊截然相反,怀澈澈的性格中充满了尖锐的刺和令人无奈的幼稚,以至于她就算是做这些报复性的事儿,也都简单到让人一眼就能识破她真实的意图。同样的,与她相处这么多年,萧经瑜当然也知道做哪些事儿会让她生气,知道她看见那条他与异性炒作"荧屏情侣"的词条一定会爆炸。

只是人想往上爬,就必须为自己的野心付出代价。像这种大家心知肚明、表面应付的合作,已经是付出最小、收益最大的操作。但怀澈澈好像永远都不会明白这一点。毕竟在她的世界里，根本没有"没办法"三个字。哪怕这位大小姐就是要天上的月亮，也会有人前赴后继地帮她摘下来。

回想起昨天她问的那些不知人间疾苦的问题，萧经瑜也是一口气堵在嗓子眼儿里，上不去，下不来。现在再想起她结婚的消息，他更是被气到想笑。

哪儿有人的结婚消息是那么发的？只有一张结婚证被孤零零地往桌上一放，像个道具似的，充满摆拍的味道，生怕他看不出来她的意图是吧？气人的招数层出不穷，这人到底什么时候能真正懂点儿事儿？！

方红做事很快，没几天就将怀澈澈当前的私信列表整理出来，把呼声最高的庆城市内前十的店铺，从店名到地址全部统计好，发到了怀澈澈的微信上。

怀澈澈抽空儿去了两家店，之后就实在挤不出时间了。原因无他，只是她又被怀建中抓了。

这事儿说来也简单，就是怀澈澈领证的事情被她爸知道之后，她爸被气得打了半个小时电话怒骂她，说她缺心眼儿。她爸骂完她，挂了电话，就同霍修的父母约见面的时间，准备正式谈谈两家孩子结婚的事情。

正巧霍修的父母正准备休一个长假，出去玩玩。他们与怀建中夫妇一合计，那就干脆直接把两个"当事人"也带上，去度假区一边玩，一边把婚事谈了。

出发的那天，怀澈澈重新回想起了读书时被早自习支配的恐惧。她连眼睛都还没睁开，就和行李箱一起被拖出了家门，塞上了车。

她根本不知道要去哪儿，在后座上，趴在她妈李月茹的怀里，听爸妈聊了半路,才知道这次的目的地是渝城那边的一个茶山庄园。

怀澈澈从小到大对茶半点儿兴趣也没有,一听什么茶园、茶料理,整个人更萎靡了,剩下的路程,她直接睡了过去。

一家子到渝城的时候,正好下午两点多。下了飞机,怀澈澈才知道原来霍修一家人昨天就已经到这里,将房间和车全部安排好,一应事宜打点妥当,就等怀家三口儿今天过来。

一共两辆车来机场接人,怀澈澈当然被赶上了霍修开的那一辆。小姑娘被渝城的阳光晒得睁不开眼,飞速地窝进副驾驶位。但在来的路上,怀澈澈已经睡饱了,现在是真不困,所以上了车之后一会儿看看窗外风景,一会儿在大众点评 App 上看看附近有什么值得一探的店。她在 App 上看了半天,没什么收获,刚想打开微博问一下有没有可探的店,大数据就给她推送了一大堆萧经瑜和沈翡的剪辑视频,烦得怀澈澈赶紧退出微博。

百无聊赖之际,怀澈澈只能把注意力放在这一刻正在开车的自己的合法丈夫的身上。其实那天领完结婚证,从民政局一出来,怀澈澈就发现唐瑶之前说霍修的条件好,这个评价其实还挺客观的。

霍修确实长得很好,而且这种好,是不带有任何客气的成分,让人看见他之后可以立刻在心里毫不犹豫地做出评判的好。就像现在,日头逐渐西斜,阳光从路边树林的缝隙中穿过,偶尔会给正专注开车的霍修的侧脸勾勒上一层光边,更加突显出他五官的线条硬朗、干净。而且让怀澈澈很羡慕的是,他的眉骨很高,显得眼窝深。不像她,眉骨平平的,五官的立体感就没那么强,显不出他那种气场和成熟的味道。

"我的脸上有东西吗?"

怀澈澈就这么直勾勾地盯着霍修看了好一会儿。他开过了一个急弯之后,才抬手松了松领口,依旧目不斜视地关注着前方的路况，只是很快速地回了她一个带着点儿笑意的眼神。

"呃……"怀澈澈本来想说"没有"，但思路一堵，她忽然冒出一句土味马屁，"好像有点儿？"

"哪里？"

"有点儿……帅气？"话音一落，怀澈澈自己都觉得这话说得真是太尴尬了，不自在地迅速别开眼，眼神像张皇的小耗子似的逃向窗外不断后退的树林里，转眼无影无踪。

下一秒，怀澈澈的脑后传来男人的笑声，不多，只有几声，而且很轻，几乎就是气声，听得出已经是他克制之下发出的，但还是没有躲过她的耳朵。

你笑什么笑啊？！你不会连短视频都没刷过吧？这个段子现在在网上火得要死好不好？怀澈澈咬着下唇非常倔强地准备当作没听见，却听霍修从容又愉快的声音传来："谢谢。"

怀澈澈本来想说"这只是个段子，你也不用当真"，结果直接被霍修的那一句"谢谢"搞蒙了。她红着耳朵，低着头，刷了一路手机，好不容易上了茶山，终于看见了山上阶梯状的茶园。

时间已经接近晚上六点，怀澈澈跟在四位家长的身后进了餐厅，外面看着空荡荡的，虽明知三月下旬是旅游淡季，却还是忍不住生出"你看吧，谁会喜欢茶料理"这样的小学生的想法。

席间，怀澈澈看她爸和霍爸俨然是老相识。两位为人父的熟练地推杯换盏。她爸喝了两杯又开始数落她，说她连领结婚证这么大的事情，都不知道同家里人说一声。

霍家父母自然也跟着数落了霍修几句，但毕竟两家对这两个小辈的婚事也算是乐见其成，说了几句就自然而然地开始聊起了婚礼和彩礼。

菜不好吃，怀澈澈就偶尔敷衍地下一筷子，假装进食，实际上在专心听长辈聊天儿。她家的这对父母，性格大相径庭。怀建中强势到在家里说一不二；李月茹则是典型的主内贤妻，一般怀建中要干的事儿，李月茹都插不上话。

但霍家的这对父母不一样。虽然两个人看着都非常温和有礼，一如普通的恩爱夫妻，实际上除夫妻关系之外，还有一个合伙人关系。两个人的眼界和地位相差无几，他们往那儿一坐，就有一种你来我往、琴瑟和鸣的感觉。

而且让怀澈澈感到有点儿意外的是，霍家比她想象中的要殷实得多。这边怀建中说给霍修买一辆好车，那边霍爸就拍板给两个孩子置办一套市中心的大平层房产，谈笑间，连婚礼上一桌摆几瓶茅台都快定好了。

"那个……爸……我还不想……"怀澈澈之所以结婚，完全就是觉得一直被催婚，好麻烦。现在一看，结了婚还要办婚礼，办完婚礼生孩子，生了孩子挑幼儿园、小学，更是无穷无尽的麻烦，她怕自己再不说话就直接被推进月子中心了。

一时间，四位家长的眼神都朝怀澈澈投来。怀澈澈别的倒不怕，只是一对上怀建中的那双写着"你要说什么，先掂量清楚"的眼睛，顿时心下一怵。但下一秒，她身旁的男人很自然地将她的话头接了过去："爸、妈、叔叔、阿姨，是这样的，关于这件事情，我和澈澈商量过。现在澈澈刚回国不久，我的事业也还在上升期，本来还没到谈婚论嫁的好时候，是想着让你们放心才先把结婚证领了。但毕竟生活是我们两个人来过，后面的事情，还是希望你们能让我们自己来决定。"

怀澈澈刚想问自己什么时候和他商量过，但刚一侧头看过去，正好对上霍修那微含笑意的双眸，就好像在同她说：别慌。

霍修居然会在这个时候帮她讲话。刚才在开口的时候，她已经做好了要和这饭桌旁包括霍修在内的五个人舌战的准备。

霍修的这番话说得也确实太讨巧、妥帖了。怀建中的面色一下就和缓下来,给了怀澈澈一个"你学学人家"的眼神,语气也柔和下来:"哎呀,这个……没事儿的。我们就是建议建议,具体的事情,你们小两口儿商量就行了。"

霍家父母也眼中含笑,有些骄傲地看了儿子一眼:"不过房子可以先买,你们先住着,要不然就有点儿委屈澈澈了。"

一顿饭吃下来,怀澈澈唯一的感想就是,大家都长了嘴,为什么霍修的那张这么强?霍家父母就不说了,连她那强势的爸在霍修的面前都像个老好人似的,任霍修说什么就是什么。她爸和霍修的那幅相亲相爱的画面,强烈地冲击了她的神经,以至于对后续的房间分配与明天的行程安排,她一直没怎么听,只"嗯嗯嗯"地敷衍了事。

反正不就是自己要与霍修同房吗?就像之前和唐瑶说的那样,怀澈澈领证的时候就有觉悟,既然婚都结了,一切顺其自然就好。但真的走进房间的时候,怀澈澈才发现,自己好像真的想少了。

这房间其实别的地方都挺正常,装修是简约的田园风,家具大多是实木和藤编的。这里胜在取景很好,往窗外看,近处灌木丛郁郁葱葱,远处繁茂的茶林接天连地,四面八方都透着清心寡欲之气。

可就是这么透着清心寡欲之气的房间,谁能想到,它的浴室竟然和卧室之间只有一面玻璃墙。是的,没错,那是一面高透高清的玻璃墙。

这是什么伤风败俗的东西啊?!想象了一下待会儿自己得在这个全透光的浴室里洗澡,怀澈澈感觉这比自己和霍修直接发生点儿什么还过分。但刚才分房的时候她没有意见,要是现在再同霍修说"待会儿我洗澡,你不许看",也确实显得有点儿做作。

霍修往房间里走了两步,才看见怀潵潵的一双眼睛死死地盯着某个方向。他顺着看过去,立刻明白她的耳朵红透的原因。

他笑着走回她的身边,说:"水汽起来之后,在浴室外什么都看不清楚。"

"哦,对,你昨晚就住在这里来着。"怀潵潵恍然大悟,看着浴室的玻璃墙,眨巴眨巴眼,忽然热情地向他提议,"那你先洗?"

这样也好,让她观察观察到底是什么情况。他道:"好。"

霍修倒是答应得坦荡,把她的行李箱放好之后,就直接脱下外套,拿起换洗的衣物进了浴室。

怀潵潵给自己倒了一杯水,坐在斜对着浴室的沙发上,本来是想看看浴室的水汽到底足不足以掩盖一切,但霍修当然不可能一进去就打开花洒,还是要先脱衣服的。

当下,他背对着怀潵潵刚脱掉衬衣外面的毛衫,正开始从衬衫最上面的纽扣开始解。纽扣一颗一颗地被他推出扣眼,开襟的白衬衣很快从原本挺括的状态松弛下来,他那肌肉坚实、轮廓分明的胸腹部,通过镜子的反射,令坐在沙发上的怀潵潵得以一窥。窥到那抹肉色的时候,怀潵潵感觉自己的眼睛好像被烫了一下,立刻心虚地别开眼,还掩耳盗铃地打开了电视机。

电视里正在播渝城当地电视台的财经节目,怀潵潵看了半分钟,什么也没看进去,又把声音略微调大了些。

"我们当地的这个茶庄园,从种植,到炒制,已经形成了一条龙……"发言人操着不标准的普通话介绍着渝城的茶业情况。霍修也在怀潵潵的余光里将手腕上的机械表解下,放进洗手台上的置物篮里,转身走到花洒下,拧开了热水的开关。

房间里有暖气,但在霍修拧开淋浴器热水的开关,从花洒中喷出的热水落地的瞬间，依旧与瓷砖碰撞出大量的水汽。水汽滚滚蒸腾起来，男人腰部以下的位置好似被加了一层高斯模糊的滤镜。

借着朦胧水汽的遮掩，怀澈澈的视线也终于得以自由，她可以更大胆地看向他了。隔着薄薄的水雾，她能较为明确地看到他的肩膀很宽，从肩部至腰部呈一个漂亮的倒三角形，再往下就太模糊了，但臀部的轮廓隐约可见。怎么说呢？他的身材确实挺好，腰身精壮，屁股挺翘，结合上次她在车里无意间摸到他胸部时的触感，她不用细看，脑海中已经大概有了他身体的全貌。

她迅速地窝进沙发的角落里，将两条腿蜷缩上来，用双手捧着水杯，抿了一口杯中的水才猛然发现，这和她在家庭影院里看电影的时候好像是一个状态。所以，她居然在用看电影的心态在看一个男人洗澡？

虽然这个男人现在从法律的角度来说是她老公，她也觉得自己没必要有那么重的心理负担，可这位老公也确实有点儿过分了。这背肌练的……那云雾缭绕间的背影，是不是太诱惑了？

热水下落，滑过坚实的背肌，硬朗而不浮夸的背部线条，伴随着他的动作，或起，或伏，或舒展，或紧绷，与他的肩颈连成一片，浑然天成。再往下是劲瘦的腰，线条优美，微微内收，让人一眼看去，能感觉到他的腰部拥有饱满的力量感与爆发力。

她就坐在沙发上小口小口地喝着热水。浴室里的霍修也完全没有要展现更多的意思，每一步都是再正常不过的洗澡流程。打泡沫，冲洗，擦干，不等雾气消散，他已经套上了衣服。怀澈澈回过神来的时候，杯子里的水已经被她喝完了，而她感觉口渴的状况并没有缓解。

霍修身上穿的是一套青灰色的睡衣，与窗外山里的夜色意外地和谐。他一边走出浴室,一边拿着毛巾擦湿漉漉的碎发,侧头看过来的一瞬间,怀澈澈立刻不自在起来。

"你洗完了?"她开始干巴巴地说着废话,"怎么样,水温还好吗?"

霍修走到沙发旁,没有坐下,只站着,然后用温和无害的目光看着她:"还好。这里的水偏热,你记得将冷水开大一点儿。"

那确实是得热,不热哪能激起那么大量的水汽?怀澈澈很理解地点点头,然后也不知道是在征求谁的意见,讪讪地问:"那我去了?"

霍修笑了一声:"好。"

其实从理论上来讲,她不去洗澡也不是不行,毕竟霍修不可能逼她去洗,但从实际的层面出发,她不去洗这个澡是真不行。

看个男人洗澡能把自己看成这样,真有你的,怀澈澈。怀澈澈对自己有些怒其不争,从行李箱扯出一条睡裙就进了浴室。

浴室里还残留着一点儿水汽。她一边脱衣服,一边透过镜子看了一眼外面霍修的位置。只是霍修没有在沙发附近停留,更准确地说,他没有在室内停留。

在怀澈澈进到浴室之后,霍修只是走到衣架旁将自己的外套取下,披在身上,然后就拿着烟盒和打火机去了阳台。

茶园的灯光很远,外面夜色正浓。霍修的身影很快便融进那片黑暗中,打火机的火光一明一灭,只剩下被他衔在指间的烟发出一点儿红光。他的确有刻意回避的意思,但更多的还是想出来透一口气。不过浴室里的小姑娘显然因为他的这一举动放下心来,动作开始变得快速而流畅。

后腰抵着阳台围栏,霍修抬起手,轻吸了一口烟,又将手放下,以手掌撑着围栏顶部金属的扶手位置,任由山上一入夜就开始略显凛冽的风将飘起的烟雾拉长、带走。

他读研的时候压力大,烟瘾很重。现在好了很多,只偶尔需要克制情绪的时候他才会抽上两根。不过就当前的情况，说克制情绪，他觉得不是很对，更准确地说，应该是克制欲望。

霍修进浴室之前，也没想过怀澈澈会那样光明正大地，甚至捧着一杯水在那儿看自己洗澡。而且她的眼神里没有任何挑逗的意味，更像是一种欣赏，目光的追逐只是她表达喜欢的方式。她不遮掩，坦荡到就像一束从舞台的棚顶上打下来的强光，直白、热烈又滚烫。

山里的夜风比市中心的要冷得多。霍修站在室外的阳台上，一支烟，自己没抽上几口，全喂给了路过的风。他抬头想往上扫一眼星空，余光却不合时宜地掠到了正站在花洒下的白影。当下室外暗，室内亮，霍修想不注意到里面的动静都很难。好在怀澈澈洗澡慢，小小的浴室里已经满是水汽，腾云驾雾似的。

霍修往里看，但目光是克制的。只见她将一头长发扎成一个小鬏鬏坠在脑后，头上戴了一个粉色发箍，把额角的一圈碎发固定住，露出光洁的额头，双颊因冲着热水泛起一层绯红。

等怀澈澈洗完澡从浴室出来，霍修已经抽完了第二支烟。她的身上套着松松垮垮的睡裙，从锁骨向下，严严实实地包到小腿，只露出脚踝，整个人看起来好像一块被捏成条形的年糕。

不知道是不是看霍修没有从阳台上进到室内的意思，怀澈澈也有样学样，抓起自己的外套裹在身上，就直接推门来到阳台。

刚刚度过一次洗澡危机，怀澈澈现在的表情却称不上多好："你在这儿干吗？"问完，怀澈澈就看见霍修的手指间还剩最后五分之一的烟，了然地"哦"了一声，表示自己知道原因了。

霍修往旁边让了一步，把距离门最近的这一块地方让给她，才问道："冷不冷？"

"还好，不冷。"

怀澈澈出来当然不是为了关心霍修在干什么。她站到霍修的身旁，倾下身来，将手肘撑在围栏上："晚餐时，我爸妈和你爸妈说的那些话，你怎么想？"

刚才霍修出门到阳台上之后，怀澈澈在浴室里，整个人放松下来，脑袋里就开始想刚才两家父母聊的那些内容。她本来只是为了躲麻烦才结婚，可没想到结了婚之后更麻烦，所以刚才洗澡的时候就越洗越丧气了。

之前唐瑶说怀澈澈对婚姻的事儿想得太少，怀澈澈还不承认。现在一想，对于婚姻，怀澈澈觉得自己确实是想得太少也想得太简单了。

彩礼、嫁妆、婚宴……一系列因为结婚而起的麻烦事情虽然已经被霍修往后推迟，但并不代表不再存在。更何况这些事情结束了，后面还有更多事情等着怀澈澈去做，比如备孕、生育、哺乳。这样一想，怀澈澈更觉心烦意乱，现在满脑子都是——烦了，毁灭吧。

霍修没立刻回答怀澈澈的问题。两个人都沉默下来，只剩下他指间的烟雾在无声地与夜风缠绵。

怀澈澈盯着他手上还剩一小段的烟，忽然没头没脑地来了一句："能给我抽一根吗？"

闻言，霍修愣了一下，而后很干脆地打开烟盒，将烟盒递向她。

怀澈澈从烟盒中抽出一支烟，以两根手指夹着，又从霍修的手里接过打火机，试了几次，终于把烟点着，送进嘴边尝了第一口，然后立刻别过头去，闷着咳了好几声。霍修没说话，面色温和地敛起笑意，适时地把烟灰缸送到她的手边，暗示她随时可以把烟掐灭。

小姑娘好不容易咳嗽完，抬手先把烟拿远了一点儿，呼吸了几口新鲜空气才缓过劲儿来。她哑着嗓子说:"不用,我只是很久没抽了,忽然有点儿不习惯。"说完,她又瞥了一眼霍修,"你不会讨厌抽烟的女生吧?"

怀澈澈问这句话的心态,其实和上次她在他家野狗式吃饭时的心态差不多,带着一点儿故意挑衅的味道。她好像就等他接一句什么,自己正好能顺坡下驴,闹一场,把婚离了。要是霍修回答"不讨厌",那也无所谓,反正她不信他会真的不在意这些,再找下一个机会好了。

但霍修没直接回答,只问:"你为什么会这么觉得?"

为什么?因为怀建中特别讨厌女人抽烟,曾放下狠话说,要是怀澈澈敢抽烟,就打断她的腿,但他自己抽得多的时候,就像个加湿器一样,吞云吐雾一整天,将双重标准贯彻到底。

"哦……"怀澈澈没想到霍修会反问,但总不能说是因为周围的男人都讨厌抽烟,所以她一叶障目、以偏概全吧?她想了想,说:"因为嫌亲吻时有味儿吧。"

这个答案是她周围的那些男性朋友给的。怀澈澈想起这个说法,还想翻白眼。这些男人,一个两个的顶着一身臭烘烘的烟味,但若女友想抽一支烟尝尝,就像要他们的命似的。他们会嫌恶地说,这样接吻的时候会有味道。

这种人怀澈澈见多了。她感觉这世道对女人的要求真多。大家都是人,没有违法犯罪,怎么男人能做的事情,换成女人来做就好像十恶不赦似的?后来怀澈澈到国外,天高皇帝远,怀建中管不着她了,她立刻偷着找来烟试了一次,结果被呛得死去活来,从此就没再抽过。不过这些她从来不理解的男人们的想法,当下倒是正好能用来应付霍修。

"哦,其实你讨厌女人抽烟也没事儿。我这人,毛病很多,也不单单是抽烟这一件事儿。"怀澈澈故意用一种轻佻、傲慢的语气把这句话说出来,试图让霍修知道,她和传统思维下的所谓贤妻良母型的女人有多么不同,他别指望她能按照刚才晚餐时两家父母的想法,安生地与他生儿育女过日子。

"而且我比较倔,改不了。"说完,她又侧头抽了一口烟,为了不被呛到,只把烟雾吸进口中含着,再以很缓慢的速度吐出去。

做到这一步,怀澈澈感觉已经差不多了。她用左手的食指和中指夹着烟嘴,以余光看着霍修把烟灰缸放回旁边的茶几上,俨然已经有了想法的模样。

烟灰缸是瓷质的,落在玻璃茶几上,哪怕再怎么轻拿轻放,也会发出轻脆的响声。怀澈澈忽然有点儿紧张,开始猜测霍修马上会说什么,是"怀建中语录"中的哪一句。但霍修放下烟灰缸之后,顺手把自己手里已经快要燃尽的烟头摁了进去,一转身,直接将她压在了阳台的围栏上,就那么低头吻了下去……

怀澈澈做梦也没想到事情会这样展开,立刻抬起没拿烟的那只手准备推他,那只手却又在空中被霍修稳稳地抓进了手里。

男人的掌心滚烫,嘴唇亦然。他将她的唇齿撬开的瞬间,被她含在口中还没来得及吐完的烟雾就在两个人的唇舌纠缠间于风中飘然而散。

第四章

正面交锋

霍修吻得不深,就好像只是为了尝一尝怀澈澈嘴里的烟味儿,犹如蜻蜓点水,一触即离,让她几乎还没来得及沉溺,就已经结束。

霍修松开她的手,撑着她身后的围栏,与她拉开距离,喉结滚动,声音低沉:"我不讨厌。"

她不知觉间,指尖已经微微地蜷起,将烟嘴夹得几乎要干瘪下去。烟顶部的烟灰还颤颤巍巍地保持着烟管的形状,看起来随时都会坍塌。

霍修的手还隔着她的外套,扶在她的腰上。他低垂着眼眸,直直地看着她微红的双眼。从她刚才被呛到起,眼眶就一直是红的,眼里一开始还沁着一层如雾气一样的薄泪,她偶尔瞟他一眼,令他心痒。

尤其她刚才的言行,如果他没猜错的话,她是试图用这种很拙劣的演技演出她印象中的离经叛道的形象，但这一刻，她紧张得都不敢抬眼看他。

怀澈澈对手中的烟是彻底抽不下去了，薄薄的烟雾在风中犹如一条飘舞的纱，穿过两个人之间狭窄的空间，轻盈地飞过。

她浑身都僵住了，只剩下被他抓在掌心里的手不断地颤抖着收拢，装饰得花里胡哨的长指甲深深地陷入他手掌侧面的肉里。

但霍修好像感觉不到疼，只想让刚才那一瞬间唇上温软的感觉再稍微延长一些。他低下头，重新啄吻她的双唇，带着试探，却没有犹豫，而后不满足于这样的浅尝，加深了唇舌间的纠缠。

怀澈澈口中最后一缕浅淡的烟雾，在这一刻像在彼此的口中融化一般。她回过神来，想躲开他，身体却还没来得及朝后探出围栏，后背就被霍修一把扣住，他又将她拥了回来。

她再也没有逃跑的退路，甚至连双脚都微微踮起，拖鞋的鞋面拧出好几道褶子，一如此刻在风中翻动的裙摆。

她再次回过神来的时候，手上的烟灰已经不知何时落了地，夹在指间的只剩下一个干巴巴的烟蒂。此时，她的两脚发软，双颊滚烫，烫到她不用照镜子也知道涌上来的血在沸腾，脸上一片绯红。

她将一双杏眼瞪得溜圆，耳根处的红昭显着她正恼羞成怒："你干吗啊？我没说你可以亲我！"

她的表情凶着，声音却软得好像棉花团。霍修看着她，目光深沉，声音低哑："我只是想向你证明我不会讨厌。"

"你放屁！"

小姑娘被气得连为方便洗澡扎起的鬏鬏都快要参起来了。她正准备发作，霍修又开口："关于他们在晚餐时说的话，我是怎么想的？这个问题，因为你问得很突然，所以我刚才花了一点儿时间想了一下。"

一口气被堵回来,大脑也跟着空了一下,怀澈澈张了张嘴,硬是没接上话。霍修让她先靠在围栏上,自己转身去拿了烟灰缸过来,让她把烟头扔进去之后,才说:"都听你的。"说完,他又好声好气地补上一句,"你别生气了。"

这人好会避重就轻啊!怀澈澈因刚才被他强吻,气往上涌。她正要发作,听他这么一说,那一口气顿时上不去、下不来,哽在了喉头。她感觉更窝火了,一时之间连眼神都不知道往哪儿去,威胁道:"我不办婚礼!"

霍修很爽快地说:"那就不办。"

"我也不会与你住在一处,你想的美!"

"那就先不一起住。"

"行啊,到时候你和我爸说去!"

"好,我去说。"

"你可不能说是我说的!"

"嗯,是我说的。"

眼看自己说什么,霍修就应下什么,怀澈澈更没话说了。她憋了半天,直接把他往旁边一推,扔下一句"你今天睡沙发",就"呼"的一声甩上了阳台的门。

次日,怀澈澈一大早就被怀建中的电话叫醒,开始了一天的神游。一行人在这里停留的时间不算长,好在茶山上需要走的地方也不多,参观完采茶和制茶之后,下午时分,就回到酒店附近的茶庄品茶。

这一整天的环节,就没有一个是怀澈澈感兴趣的,就连掏出手机拍照,她都懒得动。等到了茶庄,她环顾四周,感觉就对门口的铜质的马雕塑比较感兴趣。

怀澈澈跟着大家进门，怀建中问她是想喝云雾还是想喝毛尖。她盯着茶单看了一会儿，果断地道："可乐。"怀建中被她气到，直接把她赶出了包间。她出了包间反而自在，直接找了一个靠窗的位置坐下。

下午，太阳西斜。阳光隔着一层玻璃照在怀澈澈的身上，只剩下温暖。她舒服得几乎睁不开眼，一边伸懒腰，一边拿起手机，点开了微博。

这完全是习惯性动作，她特别喜欢刷微博。她最近还喜欢上了一个风靡一时的短视频App，叫"颤音"。一有时间她就刷微博和颤音，刷得停不下来。

但她刚点开微博图标，想起来昨天被大数据推送了萧经瑜和沈翡的合照，赶紧往外退。不过为时已晚，微博已经被打开，并自动刷出了新内容，第一条就是来自萧经瑜超话的。

小鲸鱼女友粉1999："呜呜！我就知道萧经瑜是不可能和别人炒作'荧屏情侣'的，他最洁身自好了。你们看啊，我'老公'发微博说没有炒作。他就是个安心唱歌、安心演戏、拼得要死的男孩子而已。"

怀澈澈扫了一眼，还没怎么看清楚，手已经先不受控制地点开了那条微博的截图。截图里，正是萧经瑜发的一条微博，时间是今天凌晨四点。

萧经瑜："我们就是一起合作过。她人很好。诸位别想太多，晚安。"

他的这条微博没有说是什么事儿，也没有说是什么人，但结合这两天火到爆的热门微博，谁又会不知道他指的是什么呢？在这条微博下评论的女粉丝们已经疯了，纷纷说爱他一辈子。

怀澈澈往下翻看，"喊"了一声的同时，嘴角已经开始上扬。

她再点开,那个"闻枫和亓云是真的"的话题,以及其他相关话题,都已经没有了踪影,取而代之的是另一个话题"萧经瑜不炒作荧屏情侣"。

怀澈澈点进"萧经瑜不炒作荧屏情侣"的话题页面,看了一会儿。这个话题下其实没什么东西,就是把萧经瑜发的那条微博和沈翡今天发的说"剧的质量才是王道"的微博一起截了图并做成拼图,并声明:该剧两大主演都否认了现实中正在交往以及炒作恋情的说法,希望粉丝们冷静,喜欢剧中角色的感情就好,别带到演员的真实生活中。

怀澈澈看了一会儿,又哼了一声,点进微信,就看到通信录图标上显示一个红色的"1"。萧经瑜来加她的微信了。

这才是怀澈澈和萧经瑜两个人这么多年相处过来的真正模式。两个人一见面就针锋相对,吵得不可开交;吵完了,过一阵子,等她差不多冷静下来,萧经瑜也会适当地展现出退让的姿态,让一切回到原点。

怀澈澈点了通过微信好友申请之后,才发觉转眼间两个人已经冷战一个多星期了。但不知道是不是因为这次两个人冷战期间,结婚,度假,应付怀、霍两家的家长,接二连三的事情令自己疲于应对,也扰乱了自己的情绪,怀澈澈没感觉到和之前自己与萧经瑜吵架后冷静的过程一样难熬,就像吃了一碗没什么味道的泡饭,稀里糊涂地就咽进去了。

和萧经瑜的微信聊天儿记录还停留在她将他从好友列表中删除的那天,当时她随手发了一个"打人"的表情包过去。而萧经瑜估计是一段时间前才向她发送添加好友请求,暂时没有回复。

这时,身后传来服务员道"欢迎光临"的声音,怀澈澈一回头,就看见刚因停车耽误了时间的霍修走了进来。

霍修今天一身休闲打扮。但和私底下喜欢运动风的萧经瑜不同，霍修的这身穿着，里面是一件米色高领毛衣，外面是驼色毛呢大衣，令整个人显得斯文且挺拔，同时或多或少还带上一点儿通勤装的沉稳感。怀澈澈暗想：这位的衣品倒是还行。

怀澈澈和霍修对上目光，而后霍修先去柜台那边要了一份菜单，才走到怀澈澈对面的位置坐下。他问："我刚才看门口的海报，这里有甜点下午茶，你要不要吃一点儿？"

因为不喜欢带茶的菜，从昨晚到现在，怀澈澈基本没吃什么东西，全靠早上吃了两个包子续命，但霍修的话也提醒了她。她没有直接回答他的问题，而是问他："霍律师，你能帮我用手机拍个视频吗？"

清明小长假近在眼前，怀澈澈想了想，与其回到庆城再开始连轴转地探店吃饭，弥补这段时间工作上的空白，不如从现在开始边吃边拍，努力自强。不过她什么设备都没带，只能手边有什么用什么了。

霍修闻言，只是笑了笑，没有伸手接她递过来的手机："怀小姐，如果你考虑对我换一个称呼的话，我很乐意效劳。"

眼珠一转，怀澈澈索性不客气地道："那……老霍，帮我拍个视频。"

"老霍？"看来这丫头是嫌他老。霍修从善如流地接过她的手机，手机上已经被切到照相机的界面。

"你先录一段，我看看什么样。这里的光太亮了，我怕拍出来的视频画面过曝。"怀澈澈说着，先打开了手边的可乐喝了一口。霍修将手机镜头对准她的时候，就看见顶端连着闪出两个接收到微信新消息通知。前、后两句几乎是同时进来，好在句子短，一瞬间闪过也令他足以看清。

Whale:"'祖宗'。"

Whale:"气消了没？"

Whale，是"鲸鱼"的意思。发来微信消息的人是萧经瑜。

霍修拿着手机，忽然想起今早在车上他妈温玲英的话。她问他："你居然会闪婚，是忽然想通想结婚了还是怎么回事儿？"她顿了顿，又说，"你们才刚见了一面就结婚了，这感觉不太像你的作风。"

不怪温玲英对此觉得奇怪。霍修当时听见怀澈澈问他要不要结婚，第一反应也是他爸妈应该会觉得很意外。

托了有一对恩爱父母的福，霍修在感情上比同龄人开窍得早一些。小学的时候，他就已经能看出前面那个一天要扭头向他借二十次橡皮的女同学，其实不是真的想向他借橡皮，因为她自己的橡皮就藏在铅笔盒里，和她的自动铅笔放在一起。这么说来，他的观察力好像也比同龄人要强一些。

只是感情上开窍早和观察力强这两点，令他好像看起来比别人成熟，实际上霍修在成长的过程中，很少享受到这两点叠加起来的好处。因为他好像总能看懂女生的那些小动作的意图，所以也感觉不到任何浪漫和心动。甚至他小时候有段时间很自大，为了避免尴尬和麻烦，在证据还不完整的时候就先开口拒绝对方，结果被对方反将一军，"自恋"的帽子一戴就是好多年。

综上所述，在同龄的男生在懵懵懂懂中，还会因若有若无的情愫坠入情网，并搂着女朋友笑霍修不解风情、尚需努力的时候，霍修已经清楚地知道自己还没有遇到想谈恋爱的那个人。

霍修填高考志愿时填了海城大学。在他离家之前，他爸霍永德还与他聊了一次。只可惜现实与父母的希望相悖。整个大学期间，霍修在情感方面乏善可陈，倒是在学习方面"战功显赫"。从大一到大四,他一直是最高等级的奖学金的获得者,还抽空儿修了双学位,直接保送本校读研,研一就成了导师的左膀右臂。

他的导师魏隆杉,是国内叫得上名号的商事律师,办理股权纠纷案件很有一手,但为人脾气不好。当时魏隆杉刚骂跑了一个助理律师,就让霍修先顶一下,谁知霍修这一顶就顶到了硕士毕业。

霍修记得那天应该是跟着魏隆杉去一家KTV见客户。那时霍修刚入行,还不像现在这样见多识广,就在路上问导师:"怎么这位客户不在自己的办公室见律师,要去KTV见?"

魏隆杉"嗤"了一声,用一种教导年轻人的口吻说:"王总说那家KTV适合谈大事。"

魏隆杉和王总二人缠斗一晚,委托诉讼代理合同还没签下来,这让魏隆杉也有点儿头疼。

酒过三巡,王总忽然来了一个电话。魏隆杉和霍修回避出来,想抽一支烟,透一口气。师徒俩一边聊着天儿,一边来到了安全出口附近。魏隆杉应该是想同霍修说点儿什么不能被旁人听见的,直接转动安全出口的门把手,准备推门而入,不料还没进安全通道,就先听见里面"窸窸窣窣"的声音。

开门声令安全通道的声控灯亮起,师徒俩站在安全出口外,这才看清在门后面的是一个小姑娘,更准确地说,是一个蹲在地上哭得梨花带雨、满面潮红的小姑娘。

小姑娘大概是没想到大半夜还真有人这么闲跑到这里来,抬起头的时候,一双泪汪汪的眼睛写满了"蒙"字。她这个样子,好像在窝里打盹打到一半被拎起来还搞不清楚当下是什么情况的小狗。

魏隆杉也不知道这是什么情况。两边的人大眼瞪小眼。过了五秒,小姑娘估计是以为自己挡了人家的路,说了一句"对不起"。但她没走,也没站起来,就维持着下蹲的姿势往楼梯间的深处挪了两步。她穿着一条红底白色波点的连衣裙,此时蹲在地上一耸一耸地挪,就像一个成了精的小蘑菇似的。

"你这女孩子怎么这么奇怪,来KTV不去唱歌,跑来这里哭什么,不热吗?"魏隆杉确实烟瘾犯了,也顾不上那么多,从兜里掏出烟盒,还不忘回头给徒弟分一支烟。师徒俩一前一后走进楼梯间,魏隆杉继续对小姑娘说:"你出去吧。我们这两把'烟枪'能熏死你。"

那个"小蘑菇"蹲在地上,大概不想被他们看见满脸的泪,一扭一扭地转过身去,留给他们一个倔强的背影。她自暴自弃地说:"熏死算了。"

魏隆杉自己抽上了,把打火机递给霍修,见霍修没要点烟的意思,又将打火机收回来,揣进外套内兜。魏隆杉继续逗小姑娘玩:"干吗?你住这儿啊?"

霍修觉得魏隆杉要么是真喝多了,要么是真挺无聊。他的烟瘾犯着,心里莫名其妙地有些躁。那个"小蘑菇"回头看了他俩一眼,哭过的嗓子就像雨后的嫩笋尖儿似的:"那你们在我家抽烟,是不是过分了?!"她那理直气壮的语气,好像这个楼梯间真的是她家的小卧室。

魏隆杉当场就笑疯了,说待会儿给她买一瓶可乐赔罪。而后他和小姑娘就开始有一搭没一搭地聊。

可能是有些话确实对陌生人更好开口,也可能是魏隆杉套话的技巧确实高超,很快那个"小蘑菇"就开了口。她说,她是跟很多朋友一起来玩的,本来其中有一个朋友说好要来,但是她等了两个小时,又被放了鸽子,所以她很生气,又不想被其他朋友看出来，就躲在这儿哭一会儿，等哭完就回去。

魏隆杉毫不留情地指出："他是什么朋友啊？是你的男朋友吧。你们要是普通朋友，你能在这儿为他哭鼻子？"

"真的就是普通朋友……""小蘑菇"一抽一咽地说，"他要是我的男朋友就好了，我就可以同他说分手，气死他！"

魏隆杉笑得前仰后合。就这么和那个小姑娘一句两句地聊到将一支烟抽完，魏隆杉才扭头给学生使了个眼色，跟小姑娘道了别。

后来他们跟那个王总喝到很晚，总算将这个案子拿下。在回去的路上，魏隆杉仗着有霍修开车，自己躺到后座去，嘴上难得没那么刻薄："今天的那个小姑娘还挺可爱的。可惜啊，我们刚买了可乐回去看她，她已经走喽……"

"可爱"，霍修很少用这个词去形容一个人。也没什么别的原因，就是他觉得没人能用得上这个词。中文里那么多形容词，足以形容他遇到的绝大多数人。但那天，他想了想，一时之间竟找不到其他形容那个小姑娘的可替代的词，就应了一声："是啊，挺可爱的。"

后来霍修才知道，那天在楼梯间遇到的"小蘑菇"，名字叫"怀澈澈"，与他一样，都是海城大学的学生。而那天放了怀澈澈鸽子，让她只能背着所有的朋友躲到安全通道哭的人，就是萧经瑜。

她那时十八岁，到现在二十五岁，还在为萧经瑜掉眼泪。

怀澈澈当前所在的这个茶庄，看得出确实经营重心也不在甜品下午茶，东西都是半成品，品质不怎么样，价格却特别贵。

怀澈澈用耳机连上手机收音，对着镜头一边吃，一边小声地骂，最后结尾一句是："这家店最后的良心，就是每一种茶点的分量都不多,让一切苦难都像注射一样,扎一下就结束了。"

路过的经理听了怀澈澈的话脸都绿了。没等她录完,他就过来问她:"您是不是对茶点不太满意?要不然我们给您这一单免单?"

怀澈澈感觉自己刚才金句频出,超常发挥,才不想"吃人家的嘴软",对经理的请求直接拒绝。

录完视频,怀澈澈把手机从霍修的手里拿回来,正在检查刚才拍摄的素材完不完整,微信新消息通知又出现了,是 Whale 发来的一张图片,还有一个问号。怀澈澈看了一眼时间,在通知栏上点了一下,就看见萧经瑜把她之前领结婚证后发的朋友圈截图发过来了。她再往上翻,所看到的更是令她不解,上面显示的是重复两次的:"'Whale'撤回了一条消息。"这人还玩起消息撤回了?她在心里翻了个白眼。

"拍得怎么样?"在怀澈澈拍摄的过程中,霍修还是点了一壶毛尖,刚刚才被服务员端上来。

茶是按壶算的,一壶茶配四个杯子。茶具看着倒是精致,花面很细。霍修给怀澈澈倒了一杯茶,送到她的手边:"喝点儿茶,清清口。"

怀澈澈没心思品茶,将茶往嘴里一灌,囫囵地咽下去之后,直接放下杯子问:"刚才你拿着我的手机时,有没有看到进来了什么微信消息?"

刚才萧经瑜新发的两条消息上面重新显示了时间,说明在此之前那两条已无法查看的消息被撤回时离现在应该有一阵了。之前她的手机一直在霍修的手上,没准儿霍修能看到一点儿什么。

闻言,霍修的脑海中闪过那两条无奈又讨好的消息:

"'祖宗'。"

"气消了没？"

目光微微一滞，霍修对上怀澈澈满是不高兴的小脸儿，抬手拿起青瓷茶壶，重新帮她把手边的空杯斟满，才缓缓地笑了笑，说："没注意。"

怀澈澈的微信消息确实刷得快，她本来也没抱什么希望，但听见霍修的答案时，眼眸里的光黯淡了几分。她轻轻地应了一声"哦"，又开始低头打字：

"你撤回了什么？"

萧经瑜几乎是立刻就回复了消息：

"那不重要。你不是应该先给我解释一下你结婚的事情吗，怀澈澈？"

怀澈澈之前在同意通过他的好友申请时，其实就准备好了要把自己和霍修闪婚的事情同萧经瑜说。反正婚已经结了，她从来都不是遮遮掩掩的人，有话不说会憋死。

她爽快地插上耳机，跟霍修打了一个招呼，就走到茶庄的门口，拨通了萧经瑜的语音电话。

"怀澈澈，那张结婚证是怎么回事儿？"萧经瑜的声线其实不太冷。他平时说话，听起来是偏少年感的。但这一刻，因他的语气偏冷，嗓音也压得低了，让人听着有一种独特的淡漠的感觉："你气人的本事见长啊！把我气死，对你有什么好处？"

"你气我，我就气你喽。"怀澈澈眺望着远处的青山，听萧经瑜那加重的呼吸声，知道他被自己气了个半死，于是撇了撇嘴："你不是喜欢与别的女人炒作情侣关系吗？那我给你炒个真的。"

"怀澈澈，"听她这么说，萧经瑜终于可以确定她在朋友圈发的那张结婚证的真实性，顿时语气又比刚才的语气更冷了两分，"你以前随便找个男的谈恋爱还不够，现在还要随便找个男的结婚？"

怀澈澈听见萧经瑜以这种质问的语气说话，情绪也开始走低。她这个人向来是吃软不吃硬，本来想与人好好说话，但一遇到对方强硬，她想好好说也说不下去，与对方就只剩针锋相对。

"谁说我是随便找的？"怀澈澈毫不犹豫地反驳，"他比你优秀多了好不好？"

她确实做过不少荒唐事儿，包括萧经瑜刚才说的"随便找个男的谈恋爱"，而现在她也确实是抱着破罐子破摔的心态和霍修了婚，领了结婚证。但哪怕这一刻不是为了气萧经瑜，怀澈澈也觉得把像霍修这样的男人带出去，谁也不会觉得这是她狗急跳墙的选择。

"所以你是认真找的人，认真结婚，是吧？"果不其然，萧经瑜被气到几乎失语，"怀澈澈，你有没有点儿脑子？结婚这种事情也能拿来开玩笑，你的人生都是你拿来报复我的手段是吗？"

"啊，那请问我为什么要报复你呢？是不是因为你一直吊着我呢？打一巴掌，给一个甜枣，这一招儿就你玩得最溜。"怀澈澈也来了火，站在茶庄的门口，深吸一口气，讽刺道，"一会儿炒作，一会儿又说不炒作。我可不是你的无脑粉丝，不会你说什么我就信什么。而且说白了，我结婚是我的事情，与你有关系吗？"

电话那边的萧经瑜沉默下来，一直盘踞在她心口的委屈的情绪才重新涌上来。她吸了吸鼻子，要强地说："你搞清楚，萧经瑜！你不是我男朋友，只是我的普、通、朋、友。""普通朋友"这四个字，被她一字一顿地说出来，穿过耳机，就像子弹一样，打在萧经瑜的鼓膜上。

电话那边陷入一片死寂。过了几秒，怀澈澈听见"嘟嘟"两声——萧经瑜把语音电话挂断了。

这一回合，虽然她赢了，但她的心情一点儿也不好。她不想回到身后的茶庄里，就冷着一张脸在门口来回踱步。

其实她今天一点儿也不想同萧经瑜吵架。

事情进行到这里，她游山玩水的兴致算是彻底被败光了。她回到酒店，说自己胃疼，连晚饭也没吃，直接回了房间。

晚上，霍修陪两家家长吃完晚饭上楼，用门卡刷开房门进去，扑面而来的就是一阵酒气。怀澈澈应该是已经喝了一些酒，手上的酒瓶里只剩下一半儿的酒，桌上还有一个空了的酒瓶。霍修走过去，拿起那个空酒瓶看了一眼，是酒精度13%的葡萄酒。

"你回来了？"怀澈澈窝在沙发上抱着酒瓶看电视，见霍修进来，若无其事地同他打了一个招呼。

她的身上就套着一条睡裙，没有昨天的那条睡裙那么长，但下摆也过了膝盖。她整个人斜躺在沙发上，两条玉琢似的小腿随意地叠着。顶灯打下来，她白皙的皮肤散发着莹润的光泽。

她看起来应该没有上次在酒吧时那么醉，但脸颊上浮着一层粉色，嘴角向上扯着一点儿笑，眼睛亮得惊人。她正从低处仰着脖子往高处看向他，眼中好像聚着一束灼人的光。

"嗯，回来了。"霍修放下手里的酒瓶，开口说话的时候，才发现自己的声音中颗粒感的密度在增加，"你没吃饭就喝酒？"

"我不想吃，被今天下午的甜点腻到了。"怀澈澈同他打完招呼就又喝了一口酒，懒散地垂下眼去，"我是真的胃疼好不好？又没有骗人。"

"既然胃疼，那你还喝酒，"他将外套脱下挂到衣架上，又走回来，在她的身边坐下，"看来你是不想要胃了。"

今晚的山风明显没有昨晚的强劲，连外面的树叶声响都小了许多，房间内外一片静谧。受环境影响，怀澈澈说话的声音也轻了下来。在这样温暖、宁静的空间里,虽然两个人之间还有距离,但轻得仿如在彼此身侧呢喃耳语的声音,在空气中轻柔地缠绕在一起。

"我感觉是有点儿没消化,所以想着喝点儿红酒,正好用果酸刺激胃酸,加速消化。"她抱着酒瓶子一本正经地胡说八道,说完连自己都乐了,别过头去笑了两声。

"那你现在好一点儿了吗?"怀澈澈装傻,霍修也顺着她的话继续问她,"哪里疼?指给我看看。"

"唔……这里?嗯,这里……"小姑娘好像自己也有点儿搞不清楚状况,稀里糊涂地用手在自己的上腹部指了几个地方,却感觉都不是很准确。

"这里?"霍修伸出手,覆上她的腹部,通过肋骨确认她胃部的位置,在那里停留一会儿,手上的温热便透过睡裙传到她的身上。他问:"还疼吗?"

怀澈澈因意料之外的触碰愣了一下,但存了不少酒正冷得发酸的胃在这一刻格外地贪恋男人掌心的温度,让她没有在第一时间产生挣脱的念头。

她闷闷地"嗯"了一声,红酒瓶就被他从她的怀里抽了出去。

"哎,你干吗?"她抬手想把酒瓶抢回来,却没抢到,刚想用眼神谴责,却正好撞进男人深沉而温柔的双眼中。

"不要喝了,我帮你揉揉胃。"霍修本没想给她挪位置,奈何沙发太小,两个人窝在这里确实有点儿施展不开,于是他别别扭扭地帮她焐了一会儿胃之后,还是将她打横抱起,往卧室的方向走去。

怀澈澈愣了一下,但酒精的作用让她注意力难以集中,将原本只有一瞬间的呆愣延长出许多倍。直到被放在床上,她才回过神来:"霍修……"

"没事儿。"霍修重新找到她胃部的位置,温润的眼眸中找不到昨夜他吻她时的那种乍起的攻击性,"你怎么不继续叫我'老霍'了?"

怀澈澈哪好意思说当时自己就是想刺他两句才故意那么叫的?她有些别扭地道:"干吗?你就那么喜欢被人往老了叫?"

"你叫我'老霍',我可以叫你'小怀'。"他一边说话转移她的注意力,一边将掌心缓缓地贴着她的胃部,轻轻地揉起来,"一'老'一'小',对仗工整,挺好的。"

怀澈澈挺瘦的,但一看就从来没运动过,浑身上下的那点儿肉又薄又软。腹部这里应该算得上浑身上下除屁股之外脂肪含量最高的部位,摸上去,手感柔软得好像她这身体里填充的都是棉花团。

"小、怀……"怀澈澈长这么大还没人这么叫过她,一时之间觉得奇怪又魔性,跟着念了一遍,奇异地没感觉抵触。

"嗯,小怀。"霍修也跟着又叫了一次,声音轻柔而低沉,带着绵密的颗粒感,好像他在用这两三个字的声波抵着她的鼓膜,如同那只在她的腹部逗留的手,缓缓地揉压她的耳道,并试图往更深处进入。

他没有刻意地低头用口鼻间的热气烘她,也没有碰到她身上除腹部以外的任何地方,但她就感觉耳朵莫名其妙地烧了起来,而且烧得非常厉害。两个人都没有说话,房间里彻底陷入了凝固般的寂静中,只剩下男人的掌心摩擦她的睡裙衣料的一点儿"窸窸窣窣"的声响,加重着空气中的胶着感。

"对……对了……"怀澈澈想说点儿什么,很迫切地想说点儿什么,但可能是酒精使然,她的脑袋里一片空白。她努力地眨了眨眼,也就只想到一个最差的话题:"你怎么不问我,今天下午和谁通电话了?"

虽然霍修没说，但怀澈澈觉得自己回到茶庄里的时候，脸色应该挺难看的。

她接萧经瑜的语音电话的时候就想过，回来之后霍修会质问她，就像萧经瑜在电话里那样，要她给出一个解释，然后她和霍修大吵一架，可能会闪婚闪离。她也必须承认，当时自己拿着手机就么不管不顾地走出茶庄，有延续上次在阳台上对他的挑衅的意思。在那一瞬间，怀澈澈确实有过"如果这段婚姻能到此为止就好了"的念头。但令她没想到的是，霍修不仅没质问她，对她的这一行为还连提都没有提过。

"我不想问。"霍修看着她，垂下眼睑，将目光转移到她的小腹上，凝视了一会儿，才又轻轻地补上一句，"你是因为他，才向我求婚的吗？"他的声音真的很轻，轻到没有任何质问的意思，甚至连询问都不像，而只是在表达——我有点儿受伤。

怀澈澈之前的那些偏激又幼稚的想法顷刻间土崩瓦解。她忽然有点儿不敢看霍修的眼睛，眼神就像是风中飘忽不定的飞蛾般四处乱转。过了许久，她才轻轻地"嗯"了一声。她真的藏不住任何事儿，心里想什么，都写在脸上。这一刻，她眼底的小小的愧疚也向霍修完全袒露。他手上的动作微微一顿，语气未变："既然我们已经结婚了，你就与我试试不行吗，小怀？"

怀澈澈不知道自己该作何反应，躲闪的眼神漫无目的地乱飞，无意间对上男人那温和无害的目光，顿时好像受了惊的雀，一下飞开。她的声音轻到几不可闻："什么试试？"

"试试与我结婚有没有你想的那么不好，"他的声音也很轻，好像在哄闹脾气的小孩儿，"也试试了解一下我。"

小姑娘的神情早就不自觉地松动了，语气却还欲盖弥彰地绷着："那……万一试过，还是不行呢？"

她大学毕业后，没直接回国，而是花了足足半年时间把留学期间未曾踏足过的一些国家游了一遍。她花了那么多时间开阔眼界，回来时却发现自己依旧不了解男人。她和萧经瑜两个人纠缠了那么多年，要是真的能分开，可能早就分开了。但直到现在她也不理解，如果萧经瑜不喜欢她，为什么总是等她快要走的时候，又回头在她的屁股后面追上两步。

其实很多时候，他如果不追那么两步，两个人早就都解脱了。可她已经喜欢了萧经瑜那么多年，如果萧经瑜也喜欢她，他们估计连恋爱都谈到快七年之痒了吧。这么看来，她其实从来没明白过萧经瑜。再看当下，她也不了解霍修。

"两年。如果你还是对我没感觉……"

睡意席卷而来，她的目光越来越发散了。她只听见霍修说："到时候我会主动提出离婚。"

"主动提出离婚！"他好像从头到尾一直非常清楚她的痛点在哪里，一句话就戳到了她的心尖儿上，她怎么可能拒绝得了？她当然拒绝不了。

"好。"怀澈澈忽然精神为之一振，迫不及待地抓住眼前的机会，"我们约好了。"

"约好了。"

话音刚落，怀澈澈那堵在心口的大石也跟着滚落，结结实实地砸到了地上。现在就连看霍修的脸，她都觉得比他之前的样子可爱了许多。小姑娘难得地朝他露出了些笑意："谢谢。"

安下心来，带着酒劲儿，怀澈澈很快意识游离，昏昏欲睡。霍修就守在床边，用手一直揉着她的腹部。直到她睡熟，他刚准备松手，就听沙发方向传来了手机振动的声音。刚才他只把怀澈澈的人抱了过来，她的手机还落在那儿。

小姑娘在半梦半醒间还听到了一点儿声音，意识模糊地"嗯"了一声。霍修低头在她的眉心啄了一口，说了一声"我去吧"，就走到沙发旁，从一个抱枕后面找到她的手机。

屏幕上的来电人没有姓名，只有一个蓝色鲸鱼的小图标。小图标是系统自带的，那个蓝色很好看，鲸鱼的头顶还有喷起后散开的小喷泉。

下一秒，电话被自动挂断，屏幕暗下，而后迅速再次亮起，几乎没有间隔。手机的每一下振动都透着急躁与焦虑。

"喂。"

霍修将电话接通。在他的余光中，床上的小姑娘已经熟睡。窗外微风渐起，撩动树叶，发出"沙沙"的轻响，但当他推开阳台门接起电话的那一刻，这阵风已远去。他站在阳台上，四处悄无声息，一如此刻电话那边寂若死灰。

"她睡了，不方便接电话。"

第五章
恋 综

次日清晨,怀澈澈被怀建中的电话吵醒,说马上要出发了,催她赶紧下楼。

怀澈澈迷迷糊糊,哦哦嗯嗯了一番敷衍过去,一看时间,离昨天说好的出发时间还有一个半小时。

怀澈澈:"……"

昨晚红酒的后劲儿好像还在,她这一刻也说不清这头晕是困的还是醉的。她将自己整个人卷在被子里,发出像小狗一样的"嘤嘤呜呜"的声音。

霍修刚到浴室里洗漱,就察觉床上有"异动",推门出来,正好看见她只露出一张被蓬乱的头发簇拥着的小脸儿,正卷着被子蠕动。

怀澈澈是真忘了自己现在不是一个人住,所以看见霍修的第一反应是蒙,然后才意识到刚才自己的那一系列怪叫声全被他听见了,于是直接把被子往头上一捂,原地"床遁"。

被子外面传来男人隐隐约约的笑声。怀澈澈藏身在暖烘烘、黑漆漆的被窝里,耳根也逐渐热了起来。

还好她遁是遁了,手机没落在外面太远。她伸出手去就摸到手机,将它拉进被窝。

因为她刚接完她爸的电话,手机自动锁了屏。她输入密码解了屏锁,刷了五分钟微博再退出来,就发现电话的绿色图标上多了一个红点。

不到两分钟,床上的小姑娘从被窝里伸出头来,问道:"霍修,昨天有人给我打电话吗?"

霍修正在泡茶。他刚把热水倒进茶杯,盖上盖子,将热气闷在里面,从壶嘴飘出的茶香就充满整间屋子。他回过头,坦诚地"嗯"了一声,说道:"对,你当时已经睡着了。"

怀澈澈低头看了一眼通话记录里顶部的鲸鱼小图标,眼神中已不自觉地带上一点儿紧张的情绪。她问:"那……然后呢?"

"对方第一次打过来时,我没接到,"霍修的面色无比坦然,"但是他立刻又打过来,我就接了,想问他是不是有急事。"

"他怎么说?"

"他没说话。"当时霍修怕说话声吵醒怀澈澈,还特地去了阳台,但萧经瑜在电话那边听见霍修的声音之后,就直接挂了电话。

"哦。"怀澈澈想,估计萧经瑜是听到陌生男人的声音,以为他们刚做了什么,所以彻底对她无语了吧。

她还在因昨天下午萧经瑜在电话里对她一通质问而生气,听霍修这么说,也没打算给萧经瑜再打回去。她翻了一下通话记录,看那一通电话的通话时间确实只有四五秒钟,就没再深想。

不过确实,昨天与萧经瑜进行语音通话的时候,怀澈澈这么多年来第一次从他的语气中听到他那么激动。在理论上,歌手是最懂得运用气息和声带的,就是这样的人,昨天差点儿在电话那边破了音。

哼!那又怎么样,他早干吗去了?活该。还在气头上的怀澈澈没有半点儿同情心,洗漱完就跟着霍修到酒店的餐厅吃早饭去了。

从昨天晚上饿到现在,怀澈澈看什么都觉得挺香的。她正看着菜单,怀建中和李月茹已经从楼上下来了。

见怀建中已坐到桌旁,怀澈澈知道自己失去了点菜权,可还没等她把菜单递过去,就被霍修按下,向服务员又要了一份菜单过来。很快,霍永德和温玲英也下来了。

两家人正吃着早点,温玲英忽然问了一句:"亲家公的脸色好像有点儿差,你昨晚没睡好?"

怀建中摆摆手:"我昨天晚上接到一个电话。老家亲戚有个孩子,去年职高毕业就在家附近找了一份工作。那孩子在工作的地方好像是被欺负了,刚辞职,想来庆城找工作,问我能不能接应一下。"

"怎么被人欺负了呢?这也是个麻烦事儿,需要劳动仲裁吗?"温玲英轻轻地感叹一声,"有我们能帮得上忙的,你尽管说。"

"没事儿没事儿,不是什么大事儿,就是给她找个住的地方就行。"怀建中说。

怀建中是白手起家,祖籍在山城周边的一个小镇上,父母也就是普通的农民。但就是这么一个不起眼的小孩儿,先是追到了镇上最漂亮的姑娘,后是成为富甲一方的商贾,在那个小镇上成了传说中的人物,因此各路攀关系的自然也纷至沓来,连一句话都没说过的人也成了八竿子打不着的亲戚。

但怀建中不光没有嫌弃他们,反而照单全收。他风风光光地带着李月茹荣归故里之后,第一件事儿就是帮镇上修了好长的一条路,还放下话说,大家以后来庆城,需要他帮忙的,可以直接开口。

其实怀建中对其他人挺好的,给人一种温和、忠厚的感觉。有的时候怀澈澈看见他跟邻居家的孩子开玩笑,都觉得这样的他比面对她的时候更像一个父亲。

但怀建中对她永远是无穷无尽的不满意。她明明高考超常发挥,比模拟考试时高了三十多分,并考上自己喜欢的大学,但从大学学校到专业的选择,再到她后来出国留学,怀建中从来没有对她表示过一句认可。面对亲女儿,他说得最多的一句话就是:"我不指望你干出什么成绩来,你安生一点儿就行了。"

在怀建中的世界里,她怎么可能被别人欺负?她不去欺负别人就算好了。有的时候她受了委屈,回到家里,其实更希望怀建中不在家,这样好歹自己能和妈妈哭诉一下。要是自己的哭诉被怀建中听到,自己反而免不了被他一顿好骂。

一顿早饭因为怀建中无意间吐的苦水而变得索然无味。怀澈澈勉强吃了几个味道不怎么样的水晶虾饺,就跟着家长们下了楼。

她之前被霍修强吻自己气到,此时无论如何也不肯和他同坐一辆车。今天一行人要下山,更免不了要开车。两家家长趁怀澈澈还没反应过来,直接先上了一辆车,再丢下一句"已将新酒店的定位发给霍修了",就带着一串汽车尾气扬长而去。

而霍修本人刚被留下买单退房,现在还没从酒店出来。怀澈澈站在酒店的门口等了一会儿,就看见霍修手上拿着什么东西从电梯里出来。乍一看,他拿着的很像是一沓餐巾纸,但他走近后,怀澈澈才看出来他拿着的是两个用纸包着的豆沙包。

这家酒店真不愧为景区酒店，食物做得完全不行。只有这半成品的豆沙包，怀澈澈吃着不是很难吃。刚才在用餐时，她本来惦记着要一点儿豆沙包，结果被怀建中一气，什么都不记得了。

她刚想问霍修是不是还没吃饱，就见他把东西递了过来。他说："以后我们不来这里了。除了这个，别的你好像都不喜欢。"

"这里的东西是真的难吃。"怀澈澈确实还饿着，也不客气了，接过豆沙包先咬了一口，然后口齿不清地说，"谢谢老霍！"

霍修抬手轻轻地拨开被她不小心一起咬进嘴里的头发，说道："不客气，小怀。"

今天和前两天不同，一行人在山上的旅程算是结束了，接下来的几天都会在渝城市区里待着，看看城市里的景点。这是怀建中今早打电话同怀澈澈说的。

上车的时候，怀澈澈心里挺高兴，因为她对茶山很不感兴趣，但渝城可是知名的美食之都，也是旅游胜地、国产动画的取景地。在之前知道两家要一起旅游的时候，怀澈澈乍一听是去渝城，还开心了一下，结果一听目的地是渝城当地的茶山，精神立马萎靡了大半。

"一开始还说这几天都会待在山上呢，"怀澈澈上车的时候嘴里还嘀咕，"他们终于察觉到茶山一点儿意思也没有了吧？！"

霍修笑了笑，没提昨天晚上自己和自家的一对能言善辩的父母打了一波配合，说服了怀家父母，把后面的行程给改了的事情，便开车门坐到了驾驶位。

昨天晚上回酒店之后，怀澈澈就连上酒店的WiFi把当天下午拍的素材发给了后期制作那边，现在往山下去的车刚开到一半儿，方红的电话就打了进来。

"喂，方姐？"怀澈澈还以为是发过去的素材有什么问题，声音里透出点儿紧张，"昨天的素材没出什么问题吧？"

"啊，素材没什么问题。你拍得挺好的，也不晃。就是用手机拍摄，像素还是低了一点儿。"方红对昨天的素材还挺满意，"我今天是来和你说一个好消息的。"

"什么好消息啊？"

"我昨天给你拿下了一个爆款恋综的名额！"

啊？恋综？怀澈澈吃了一惊。

这两年恋综的势头很猛。怀澈澈自己还没看过这类节目，但架不住相关信息总在微博主页上刷屏，所以她大概也知道所谓"恋综"，就是恋爱综艺。再说得通俗一点儿，这类节目的大体内容就是：一群普通人在一个屋檐下生活，培养感情，然后一堆明星通过竞猜他们未来关系的发展，获得奖金或奖品。

怀澈澈看了一眼在驾驶位上正在专心开车的合法丈夫，感觉沉默应当是今晚的康桥。她犹豫地说："这……不太好吧。我不太合适吧……而且我也不算在网络上没有一点儿知名度的那种纯粹的'素人'。"

"就是你这样的才好呢，已经习惯了镜头，但又不是真正的明星。现在的观众啊，就喜欢看你这类的！"方红对自己的判断很笃定，"澈澈啊，你听方姐的没错。况且这个名额可不是蘅舟传媒给你争取来的，是我个人托关系给你找来的。昨天我陪着人家喝到凌晨一点，你可不能辜负我啊。"

"呃……"

可能这也是怀建中那种高压教育下的副作用吧——

怀澈澈从小被养成了遇强则强的性格，而一旦面对自居弱势的"苦情牌"，她就毫无招架之力。

"那个恋综叫什么名字啊？我先搜索一下。"但怀澈澈同时也没有忘记她昨天已经答应了霍修，两年之内做他的妻子，虽然她当时醉意朦胧，现在对两个人大部分的对话也已经不记得，只剩那一句"我不想问"像有一点儿扎人的小绒毛，令她每次回想起来，心窝都被轻轻地扎一下。

"《哈特庄园》，第一季全网点击量已经破二十亿了，可以说是去年的超级黑马。"方红说完还怕怀澈澈不清楚，又说，"你别搜索了，我待会儿把这个综艺的简介发给你。"

"好。"

挂了电话之后，怀澈澈等了一会儿，就收到了方红发来的一份文档。文档里先是吹嘘了一番这个综艺破了多少收视纪录，这些内容都被怀澈澈快速地略过。她那装饰得花里胡哨的水晶指甲快速地上下移动着，手指在屏幕上不断地点击，发出很轻的"嗒嗒"的声响。

《哈特庄园》——这个节目的名字听起来很西方化，其实它是一个彻头彻尾的国产恋综。"哈特"取自英文 Heart 的音译，而用"庄园"，只是因为他们的拍摄地就是一座庄园，让所有参加节目的男男女女在其中玩耍嬉戏。

怀澈澈很快找到这个综艺的特色介绍，但只看了三秒，就让她觉得这个节目有点儿刺激。文档里说，在其他恋综都在主打真实感和打造男女之间困难重重的"恋爱修罗场"的时候，《哈特庄园》主打的是——亲密接触。

这个创意确实胆大，也足够剑走偏锋。试想一下，三男三女在一个山水如画的欧式庄园里短暂生活，每天都要面对节目组派发下来的各种任务，相互交叉着与不同的人有肌肤接触……这样也就算了，更令人咋舌的是，节目组还在庄园内设置了一个没有摄像头的房间。怀澈澈第一眼看到这个设计的时候，就觉得设计者真是个鬼才。这么个房间，一男一女哪怕只是进去下一盘五子棋，也足够让观众浮想联翩大半年了。就冲这个房间，怀澈澈就觉得这个综艺能这么火爆不是没有理由的。

这时，方红给怀澈澈发来微信消息：

"你别被简介里写的'亲密接触'吓到。节目组会根据你们每个嘉宾的情况给你们找定位和人物形象设定。你要是不喜欢与别人有身体接触，就选一个'不解风情'的人物形象设定，而且后期制作那边还会对拍摄内容进行剪辑。"

就在怀澈澈准备回复方红说自己不太行的时候，方红已经把怀澈澈的顾虑提前考虑到了，连续发过来的微信消息就像气泡接二连三地浮上水面。

怀澈澈盯着屏幕发了一会儿呆，刚以余光瞄向车窗外，就听一旁的霍修开口问："有什么事儿，你这么纠结？"

怀澈澈有些意外："你怎么知道？"

霍修只笑："你刚才'呃'的声音就像是鱼在吐泡泡。"

怀澈澈："……"

已婚女性参加恋综，怀澈澈觉得确实有必要跟现在的另一半商量一下。她本来想着霍修肯定不会答应，到时候她就直接跟方红摊牌说，自己结婚了，老公不同意自己参加这个节目，为了家庭和谐，自己只能忍痛放弃。

但霍修闻言，只简单地思忖了一会儿，便点了点头："如果你没试过，可以去试试，就当玩玩了。"

"啊？"怀澈澈一时间对霍修的大方感到有点儿震惊，但转念一想，也对，他们结婚，往多了算才半个月，又没有什么感情基础，更别谈占有欲了。

今天早上怀澈澈之所以没有吃什么东西，除了被怀建中那双重标准的态度小小地伤了一下外，还忙着在心里分析了一下霍修为什么会宁可承诺两年后自己来做那个提离婚的"恶人"，也希望现在暂时稳住这段婚姻。

然后经过她一番推理，还真想出了一点儿门道。和她不一样，霍修快三十岁了。男人到这个岁数，刚结婚就离婚，传出去肯定不怎么好听，可能会被旁人猜测他的性格、人品或身体哪方面不行，所以就算他本人豁达，觉得闪婚闪离无所谓，也会影响他的下一段婚姻。

想到这里，怀澈澈忽然觉得人生在世是真累。流言蜚语，三人成虎，总有一些人，自己还活得稀里糊涂的，却把精明劲儿都放到别人的身上，关心别人比关心自己还起劲儿，指指点点，乐此不疲。因此，在早餐时，怀澈澈是真真切切地心疼了霍修五秒钟。

山路崎岖，霍修不敢随便分心和怀澈澈聊天儿。虽然他知道怀澈澈好像又在想什么奇怪的事情，但分不出神去问，也只能作罢。他只问了一句："那个恋综叫什么名字？"

最近业内都在说刘孝忠厚积薄发、大器晚成。原因无他，就因为他入行十五年，直到去年才终于做出了自己手底下的爆款综艺，一夜之间扬眉吐气，从无人问津一跃成为业内炙手可热的"香饽饽"。

尤其这个爆款综艺第二季开始筹备的消息一被放出来，各路投资人、冠名商纷至沓来。筹备第一季时，节目组求爷爷告奶奶，才借来了一个庄园，而现在连嘉宾名单都还没有公开，节目组就已经有了雄厚的财力，场地、嘉宾等都有无数备选。

这段时间，刘孝忠的饭局就没有停过，以至于他自己都有点儿晕，就像艺人赶行程似的赶饭局，他上了车才想起来问："今天晚上我是和谁吃饭？"

"是和我们这一季的最大的赞助商——徐氏。"助理怕刘孝忠还在梦里，又提醒一句，"就是开发颤音短视频App的那个徐氏……"

刘孝忠"哦"了一声，有点儿不耐烦地说："这一季的节目还没开播，版权已经被他们买了。这么大的赞助商，我能不知道？不过已经买完版权了，他们怎么还来约我们吃饭？"

助理说："他们好像是想推一个嘉宾进来。"

"啊？"刘孝忠顿了一下，"那估计难办啊。我们节目里的明星观察员的名单已经定了，连海报都已经做好了，今天或者明天就要发出去了……他们早干吗去了？现在才说要推嘉宾，有毛病吧！"

"啊，不是，"助理赶紧解释，"不是明星观察员，是'素人'嘉宾。"

"啊？"

一听到"'素人'嘉宾"，刘孝忠就更不安了。因为在恋综里，明星观察员的阵容顶多吸引一部分追这些明星的粉丝，让节目的点击率有个保底的因素，但更多的普通观众看的还是"素人"之间爱情的火花，对"素人"的颜值、情商、综艺感等各方面的要求都挺高。万一徐氏那边的人忽然脑子一抽，往节目里塞进一个又丑又笨的，到时候拉低整个观众群体的收看体验，那节目组不是自砸招牌吗？但徐氏在娱乐业，从影视综艺到游戏都是无可争议的老大，谁得罪得起徐氏啊？

刘孝忠一路上都要烦死了，直到来到约定的酒店，才立刻像换了一个人似的，挂上了营业式的殷勤的笑容，乐呵呵地进了包间。

包间里的人不多。徐氏的老大徐嘉致，刘孝忠有幸见过。徐嘉致的助理，刘孝忠也认识。还有一个陌生的男人，刘孝忠看着此人脸生，与此人对视了第一眼，心里就生出一个想法——这要是徐氏想塞进来的"素人"，那刘孝忠真得给徐氏磕一个。

毕竟恋综说是门槛低，实际上"素人"嘉宾真的不好找，尤其是长得帅的男人。很简单的一个道理——长得帅，不一定上镜也帅。很多男人可能在现实生活里看着还不错，但一旦站到镜头前，立刻帅哥变常人。可眼前的这位，刘孝忠凭借自己这些年的从业经验，一眼就能确定，这就是为了镜头而生的一张脸。

这个男人，相貌清俊，五官轮廓分明，气质刚毅。他笑起来时显得斯文谦和，平静时整个人极具气场，而且还是现在演艺圈内很少见的成熟稳重型男人。

与眼前的这个男人连一句话都还没说呢，刘孝忠已经为这位"天选之子"想好了在节目中的角色，来时的担忧顿时烟消云散。就这样菜还没上桌，刘孝忠与徐氏双方已经愉快地达成一致意见。

刘孝忠放下心来，心想，这顿饭总算能吃得舒坦了。他刚一坐下，手机屏幕上就弹出了来自微博"特别关注"列表的用户的新消息通知。

哈特庄园官微："锵锵锵！小哈为大家带来第二季明星观察员的名单和海报了。他们是萧经瑜、景路、董甜甜、牡佳、谭振和康微（以上排名不分先后），让我们一起期待他们在《哈特庄园》第二季中的表现吧！"

从渝城回到庆城之后，怀澈澈重新做回了自己的"浪里小白龙"。回到了自己那一亩三分地里，怀澈澈天天跟朋友出去嗨，嗨累了就在家躺着,把方红急得打来好多个电话,才总算把怀澈澈请动,重新开始探店。

庆城的地标建筑琼庆塔上有一个非常著名的景观餐厅。本身这种景观餐厅就已经"自带光环",更别提这家还有"米其林三星"(餐馆评定星级)加身,因此规矩也颇多。首先是每个时间段仅提供五桌客人同时就餐,其次是客人进门必须穿着正装。即便如此,它的预约也已经排到了半年后。

怀澈澈是年初在这家餐厅订的位置,现在快五月了,还是因为有一位排在她前面的客人取消预约,餐厅服务员问她能不能接受提前来店,这才终于轮到她。

怀澈澈想着,这么难得的机会,自己还是不要带摄影师了,于是打了一个电话给唐瑶。两个姑娘一拍即合,当天准时抵达餐厅,在获得拍摄许可后,赶紧把素材录完,开始了好姐妹愉快地享受午餐的时间。

唐瑶看着没心没肺、毫无吃相的怀澈澈,有点儿担忧地问:"你说你这婚结的……"

"我这婚结的怎么了?"怀澈澈刚才在拍摄的时候,就觉得这里出名的蟹粉豆腐不愧是招牌菜,蟹粉香浓鲜美,豆腐柔软嫩滑。趁唐瑶还在安置相机,怀澈澈已经又给自己盛了一碗蟹粉豆腐。

"我天天看你的朋友圈。你今天到这儿探店,明天到那儿探店,你老公就像隐形了似的。"唐瑶才不像怀澈澈一样当个抢食恶犬,只是慢条斯理地给自己舀了两勺,"你上次和霍修见面是什么时候?"

"从渝城回来,我们就没见过了,"怀澈澈想了想,"有一个多月了吧。"

霍修好像本来工作就挺忙的,之前能抽出几天时间来一场说走就走的旅游，已经算是不错了。

"啊？"唐瑶一脸不可思议的表情，"一个多月不见面，你也不怕霍修憋不住？"

"他憋不住就去找别人喽。"怀澈澈光明正大地说，"之前在渝城的时候，他已经和我约好了，说要是两年之内'不来电'，我们就拜拜。"

现在眼看这两年之约已经过去了一个多月，算算那可是二十四分之一啊，怀澈澈心里还挺得意的，已经开始畅想两年后把婚离了，就和她爸说，自己受了情伤，对恋爱、婚姻都已经不抱希望了。

想想怀建中先生到时候头疼又无奈的样子，怀澈澈已经提前感觉爽到了。唐瑶则以一副"今天我算是大开眼界了"的表情盯着怀澈澈看了一会儿，又问："那你现在和萧经瑜……"

"还在冷战，"怀澈澈撇了撇嘴，"算来也有一个多月了吧。"

怀澈澈当时还在生萧经瑜前一天的气，也懒得理他。后来时间一长，两个人好像也开始在暗中拉锯。现在转眼间一个多月过去了，萧经瑜那边还在扛着。怀澈澈当然觉得自己不能输了，也咬紧了牙关就是不肯主动联系他。

怀澈澈大概就是那种哪怕死之前奄奄一息地躺在病床上，嘴上也不服输的那种人。唐瑶之前就说，怀澈澈临死前被儿孙围着，最后一句话说的应该不是"我舍不得你们啊""我走了，你们要好好的"之类的，而是"老娘可算走了，爽"，怀澈澈能要面子要到进棺材前的最后一刻。

"呃……"唐瑶想了想，安慰怀澈澈，"没事儿的，我估计你有多难受，萧经瑜就有多难受。"

怀澈澈和萧经瑜这两个人看起来性格有天壤之别，一个爱玩爱闹，一个心比天高，实际上去掉这些外在的表现，内核简直一模一样。

怀澈澈嘴硬："我才不难受呢。我过两天还得去录个综艺，前方可是一片坦途。错过了我，他以后后悔去吧。"

唐瑶心想：就你这家底儿，录个综艺算个屁的"坦途"，顶多是路过公园进去坐一会儿。

唐瑶无语地看着怀澈澈，最后暗叹了一口气，说："什么综艺啊？你们公司还行嘛，连综艺都能帮你争取到。"

"好像叫什么，哈……哈里庄园？"

"叫啥？！"

从怀澈澈错误的记忆中，唐瑶捕捉到关键信息，并在头脑中自动对其进行了修正，而后差点儿叫出声来："《哈特庄园》？是真的吗？第一季播出的时候，我恨不得连夜找关系加那个制作人的微信。不过你看过这个综艺吗？霍修不介意你去参加吗？！"

怀澈澈在渝城得知这个消息时，本来还想着回庆城之后看一下这个综艺，但后来天天晚上出去玩，去喝酒，就把这事儿忘了。

从景观餐厅出来后，怀澈澈回到家，特地充了某个视频网站的会员，观看《哈特庄园》第一季。她看完第一期，老脸都红了。她抱着抱枕在床上滚了好几圈，心里是真后悔自己当时一时心软答应方红。可现在眼看过两天自己就要进组录制了，这时候再说自己不想录了，也确实说不过去。

进组当天，怀澈澈特地拖了一箱子过了气的土气的衣服，准备在节目里选一个淳朴老实的人物形象设定，从而没有存在感地度过一整季。

上一季《哈特庄园》应该是经费不怎么足，取景地相当偏僻。所谓庄园，其实更像是农村的小洋楼。而这一季，财大气粗的节目组直接把取景地定在了庆城郊外的一个庄园。这个庄园，设施相当齐全，据说园内还有庄园主自己的马场。

到了庄园门口，怀澈澈被工作人员带到了会议室，先和其他"素人"见面，也好商量一下剧本和人物形象设定。

怀澈澈是踩点儿到的，进会议室的时候，里面三男一女正聊得火热。见怀澈澈进来，其中一个男生很热情地迎上来，一边准备接过怀澈澈手上的行李箱，一边自我介绍道："你好，我叫康峻年。你呢？"

"你好，我叫怀澈澈。"怀澈澈正准备松开提行李箱的手以"成人之美"的时候，余光忽然瞥到除坐在一起聊天儿的这四个人之外，在这个会议室的角落里还坐着一个女生。

那个小姑娘长得很白，五官也相当精致，让人看一眼就甜得好像喝了一大口温热的蜂蜜水，就是脸上稍微有点儿婴儿肥。她看起来好像有点儿怕生，坐在那儿显得有些拘谨。

手一顿，怀澈澈又抓紧行李箱，先朝康峻年不好意思地笑了笑，说："我自己来吧，谢谢。"

虽然怀澈澈还不清楚其中原委，也知道有可能是那个小姑娘自己坐在角落，不想和其他人交流，但刚才同一间屋里四个人围在一起有说有笑，放另一个人远远地坐着，让怀澈澈本能地就觉得有点儿不爽。

怀建中总说怀澈澈这是自作多情的正义感，但怀澈澈觉得这才不是自作多情，至少她在这么做的时候，自己会很欣赏自己。

怀澈澈一屁股坐到那个显得孤零零的小姑娘的身边，热情地道："你叫什么？我叫怀澈澈。"

"我……我吗？"小姑娘有些意外地看向怀澈澈，说话的声音很轻，就像刚刚破壳而出的幼鸟发出的声音，"我叫安小淳。"

安小淳一开口,怀澈澈就听另一边的女生笑出了声。见怀澈澈看过来,那个女生立刻无辜地摆了摆手:"我只是觉得这名字也太可爱了。"安小淳、鹌小鹑……这个姑娘本来性格就内向,还遇到一对这么会起名字的爹妈,绝了。

怀澈澈没理那边的女生,收回目光,看向安小淳,真诚地说:"你的名字确实很可爱。"

安小淳不好意思地抿了抿嘴,点了点头表示接受了怀澈澈的夸奖:"你的名字也很可爱……"

怀澈澈笑道:"嘿嘿,还行,还行。"

几个年轻人聚在一起,很快介绍了姓名,怀澈澈也知道了刚才那个没忍住笑的女生叫闵佳美,应该是这次节目组请来的作为颜值代表的角色。闵佳美确实漂亮,腰细腿长,秀发及腰,节目还没开始录,已经让那三个男生围着转了。

一场会议结束,六位嘉宾都有了大致的人物形象设定,也清楚了剧本走向,然后一起出去重新坐上节目组的车,再回到庄园门口补录一次进场画面。

怀澈澈身上套的是自己的服装中最土的一套粉色运动服,头上扎了一个马尾辫,手里拖着一个大箱子,妆也没怎么化。摄像导演一看就摇头,开玩笑地问她:"姑娘,你是来读大学的吗?"

但当怀澈澈真的站到镜头下的时候,那一张素净的小脸儿让人觉得清风迎面拂来,头上的马尾辫随着步伐一摇一晃,从骨子里透出来的蓬勃朝气是多少化妆品也勾勒不出来的。

三个女嘉宾,三种截然不同的风格。等怀澈澈的这一段拍完,摄像导演以一种不得不服的语气与旁边的人耳语道:"刘导选人,确实有点儿本事。"

不过摄像导演之前的那句话也没说错,怀澈澈真的就像是来度假的女大学生，心思就完全没在展现自我上，与安小淳两个人嘻嘻哈哈，度过了快乐的一天。

晚上，女生之间需要开一个小会议，讨论对那些男嘉宾的看法。怀澈澈随口扯了几句。等摄像团队收拾东西离开，安小淳悄悄地凑到怀澈澈的耳边说："你知道吗？我听说，这一次我们的恋综里会有'鲇鱼'。"

"什么？"怀澈澈没听懂，"他们买了鲇鱼啊。你会做吗？我不会。"

"不是吃的鲇鱼！"安小淳被怀澈澈逗得"咯咯"笑，"是'鲇鱼效应'的那个'鲇鱼'。你没看过恋综吗？就是在所有'素人'都已经就位，相互之间刚刚有点儿熟悉之后，又会新加入一个人，以刺激我们的活性。"

怀澈澈想说：我又不是细胞，还要刺激我的活性？真是钱难挣，屎难吃。

回到房间后，怀澈澈拿手机搜索了一下，才知道"鲇鱼效应"原本指的是什么。渔民在捕捞上沙丁鱼之后，因为沙丁鱼不爱动，很容易死，所以渔民会放一条鲇鱼进去，用鲇鱼的存在激发沙丁鱼的求生本能，迫使沙丁鱼不断游动，以保持沙丁鱼的活力。

这个时候，怀澈澈才想起忘了问安小淳，一般节目中的"鲇鱼"是男的还是女的。不过怀澈澈躺在床上转念一想，那个人是男的还是女的都无所谓。那个人要是男的，天塌下来还有嘉宾中最漂亮的闵佳美顶着；要是女的，怀澈澈自己也不参与竞争，其他人可以一对一配对，简直完美。

《哈特庄园》节目组虽然满肚子坏水，但这庄园的环境是真的不错。这里的卧室很大，床垫的质量也好，怀澈澈躺了一晚上都没觉得难受，一大早起床，神清气爽。

昨天是怀澈澈和安小淳做的晚饭，大家录制完散伙前，决定今天的早饭由闵佳美和康峻年来做。

无事一身轻的怀澈澈起床后，慢条斯理地刷了牙，然后和安小淳散步到餐厅。两个人一到餐厅，就看见里面多出一位不速之客。

时间此时进入五月初，庆城白天的最高气温偶尔能飙上三十摄氏度。那位不速之客，身上穿了一件深咖色的薄线衫，下身是再简单不过的黑色休闲裤。他正在一边和身旁的康峻年说话，一边往料理台上的咖啡机里舀咖啡粉。

康峻年估计是不想在心目中的女神面前丢范儿，看身旁的男人操作相当娴熟，憋了一会儿憋出一句："我喝咖啡比较挑，只喝百分百阿拉比卡咖啡豆的。"

"是吗？"那个男人将衣袖挽到手腕处，低头笑了笑，不在人前驳康峻年的面子，"我还好，速溶的也能喝。"话音未落，他抬眸便看到有个小姑娘穿着最普通的纯白色长袖T恤加一条牛仔裤，就像从自己家的卧室里出来到厨房吃早饭似的，浑身上下都显得慵懒、随意，只有脸上是一副震惊的表情。他没有停下手上的动作，合上咖啡机的盖子，打开开关，而后才从容不迫地走到刚进门的两个小姑娘面前，打招呼道："你们好，我叫霍修。"

霍修就是"鲇鱼"！"鲇鱼"就是霍修！怀澈澈看着面前的男人愣在那里。

在餐桌旁，怀澈澈听着康峻年和闵佳美两个人说今天早晨六点就起床开始给大家准备早饭，吃着就连自己这个不太会做饭的人也可以轻松搞定的鸡蛋三明治，心里满是问号。

这合适吗？这合理吗？夫妻俩集体上恋综，这是要搞事情吧？

怀澈澈抬头假装看别处，实际上飞快地向霍修那边扫了一眼，就见霍修正斯文地进食。他明明也是用手拿着食物，但松软的鸡蛋在他的手里，感觉就像被固定住似的，一动不动。怀澈澈又低头看了一眼自己盘子里的"点点繁星"，陷入沉思。

不过有一点怀澈澈可以确定——摄像头确实可以洗涤灵魂，也真的可以净化素质。要不是这破庄园到处都是摄像头，恐怕刚才看见霍修走到面前的时候，她已经薅住他的衣领大声质问"你怎么会在这里"了。但现在她看着一排排的摄像机，就连她吃早饭的时候都快要贴到她的脸上拍，着实是除了微笑进食，再没有其他办法。

怀澈澈十分不理解，怎么会有人相信恋综没有剧本？有这么多摄像机在，她现在简直无欲无求，四大皆空。别说谈恋爱了，她就算是怼人，估计都会用那种和善的营业式表情。

好不容易拍完他们吃饭的近景，怀澈澈挺直的脊背总算能松下来一会儿。料理台上的咖啡机适时地发出了提示音。霍修站起身，温和地看了一眼在场的所有人："我刚才煮咖啡时多放了一点儿咖啡粉，有人想一起喝吗？"安小淳和闵佳美都很给面子地说"想"，三个男生中只有康峻年没有说话。

怀澈澈一看，这是一个好机会。她赶紧也站起来，说道："我来帮忙吧。除了康峻年，其他人都要喝，对吧？那就是六个杯子……"

餐桌旁坐着五个人，料理台这边只有两个人，拍摄的重点当然不会是料理台。怀澈澈走到霍修身边，先抬头看了他一眼，眼神里好像装着无数的问题：你怎么来了？你什么时候来的？你怎么也不先同我说一声啊？……

怀澈澈正满腹疑问，就见闵佳美也站起身，说着"我还没用过咖啡机呢，也想看一看"，就走了过来。

闵佳美一过来，嗅到味儿的节目组立刻跟了过来。怀澈澈一看那黑漆漆的镜头，感觉像潜水的时候遇到远处游动的鲨鱼似的，赶紧低下头，装作若无其事的样子，准备迅速"上岸"。

厨房是开放式的，闵佳美从怀澈澈的方向绕进来，却走到霍修的另一侧才停住。闵佳美有点儿好奇地指了指咖啡机的顶端，对着霍修一撩头发，问道："是从这里放咖啡粉进去吗？"

安小淳简直看傻了。她将一双眼睛瞪得圆圆的，直直地看着怀澈澈，眼神里明明白白地写着一句话：闵佳美！在！挑衅你！

怀澈澈倒是对此感觉无所谓，毕竟观众看恋综，看的就是各种相爱相杀、互帮互撕的"修罗场"戏码，不看这个看什么？只是当前这种情况，她想向霍修问话是没希望了。她正准备回去继续吃三明治，再寻找下一个机会去问，便见霍修当着已经推到他身前的镜头，伸手在料理台下轻轻地拉了一下她的手腕。

怀澈澈正好没来得及转身，还以为霍修想做什么，藏在料理台后面的小指就被男人轻轻地牵起，在空中紧紧地钩住。

怀澈澈的手一点儿也不胖，就是有点儿短。她小的时候，怀建中本来想送她去学钢琴。后来因为她弹八度真的太费劲儿了，扯得手掌都疼，哭了好几次，怀建中才只得把她骂了一顿之后，怒其不争地放弃了这个想法。

但霍修的手指还挺长。怀澈澈还记得那天下山的时候，他握着方向盘，手上的骨节微微凸起，骨骼与软组织好像连成了一片起伏的山脉，一看这双手就适合弹钢琴。当时怀澈澈心里想，如果她爸生的不是她，而是霍修的话，她爸应该能变成一个幸福的父亲吧。

"哎，怎么了？我问了什么奇怪的问题吗？"刚才自己的问题抛出去,却没人回答,闵佳美也只得仰着脖子继续朝霍修笑,"是不是我太笨了?不好意思,我这个人就是有点儿傻乎乎的。"

安小淳看着怀澈澈,已经开始担心了。但从刚才闵佳美起身的时候,安小淳就开始思忖,一直想到现在,也不知道该说点儿什么,只能干巴巴地自言自语道"我也来看看",走到了闵佳美和霍修的中间。

负责跟着安小淳的摄像师立刻追了上来,一时之间,只剩下三个男生还坐在餐桌旁。就在这时,康峻年吃完三明治,慢悠悠地站起身:"一个咖啡机而已,能有多难懂?给我看看。"

怀澈澈也没想到,因自己的一个无心的举动,导致这么多人聚到料理台附近,而大家目光的焦点,就是霍修手边的那台咖啡机。她想看一眼霍修,但不敢;要是现在转身往外走,也不敢。她感觉自己现在就像被架上了烤架的鸭子。

而下一秒,霍修好像生怕"火候"不够,让她烤得不够外焦里嫩似的,那只原本仅是钩着她的小指的手忽然一用力,把她往他的方向一拉,在她还没反应过来的时候,整个手已经被他攥进了掌心。

霍修没有片刻犹豫,迅速地张开手指,从她的指缝间滑入、扣紧,他滚烫的掌心与她的掌心犹如两块匹配的拼图一般,严丝合缝地贴合在了一起。

第六章
危机感

与此同时，霍修将目光投向正走过来的三个男人，微笑着用另一只空着的手指了指咖啡机侧边的口，解说道："从这里加粉……"

霍修是在回答闵佳美的问题，眼睛却没怎么往闵佳美的身上看。这一细节迅速打动了因为不好意思说话而一直在默默观察的安小淳。安小淳悄悄地给了怀澈澈一个鼓励的眼神，好像在说："鲇鱼"可以，"鲇鱼"真好，你快上啊！

怀澈澈："……"她感觉自己现在已经是被堵在死角了，既不敢说话，也不敢动，甚至眼睛都不敢乱看，只能任由霍修用拇指指腹缓缓地摩挲她虎口周围的皮肤，仿佛一支蘸着红色颜料的画笔，在同一个位置不断涂抹着，加深着滚烫的颜色。

"然后从旁边放水，这里有一个小标记。"霍修非常善于一心二用，在解说的过程中，还能分出神来"关照"怀澈澈，手指时而收紧,时而放松,揉着她柔软的手掌。怀澈澈感觉两个人相接触的肌肤之下全是熊熊燃烧的火焰。

"哈哈哈!我们好搞笑啊,这么多人来这儿研究咖啡机!"这时,另一个男生无意识地走到怀澈澈的身后,却压根儿没发现她和霍修之间的这点儿"猫儿腻",一直尝试将目光往里探,去看上一眼今天早餐时间的"明星"。

怀澈澈稍微回头看了一眼,刚想起这个男生好像叫甘逸,自己就已经被霍修牵着往旁边移了两步,在无意识的情况下手臂和霍修的手臂贴在了一起。

闵佳美抬眸就见霍修和怀澈澈已经贴上了,愣了一下,还没来得及说什么,嘉宾们的手机就同时接收到节目组的短信。怀澈澈正好趁掏兜的机会把手从霍修的手里抽出来,然后拿出手机看短信。

节目组先是对他们的到来表示欢迎,然后表示今天大家可以自由活动,尽情地参观这里,但是今天每个人都有自己的任务,如果有人完不成任务,将面临惩罚。

来了来了!最让自己感到头疼的综艺环节来了!怀澈澈压着紧张的情绪等了一会儿,节目组的第二条短信很快发了过来。短信的内容是让女嘉宾和任意一位男嘉宾一起去马场,并且两个人在马上共处三十分钟。

怀澈澈看见这个任务的时候,第一时间想的倒不是自己压根儿不会骑马,而是——这跟方红说的也不一样啊。方红不是说选了"老实人"的人物形象设定就可以不用和异性有肢体接触吗?但现在看节目组的任务,明显是对所有嘉宾一视同仁的啊。好在这里还有霍修,要不然想想自己要与闵佳美的三位拥趸骑马,怀澈澈可能已经休克了。

怀澈澈心想:这么说来,霍修刚才忽然牵自己的手,应该也是在完成节目组的任务吧？毕竟和他们六位嘉宾不同，霍修是作为"鲇鱼"进入这个综艺的，他的身份本来就比他们六个人的身份特殊一点儿，所以他提前接到任务也不是不可能的，对吧？

七个人一同看完短信，才抬起头来。甘逸又"哈哈哈"地笑了几声，嘴上问着"你们收到的是什么任务"，眼睛却不自觉地朝闵佳美的方向看。

康峻年不着痕迹地往前走了一步，将甘逸的问题顶了回去："已经说了是隐藏任务，那肯定不能与别人说啊。"

这才第二天，两个男生已经开始明里暗里地较劲儿了。尤其这个康峻年，像只斗鸡似的，看哪个男的都像竞争对手，刚才还看霍修不顺眼呢。

怀澈澈赶紧趁乱看了一眼霍修，就见他用杯子接好第一杯咖啡，然后端给她。两个人借着传递杯子的小动作，终于对上眼神。怀澈澈想着：我刚才帮你完成了你的任务，现在轮到你小子回报我一下了。于是她对着他小小地挑了挑眉，示意自己有情况，请求帮助。

霍修不知道看没看懂她的暗示，总之是先笑了起来，然后瞄了一眼不远处成群的摄像机，低声说："你先回去把早饭吃完再说。"

怀澈澈这个时候才想起来，自己的三明治还剩一半儿，正残破不堪地躺在盘子里。

"哦……"她"嘿嘿"笑了两声，扭头想把安小淳拐回餐桌旁，好与安小淳商量一下对任务怎么处理，却见在甘逸和康峻年针锋相对的时候，名叫景浩的男生已经悄悄地靠近了"小鹌鹑"。

景浩和"小鹌鹑"不知在说什么，但看起来聊得还挺愉快的。"小鹌鹑"将双手背在身后，小脸儿已经开始发红。她抿着嘴，看着景浩点了点头。

哎呀，这两位真是纯情死了！怀澈澈回到餐桌旁，两三口就把没什么味道的三明治塞进嘴里，生怕"大救星"霍修被别人抢走，一双眼睛不时地就往料理台那边的"修罗场"的方向看。

康峻年和甘逸还在你一言、我一语地互怼，只有"咖啡师"霍修任劳任怨、勤勤恳恳地一杯接一杯地将咖啡接好，对身旁大美女的放电视若无睹。最后闵佳美也不高兴了，一跺脚，跟着甘逸走了。

康峻年一看"小鹌鹑"和大美女都有了主，自己就这么落了单，刚回头想来找仅存的独苗怀澈澈，就见霍修的一杯咖啡递到了自己的面前，生生将自己的行动截断。

康峻年看了一眼面前笑得温和又礼貌的男人，接过咖啡，说了一声："谢谢。"

"不客气。"

霍修把杯子递出去之后，直接看向把咖啡一口闷完的怀澈澈，说道："走吧。"

康峻年："啊？"

这个庄园很大，到处都好像感知到了春天的气息，一派草长莺飞、生机勃勃的景象。草坪被修得毛茸茸的，灌木的形状也修得规整、漂亮。路过玻璃花房的时候，怀澈澈已经忘了自己是去做任务的，还以为自己是在逛公园呢，心里想着：这么个大园子，加上地皮，不知道要多少钱。如果李月茹女士看到这个庄园，一定很喜欢。

"之后如果有机会，要不要来花房逛逛？"霍修就跟在怀澈澈的身后，看她头上的马尾辫一甩一甩的，声音中带着一点儿笑意，"现在季节正好。"

怀澈澈一回头，正好看见摄像导演命人升起了无人机，准备从上空航拍，同时向嘉宾们大喊"走慢点儿"。

摄像导演说话了，怀澈澈知道对这一段录像，后期制作肯定不会把声音剪辑进去，自己终于能自由地开口说话。她问霍修："你知道我要做什么任务吗，就和我说'走吧'？"

"不知道……"霍修说。

怀澈澈回过头，正好对上他温柔的眼。他注视她的时候，就好像根本听不见摄像导演的话，只有脚步顺着她的意思放缓下来。

"这个重要吗？"霍修反问。

"重要啊！万一他们满肚子坏水，让你跳舞……"话说到一半儿，怀澈澈好像明白霍修的意思了，忽地没了声音。他是说，不管她有什么任务，对他来说都无所谓，反正他一定会来。

"如果你想感谢我，"霍修一看小姑娘的耳朵又要红了，适时地给了她一个台阶，"在回来的路上，陪我来花房逛逛吧。我妈最近对这些还挺感兴趣，我拍几张照片给她看。"

怀澈澈已经快速地转过身去，过了一会儿，才干巴巴地"哦"了一声，表示同意。两个人就这么散步到了马场，然后好气氛就被马倌的那句"那边是更衣室，请先过去佩戴护具"打断了。

要求戴护具，意味着他们有受伤的可能。怀澈澈倒是不怕马，就是有点儿怕骑马。怀澈澈小时候跟着父母去过一趟新疆。怀建中认识那里的牧民，让怀澈澈骑了一下牧民家的马。

其实那匹马挺温驯的。怀澈澈骑上它，它从头到尾也没有挣扎过，就像一个雕塑似的任人摆弄。只是那时候怀澈澈才八岁，踩不到马镫，一上马背就被吓得连动都不敢动。李月茹怕怀澈澈摔着，赶紧把怀澈澈抱下来。后来怀建中觉得怀澈澈那副战战兢兢的样子特别给他丢面子，回家之后还把怀澈澈骂了一顿，从此也再没带怀澈澈去过马场之类的地方。

马的承重力与其身体素质息息相关。能承受两个成年男女一起骑上去的马,个头儿不可能小。

当马倌牵着整个马场里最高、最大的马走到怀澈澈的面前时,怀澈澈立刻确认自己能从眼前的这匹面无表情的马的脸上看出三分漠视、三分不屑,以及四分"你敢上我试试"的威胁。

不过这匹马确实是漂亮的,一身油亮的棕色毛发,肌肉饱满、匀称,仅那两条前腿的长度,就快超过怀澈澈的身高。它往那一站,威风凛凛。

马倌见怀澈澈的表情已经开始变得凝重,宽慰似的说了一句:"没事儿的,它看着很壮、很高,其实很温驯。而且有我牵着它,你只要注意上马的时候把腿抬高,不要踢到它的屁股就好了。"

庄园毕竟是庄园主自己的地盘,更衣室哪会分男用、女用?所以这里只有一间更衣室。怀澈澈先进更衣室里换了衣服,再轮到霍修去换。此时,眼看霍修还没出来,怀澈澈只得自己咬着牙,抓住缰绳,踩着一边的马镫,扶着马背颤颤巍巍地爬上去。

只是忽然与地面拉开这么大的距离,她好像一下又回到了八岁那年,而比预想中更宽厚的马背,也在这一刻让她无所适从。

怀澈澈用脚钩了两次,也没钩住另一边的马镫。那匹马不耐烦地一甩头上的鬃毛,颈部的肌肉带动背部的肌肉,每一个细微的小动作都能无比清晰地透过马鞍传递到她的身下。

大马果然不好上。一时之间,怀澈澈想哭的心都有了。她紧张地说:"我感觉我好像有一点儿……"算了算了,大不了就是任务失败嘛。一个恋综,对嘉宾还能有什么惩罚?总不能让她去附近的人工湖游泳吧?

正无措间,她忽然听到左侧传来男人的声音:"马镫,松开。"

她没敢侧头,只胡乱地蹬了两脚,把被自己踩着的那一边的马镫蹬开。男人轻巧地一跃而上，刚一坐下，便直接伸出手臂牢牢地环住她的腰。

"别怕，我来。"他轻声说。

不得不说，这一刻霍修的声音在她听来是真悦耳。她一回头，正好对上霍修沉着的双眸。他安抚道："马这种动物是很聪明的。你越慌，它越想把你甩下去。"

怀澈澈是第一次戴马术护具，觉得手套有点儿大，她的手指顶不到手套的最前端，所以手套看起来松松垮垮的，给人一种粗制滥造的感觉。但同样的黑色手套，戴在霍修的手上，被他宽厚的手掌完整地撑起，随着他握住缰绳的动作展现出极好的韧性，让人看起来格外有安全感。

她忽然意识到，这个任务看似容易，实则不然。因为就从霍修上马的那一刻起，一男一女，衣冠楚楚，两个人身处文明社会中，却是实打实地被困在了名为"马"的孤岛上。

刚刚自己还觉得高大难驭的马，忽然好像因为自己身后的男人而显出了几分温驯，从怀澈澈的视角看过去，它好像有一种对马背上的男人心悦诚服的感觉。

算了，任务再怎么困难，也就半小时罢了。更何况两个人刚上马，摄像师也跟着上了另一匹马，守在两个人旁边。怀澈澈还瑟瑟缩缩的，而人家摄像师根本什么也不怕，只怕没拍到两个嘉宾的镜头。

面对那么一个黑乎乎的大家伙，谁还能暧昧得起来？怀澈澈强行将注意力从对着自己的摄像机上拉回来，回头问霍修："你会骑马？"

霍修微微点头："我以前学过一点儿马术。"

会不会骑马，从上马的姿势就能看出来。一旁的马倌和节目组的工作人员刚才看怀澈澈在马背上尿成那样,还真有点儿怕出事儿,现在看见来了一个懂行的,纷纷松了一口气。马倌带着马和马上的两个人进到马场内,松手的时候还不忘嘱咐怀澈澈:"你不要松开缰绳,和他一起握着!"

这个庄园的主人对园林建造是有一点儿想法的。怀澈澈和霍修坐在马上,能隔着一片毛茸茸的绿地望见远处的人工湖。

五月上午的阳光简直好到有了几分夏天的直白热烈。远处好像起了一点儿风,吹得湖面波光粼粼。再远的地方,层峦叠嶂,一片苍翠,让人由衷地感到浑身轻快。

眼看马倌放了手,马开始在霍修的控制下往前走,怀澈澈又不自觉地紧张起来。她回头,目光所及最近的地方正好是男人的下颌线。

霍修的下颌的线条非常利索,脸上的胡子被刮得很干净,几乎看不出胡楂儿青色的痕迹。之前怀澈澈看他整天言笑晏晏的模样,还以为他天生就是嘴角上扬的笑唇,但今天仔细一看才发现和她的判断完全相反,他不笑的时候嘴角有一点儿往下去,长相是板起脸来会很有压迫感的那种。

怀澈澈心道:他看起来好像也不是很会亲吻的样子啊。是不是还是因为自己没接过吻,所以被他钻了空子?

其实现在仔细想想,她能感觉到霍修当时吻她的动作是有点儿生涩。只是那时候她哪儿还有时间去判断什么?她的整个脑子都空了,所以她才会显得特别狼狈,好像完全落了下风似的。

霍修一低头,就见小姑娘盯着他的嘴一个劲儿地看,脸上好像有那么点儿不服气表情,嘴巴往一侧撇着,腮帮子微微鼓起,眼神很亮但焦距有些虚,不知道她在想着什么坏主意。

马术为什么被归类于人类的体育竞技项目,明明看起来是马在跑啊？因为人骑在马上，在与马并进的过程中，其实是人和马互相拉扯、互相牵制的状态。骑手下肢的每一块肌肉，都要在骑行的过程中保持高度的敏感性与紧绷的状态。

但很显然，此时霍修怀里的这位没有这种集中精神的紧张感，就像小孩儿坐在爸爸的背上一样，两条腿松弛地垂在马身两侧。大概是因为坐得不舒服，她一直晃晃悠悠地不断调整坐姿。

见她好像在想着什么，他没先出声打断她的思路，而是以小臂发力，将她的腰往怀里紧了紧，才提醒她："坐正，直起背来往前看，要不然待会儿马都要欺负你了。"

怀澈澈平时穿衣的风格很杂，加上她总踩着"恨天高"的高跟鞋，霍修是直到在渝城茶山与她共处一室的那天晚上，才发现她的个子其实不是很高，只有一米六多点。

怀澈澈的腰很细，他用一只手都能揽得过来，仿佛她被马颠上两下，这小细腰都能折在他的手里。而她刚往马场走的时候，步伐倒是坚定得很。他感觉怀澈澈特别像那种小型犬，比如吉娃娃之类的，又小又倔，骨子里透着一股不太尖锐的凶劲儿，偏偏还可爱而不自知。

怀澈澈闻言则是露出很困惑的神情，狐疑地道："你是不是在胡说？我看它挺乖的。"

马上的安全含糊不得，霍修只能吓唬她："那你自己抓着缰绳试试？"

这人是不是在欺负她不会骑马？！她被他这么一激，已经在心里打定主意，等这个恋综录完，自己要去报一个马术培训班。但骑在马上大概走了几分钟，过了一开始的新鲜劲儿，她很快就感到无聊了。

马鞍好硬，马身子好壮、好宽，而且她骑在上面感觉好颠。

哪怕马走得这么慢,她也已经感觉屁股疼了,简直难以想象那些拍古装戏中的马戏演员是怎么熬过来的。

怀澈澈听说这次萧经瑜拍的那部古装戏里的马戏全是实拍。剧组借来了好几匹马,还找了一个马术老师进组教学。当时怀澈澈听着没把这个当回事儿,现在自己骑上了马,才感觉到他背后的不易。

所以萧经瑜当什么演员啊,好好唱歌不好吗?他跑去吃苦受罪的,还要被观众吐槽演技差。

她就这么双眼放空,看着马场外的风景,人还坐在霍修控制的马上,心里却光明正大地想起了远在天边的萧经瑜。

直到两个人骑着马已经在马场里绕了一圈,霍修低下头来问了一句话,而脑袋正放空的怀澈澈没有听清,直接朝声音传来的方向侧过头去:"啊?"

男人的气息霎时间铺天盖地地向她漫过来。两个人的呼吸迅速在空气中交汇、相融,仿佛仅仅一个眨眼的工夫,就再也难分彼此。

怀澈澈这个时候才意识到,在她刚才走神的那段时间里,她整个人几乎靠在霍修的怀里,她的背脊贴着他的胸口。她出门前随便套上的一件粗毛背心,在这一刻就像是一张满是疏漏的渔网,让她毫无阻碍地感觉到从身后传来的另一个人的体温。

"我问的是,"霍修以一只手搂着她,嘴角又开始不自觉地上扬,"你的任务到底是什么?我们已经在马场走了一圈,节目组还没说任务完成。"

怀澈澈这才想起自己是来做任务的:"哦……是在马上坐半小时。"

"半小时?"对这个时间,怀澈澈没觉得有什么不妥,霍修却好像听见了什么好笑的话,回头看了一眼稍微隔开一段距离的摄像师,"是不是节目组越坏的节目,点击量就会越高?"

"嗯?"她乍一听,没懂,但很快就懂了。

马鞍好像巴掌大,他们两个人必须紧紧相贴。身下的马行走缓慢,在两个人一马进入马场的第十分钟之后,周围的景色再无新意,无聊的感觉会让他们产生半小时被无限拉长的错觉。在这几乎无限的时间中,人的感官自然会被放大,就像她刚才感觉到霍修的胸膛的温热。

下一秒,怀澈澈的耳朵已经火烧火燎的。她觉得这一刻思绪和眼神都没了方向,自己慌乱得像失了明的苍蝇。

她急切地想要转移注意力,不要完全被自己的感觉拉扯过去,却没有效果。她憋了半天,脑袋里也只蹦出一句——人体的血液循环是不是在尾骨的地方特别快啊?

时间开始变得奇怪,在她的身上、在她身后的人的身上都无比缓慢,却好像让天上的日头一下到了正午最毒的时候。

怀澈澈感觉身上有点儿热,这种热让她对身边的其他热源更加敏感。哪怕隔着一件马术马甲,她都忍不住想要挣脱开霍修搂在她腰间的小臂。

"不用捞着我了……"她伸出手扶在了霍修的小臂上,往外扒拉了两下,想要说自己坐在马上也扯着缰绳呢,不会掉下去的。

但她身后的人顿了顿,半晌,只反手将她的手攥进了自己的掌心,丢给她一句:"别乱动。"

半个小时的时间漫长得好像过去了半辈子。怀澈澈连额角都渗出了汗,才好不容易得到节目组工作人员的"OK"(好了)的手势。双脚刚一落地,怀澈澈就赶紧进换衣间脱护具去了。

在外面等候的霍修则得到了工作人员的集体"关心"。

"你还好吗?"

霍修无奈地回头看了一眼节目组的这群"作恶多端"的人，惹得他们纷纷低头捂嘴笑。负责跟着霍修的那位摄像小哥更过分，笑就算了，还朝霍修比了个大拇指。

另一边，《哈特庄园》的室内录制现场，所有艺人嘉宾准时到场，围坐在方形的大会议桌旁。他们的角色是明星观察员，这里就是他们的观察室。主持人李邈把在座的嘉宾挨个儿介绍完之后，终于进入正题。

有的恋综是将节目的主体部分录完之后，再来录艺人的部分，然后由后期制作将两部分拼到一起。但《哈特庄园》是"素人"嘉宾参与的节目的主体部分录完一天，就将素材直接带回公司粗剪，然后等录完艺人的部分，再将两部分放到一起精剪。所以"素人"嘉宾那边拍完差不多够一期的素材后，节目组就直接让这群作为明星观察员的艺人嘉宾齐坐一堂，对录制好的素材先睹为快。

萧经瑜一直觉得恋综是门槛最低的综艺。作为明星观察员，不需要任何才艺，只需要看一看别人在节目里谈恋爱，发表一些看法，与其他观察员聊聊天儿，自己表现出适当的幽默风趣，或说几句一针见血的评语，就能吸引观众。接这样的工作倒也不是不好，只是萧经瑜每次参加这种综艺，都会感觉认真写歌的自己像个傻子。

"哇！这个女生有点儿特别。"坐在萧经瑜对面的是董甜甜，最近在演艺圈内发展的势头正盛。董甜甜的声音轻盈又有活力："她好漂亮。我觉得她比刚才过去的那个闵佳美还好看！"

"对，她好清纯啊。闵佳美是清纯中带着几分性感，而这个女生只有清纯，是那种毫无杂质的纯净的感觉。"

"是是是！仅看形象的话，我感觉这个女生是很直率的类型。她应该是三个女生里年纪最小的，气质好干净。"

这个话题引起众人一阵讨论。萧经瑜总算开始进入综艺录制的状态,刚一抬眼,就看见怀澈澈充满青春活力地拖着她的大行李箱往庄园里走,行李箱的滚轮在路面上滚动,发出"咯噔咯噔"的活泼的声音。

《哈特庄园》的"素人"嘉宾其实前阵子就公开过,只是萧经瑜本来就忙,对"素人"嘉宾都有谁完全没关心。每天好容易挤出的一点儿空闲时间,他都用来刷手机以及与怀澈澈较劲儿了。他哪能想到与他较劲儿的本尊根本不在意他生不生气,直接没心没肺地跑到恋综里玩去了?

"'鲸鱼'笑了,'鲸鱼'笑了!看来'鲸鱼'喜欢这一类型的姑娘。"坐在萧经瑜斜对面的牡佳敏锐地瞥见他脸上表情的变化,打趣道。摄像师迅速抓住机会,将镜头往萧经瑜的面前推进。

萧经瑜以余光瞥见怀澈澈进门前差点儿先被玄关处的门槛绊一跤,嘴角的笑意扩大,令他看起来俊朗又青涩:"我只是觉得你们刚才说的是对的。"

转眼,屏幕上显示的拍摄场景已经从庄园外转到庄园内。六个"素人"嘉宾聚在一起,根据第一天节目组给出的规则,简单地相互通报了姓名。

节目组负责采购一些食材,并将食材放到冰箱里。做饭任务,需要六位"素人"嘉宾商量着分配人手,每次二人一组,准备好所有在场嘉宾的食物。

观察室内的明星观察员们看着屏幕上的画面议论纷纷。

"那个叫康峻年的男生,好像有点儿不喜欢那个叫安小淳的女生。"

"对对对,我也是这么觉得的。你看,刚才说好轮到他俩做饭,安小淳已经走过去看有什么食材了,康峻年还犹犹豫豫的。"

"他有点儿没风度……"

萧经瑜跟着点了点头,就见屏幕上本来坐在沙发上的怀澈澈直接站起身来走向料理台,而旁边的那个名叫景浩的男生有点儿意外地看着怀澈澈,问她:"你要去做饭吗?"

"对啊,"怀澈澈回过头,镜头正好拍到她一脸无所谓的表情,"总得有人去吧。"言外之意是,该去的人不肯去,她有什么办法?

"哈哈哈!这个女生的性格好有意思!"

"对啊!她就是虽然妥协但保留攻击性,最后甩过来的那个眼神和语气还是带着点儿刺的。"

"对对对!她好直啊。我很喜欢这样性格的女生。"

"而且那个做饭的女生,当时的处境确实有点儿难堪……"

几位明星观察员大笑着纷纷为怀澈澈的泼辣鼓掌,萧经瑜也忍不住弯了弯嘴角。

萧经瑜与怀澈澈已经认识七年了,但怀澈澈好像从来没有变过,依旧是那张出水芙蓉般的小脸儿,依旧是冲天炸地的暴脾气。

这段时间,萧经瑜经常会后悔,后悔自己没有在她第一次做出冲动行为的时候就告诉她这样不能解决问题,才会让她一点儿一点儿地变得更冲动、更偏激,到最后一气之下和别的男人领了结婚证。

想到这里,萧经瑜又忍不住回想起那天晚上接自己打给怀澈澈的电话的那个男人。萧经瑜听过怀澈澈父亲的声音,她父亲的声音和那个男人的声音明显不同。看来,那晚接电话的男人就只能是她的丈夫了。

当时萧经瑜听到手机里传来的陌生的声音,想说点儿什么,但张开嘴才意识到,就像怀澈澈说的那样,他凭什么?他只是她的普通朋友,而电话那一边的人才是她法律层面的丈夫。

萧经瑜忽然感觉所有的情绪都变得好像是无理取闹,甚至有一种自己当了第三者一样的耻辱感。在与对方的对峙中,自己自动变成了不战而败的那个人。

挂了电话后,萧经瑜坐在家里越想越觉得自己狼狈。之后几天,他经常感到恍惚,不知道自己和怀澈澈之间到底为什么会变成这样,以后又会变成什么样。

他有生以来第一次产生这样难以言说的情绪,而且自我调节得很慢。大约过了一个星期,他才终于从怀澈澈真的结婚了这件事情里缓过神来,托了两个人共同的朋友去打听,最后得知怀澈澈的结婚对象叫霍修,是宏修律师事务所的律师。

萧经瑜很快在律所官网上找到了霍修的证件照,并在霍修的名字旁看见了职称——高级合伙人。

"哦,这不是霍大律师吗?"

当时萧经瑜和经纪人胡成坐在公司的会议室里等着开会。胡成在与人交往中一向没什么边界感,凑过头来看了一眼萧经瑜的电脑屏幕,立刻伸出手指了指霍修的照片:"我的天!果然考验一个人帅不帅,还得看证件照啊。你说这是谁想不开把自己的照片排在他的照片后面做对照组啊?"

"这是律所官网上的展示照,谁管你好不好看?"萧经瑜关上网页,看着电脑桌面上乱成一团的图标,冷冰冰地转了话锋:"你认识他?"

"有所耳闻。但如果可以的话,我希望自己一辈子也不去找他。"胡成"嘿嘿"两声,"知道宋氏吗?就那个卖芯片的。之前不是老的下台,换成小的上台了吗?那个宋持风一上来就找了宏修律所当外援。当时谁都不知道这件事儿,直到宋氏原法务部总监离职的时候才传出来一点儿风声,估计是老的管公司时出了些烂事儿。不过到底是怎么一回事儿,谁知道呢?"

胡成意识到自己越说越远,又把话题扯回来:"虽然表面上是宏修律所接下宋氏的单子，但当时律所内部三个高级合伙人，一个搞刑事，一个搞民事，只有霍修主攻商事，那么是谁挑的大梁就不言而喻了嘛。"

"你还挺清楚。"

萧经瑜没什么情绪地哼笑一声，没再接话。倒是胡成坐在会议室的椅子上，百无聊赖地用舌头剔了一圈牙，又没话找话地说："你和怀澈澈还在冷战呢？"

萧经瑜没说话。胡成已经从萧经瑜的沉默中明白了，叹了一口气，说："你要么和她就这么断了算了。你说你现在发展得也挺好的……"

"什么？"萧经瑜一抬头，眼神已经冷下来了。

"不是不是……我就是那么一说……"胡成赶紧摆手，"我能不知道你现在拼了命是为了啥吗？我只是开个玩笑。你就当我把玩笑开过了，行不行？"

"以后别开这种玩笑，"萧经瑜别开眼，透过落地窗扫了一眼窗外鳞次栉比的建筑，周围的气压变得更低了，"我听着烦。"

胡成寻思，萧经瑜与怀澈澈真是绝配，都是一言不合就开始生气，只是这边冷着气，那边炸着气。这二位哪像成年人啊？喜怒全形于色，两个人一样幼稚。自从当了萧经瑜的经纪人，顺带认识了怀澈澈，胡成每天回家都感觉自己的老婆简直温柔得不行，极大地缓和了家庭关系。

"那……"胡成寻思自己好歹也比萧经瑜大二十来岁，总得做出个成熟者的表率，"你既然不想和她就这么断了，我作为过来人给你个建议啊。女人吧，得哄，得陪。你要想和她说话，就去找她。你别老冷着人家，要不然人家迟早和别人跑了。"

天地良心！胡成最后说的那句话，完全就是为了缓和气氛的俏皮话。毕竟在萧经瑜身边的人，谁不知道萧经瑜和怀澈澈纠缠了七年，怀澈澈是不可能离开萧经瑜的？但萧经瑜闻言，一下子脸色更沉了，冷得像冰窖、寒潭似的。

"算……算了算了……你要不想找她就算了，当我没说。你说我也是嘴贱，我和你扯这个干吗？开会了开会了……"

萧经瑜还记得那天与胡成的这番对话，是以胡成一贯的插科打诨式示弱结束的。萧经瑜也知道胡成没有坏心，但当时所有的情绪翻涌上来，自己的表情管理技巧真的很难用上。

说实话，萧经瑜至今也不觉得怀澈澈是真的因为喜欢那个男人才与其结婚的。以萧经瑜对她这么多年的了解，她就是因为自己与合作的女演员炒作"荧屏情侣"的事情，怒气当头，所以才会冲动地向别人提出结婚或答应了别人的求婚。更甚者，萧经瑜推测那个男人应该也不会有多喜欢她，要不然怎么可能与她领了结婚证还让她上这种主打"亲密接触"的恋综？

但是，那不是别的事情，是结婚啊！这世界上有了另一个人可以名正言顺地在她的身边。他们受到双方家人的祝福，受到法律的保护。而萧经瑜自己呢？从此就连给她打一个电话，都好像要多上两分心虚才算合情合理。

这一个月，除了第一周用来消化这件自己不愿接受的事情、调整自己的情绪，剩下的时间，萧经瑜都在想自己应该怎么办。每天晚上睡觉前，好像只有在她的朋友圈刷到她在夜店的视频，他好像才能稍微找到一点儿安慰——看吧，她结不结婚，其实是一样的，不会有什么变化。

观察室内，明星观察员们还围在一起观看节目组拍摄的第一期的素材。很快，屏幕中的画面显示夜幕降临，字幕出现，向观众提示所有的"素人"嘉宾都已经休息。

此时，一辆神秘的车在庄园门口停下。导演组往车里递了一张任务卡之后，音箱里传出男人极富磁性的低沉的声音："根据你的第一印象，选择令你心动的女嘉宾，明天早餐的时候，在所有人都没注意的情况下，和她十指相扣。"很明显，他念的是任务卡上的内容。

"哇！这个声音好好听……"

"我感觉这是个成熟稳重、能带给女孩子安全感的男生。哇，这种男生很少见啊！"

"而且你看他的穿着也显得挺成熟的。仅看他的衣品，就能感觉到他好帅！"

"董甜甜，你是怎么从衣品就看出人帅的？"

"哈哈哈……"

镜头故意没有拍那个男人的脸，只拍到他的胸口的位置，但观察室内的观察员们仍旧因"鲇鱼"这个角色被启用而沸腾，纷纷以当下已知的信息为依据推测起来。

但萧经瑜在自己的听觉神经与那个声音接触到的一瞬间愣了一下，那个声音令他感觉既陌生又熟悉。

"早餐时，所有人都在场，我怎么与某个人悄悄地十指相扣？"那个神秘的男人轻笑一声，"我刚来，你们不能对我温柔一点儿吗？"他的每一句话都是示弱的，语气却让人完全相信他已成竹在胸。

此时，观察室里惊呼声不断，观察员们加上主持人李邀一共七个人，七双眼睛，都牢牢地盯着屏幕，期待着这位高品质"鲇鱼"的第一次亮相。

当之前自己见过的那张证件照上的脸出现在大荧幕上的一刻，萧经瑜终于意识到，怀澈澈婚后上恋综，绝不是因为霍修对她没有感情，所以不在乎。

"那我就选三号女嘉宾吧。"这个甘当"鲇鱼"的男人，只是想自己也参与进来陪着她玩。

恋综拍摄的第三天，到了"素人"嘉宾们可以公布彼此的职业和年龄的时候。晚饭时分，大家齐聚一桌，手边都放着一瓶赞助商提供的饮料，饮料包装上的LOGO（品牌标志）正对着镜头。

"我先开始吧。"闵佳美率先抛出自己的个人信息，"我是网店模特，目前大三在读，二十一岁。"

"你这么年轻啊。"一旁的康峻年相当买账地赞了一句。然后他向大家作自我介绍："我是广告公司的创意总监，比闵佳美大八岁，上个月刚过了二十九岁的生日。"

他们俩按照节目组安排的序号，分别是"女1"和"男1"。按理来说，下一位作自我介绍的应该是"女2"安小淳，但闵佳美已经把目光直直地投向霍修，并催促道："霍修呢？"

看得出安小淳已经准备接在康峻年之后作自我介绍了，却被闵佳美硬生生地截下来，也只得满脸尴尬地跟着其他人看向霍修，等霍修先说。

怀澈澈直接给了霍修一个"你先别说话"的眼神，扭头看向安小淳："怎么就到霍修了？按顺序现在不应该是小淳来吗？"

"啊，不好意思，我还以为是随便来的呢。"闵佳美立刻向安小淳说了好几声"抱歉"，却以余光不着痕迹地瞄了怀澈澈一眼。

"我是幼师，二十三岁。"安小淳在暗流涌动中迅速地用八个字介绍完自己，然后将"接力棒"交给了下一位。

甘逸和景浩说完，转眼轮到怀澈澈。康峻年扭头朝怀澈澈露出一个热情的笑："那怀澈澈呢？我猜猜，你应该也是做模特的吧？这么瘦还这么好看。其实我第一次看到你就觉得很眼熟，但又想不起是在哪儿看到的，应该是在什么展览上吧。"

"哦，我不是模特。"怀澈澈撇了撇嘴，冷淡地道，"我是做'吃播'（吃东西直播）的，就是探店那种，自媒体。"

"啊，对对对！我好像关注你的视频号了，是叫'澈仔面'对吧？我就说嘛，在哪里见过你……"康峻年立刻两眼放光，"我一直很喜欢看你的'吃播'，不过还以为你就是兼职探店，因为你的作品更新不怎么稳定，我每次等你更新等得脖子都长了。"

眼看话题的重心开始往怀澈澈的身上转移，闵佳美放下筷子，背靠着餐椅背，上下打量了怀澈澈好几遍，才问："澈澈在大学是学什么专业的啊？读大几了？毕业后准备干什么啊？"

"我二十五岁，已经大学毕业了。"怀澈澈依旧窝在自己的小单人座里，不避不让地迎上闵佳美的目光，"我学的是建筑设计。"

"哇，建筑设计啊，"闵佳美露出向往的笑容，"好浪漫啊！那你怎么没找这方面的工作呢？"

闵佳美笑得倒是挺灿烂，却明里暗里地传达出自媒体不是什么正经职业的意思。怀澈澈也回以一个礼貌的笑容："因为我除了吃喝玩乐，什么也不会啊。"她这话无论真假，都耿直到足以把对面的人一口气噎死。

闵佳美也确实语塞了。她眨了眨眼，十秒钟没憋出要怎么接。倒是康峻年对这有些微妙的气氛完全没感觉，愣愣地接话道："怎么会呢？我之前看过你去巴黎圣母院的视频。你随口说了几句建筑架构，那一听就很专业啊，什么哥特式，什么十字……"

"拉丁十字形。"霍修在一旁接过话去，"那是天主教教堂经常用的形制。"

"你连这也知道啊？"闵佳美再看霍修的时候，眼神里又多了些崇拜，"你不会也是学建筑专业的吧？"

"不是，我是开律所的，"霍修说，"律师。"

就在霍修刚介绍完自己的时候，节目组的工作人员忽然将六位嘉宾的行李箱推了出来。

"大家吃好了吗？"节目导演对嘉宾们说，"那么，是时候来进行一点儿饭后游戏了。"

"啊？"

"游戏？"

大家被打了个措手不及，纷纷有些无措地看向饭桌旁的其他人，发现所有人的表情都差不多之后，只能又向导演看回去。

"在游戏开始之前，先告诉大家另一件事儿。从今晚开始，就寝规则变更。一男一女两两分组，每组共用一间寝室。"

你们还挺敢玩的啊！怀澈澈先是一愣，然后在心里吐槽了一下。还没等她反应过来，导演又自己接之前的话说："接下来我们会玩一个小游戏，胜利的那一组能获得今晚所有人的房间分配权。"

"但是，我们是七个人啊，"安小淳听完规则，连脸都红了，但还是小声地提出疑问，"好像没办法被二整除。"

"是第一名可以单独睡的意思吗？"景浩接安小淳的话问。

"不是，"导演露出无比奸诈的笑，"是其中三个人睡一间。"

此时已经有人惊呼出声。这个规则比第一季的规则还过分。三个人睡一间房，太离谱儿了。

属于综艺的危机感与紧迫感顿时降临。几乎是一瞬间，怀澈澈的头脑中只剩一个想法：我要赢！我可不想和另外两个人睡一间房！我！一定！要拿到！房间分配权！

饭后，一群人聚集到庄园的前庭。怀澈澈在导演公布任务内容之前,一看这个场地根本没布置任何游戏设施,就大概有了一点儿感觉,颇有先见之明地与霍修站到了一起。

果不其然,导演助理上来就是一句令大家感到措手不及的话:"任务内容是,亲你身边最近的人一下。开始!"

怀澈澈二话没说,直接抱住霍修的脸就"吧唧"一口,那声音还挺清脆。在所有人,乃至霍修本人还没回过神来的时候,怀澈澈已经欢天喜地地手舞足蹈起来:"耶!耶!我赢了!房间分配权!"

霍修被怀澈澈的欢呼声拉回现实。见她穿着一件白色T恤,就像一只快乐的兔子一样满场乱跑,他赶紧把手握成拳挡在唇前,笑得弯起了眼。

其他人都没想到节目组的这个"小游戏"会这么小,甚至他们还没开始,游戏就结束了。

平时反应最快的闵佳美也只能悻悻地松开捧着甘逸的双颊的手,目送怀澈澈兴高采烈地进入节目组事先准备好的房间,决定其他人今天晚上的房间如何安排。

节目组准备的这个房间里,桌子上倒是特地做了一下布置,把今晚用来安置他们的三个卧室都以简单的模型的方式呈现出来,而他们七个人则是被做成了形象不同的圆形的小人儿。安排房间的人将代表不同嘉宾的小人儿放到哪个模型里,就算是为其选到哪一间卧室,看起来非常直观、清晰。

怀澈澈看着摄像旁的导演助理,问:"必须是把异性安排到同一间吗?"

导演助理残忍地点点头:"对。"

之前在渝城茶山,怀澈澈又不是没和霍修共处一室过,所以这个时候她觉得也不是很不自在。她毫不犹豫地把安小淳和景浩放到一间,再把自己和霍修放到一间,最后很大方地一挥手:"剩下的三个人在一间就好了。"闵佳美、康峻年、甘逸,一"女神"、两"备胎"的戏剧性之夜。

导演助理已经忍不住笑了:"好的,请你先出去吧。"

怀澈澈出去之后,其他人已经去认领自己的行李了,然后他们会被节目组安排分头出发去各自被安排的房间。怀澈澈寻思着,这节目组是真坏啊,让人家在放行李箱的地方分别,再到卧室里会合,充分地进入情境。想想"三人组"房间里的画面,三个人从忐忑,到意外,再到震惊,这简直太魔幻了!

等节目播出后,这一期,自己一定要看。怀澈澈这么想着,已经有点儿兴奋了。

作为房间的分配者,怀澈澈胸有成竹地拖着行李箱走到属于自己的房间门口。她推门而入,就见霍修已经站在里面,听到声音,回过头看向她,脸上没有惊讶。他笑着同她打招呼:"来了?"

"霍先生挺自来熟啊,搞得像我来你家做客一样。"怀澈澈开着玩笑向里面走,在看到房间里只有一张床的时候,心凉了两分;等她再看了一眼房间,发现没有沙发的时候,心凉了半截。

这是什么庄园主啊?卧室里连个沙发都没有,您老人家是买得起地皮,买不起家具是吧?!她无奈地在心里吐槽。

"为什么不能是'回家'呢?"霍修从她的手里接过行李箱,"还是怀小姐见外了。"

怀澈澈:"……"

霍修好像还嫌不够,回头看了一眼已经开始感到不好意思的怀澈澈,又淡淡地补了一句:"刚刚亲我的时候,你可不是这样的。"

怀澈澈:"……"

洗完澡,怀澈澈穿着睡衣套装,用长袖衣、长筒裤把自己包得严严实实的，躺在床上给唐瑶发微信消息：

"律师还是厉害。这张嘴啊，像开过光一样。"

"不愧是靠嘴巴吃饭的男人。"

"我已经能预想到，以后如果和霍修产生分歧时，被他说到哑口无言的局面了。"

"嫁人不能嫁律师啊！瑶啊，你听我的！"

唐瑶不知道是在忙，还是被怀澈澈这没头没脑的一连串消息给弄蒙了，暂时没有回复。怀澈澈只得扭头去刷朋友们在朋友圈展示出来的夜生活，感受一下久违的糜烂气息。

很快，浴室的门开了，霍修从浴室里出来，身上的那件家居服和他在渝城酒店里穿的好像是一样的。床上有一条被子。他掀开被子的另外一边，坐在床边。怀澈澈没有回头，但能感觉到他一直没有躺下。

又过了一会儿，她刷朋友圈刷到了头，百无聊赖间，才看见霍修正坐在床的另一侧看着笔记本电脑的屏幕。

屏幕上显示的是 Word 文档。怀澈澈扫了一眼，那应该是类似公司财报的东西，写着"季度""营收"之类的词，以及一大堆数字、符号。

"你在工作吗？"她忽然想起，她爸说霍修真的很忙，"你一直抽空儿在晚上工作？"

"不算工作，稍微看一下。"

见霍修说着就准备合上笔记本电脑，怀澈澈赶紧说："你工作就工作嘛，反正现在也没什么事儿。"

现在时间还早，才晚上八点半。

霍修手上的动作果然停下。他朝她微笑着说："那我再看看。你要是觉得无聊，可以与我聊天儿。"

"你看着工作的东西还能聊天儿？"怀澈澈有点儿不信。

"若聊的不是太复杂的话题，可以。"霍修说，"其实我小时候，专注力很差，上课时我经常开小差。"

"是吗？看不出来啊。"

"后来我爸妈送我去了专门训练专注力的机构。"

"然后呢？"

"然后，机构的老师说我其实不是注意力差，只是能同时注意到很多事情，只要控制住，心神不要太分散就可以了。"

"所以……"

"所以，我经过了一年的刻苦学习，终于学会了只同时做两到三件事儿。"

怀澈澈："……"这人有点儿东西。

怀澈澈这边与霍修聊完，那边又立刻在微信上给唐瑶来了个"录播"："而且他还会一心二用，可怕得很啊！"

唐瑶："……"

怀澈澈抱着手机躺在床上乐不可支，刚切出微信准备"转战"微博，手机屏幕上方就弹出一个微信新消息通知。

Whale："今天的拍摄结束了吗？我到庄园门口了。我们见面聊聊，好吗？"

第七章
亲我一下

啊？他到庄园门口了？他知道我在哪儿？他怎么知道的？……

怀澈澈躺在床上，一连串的问题涌上来的时候，心跳忽然加快。她赶紧把手机按进怀里，有些心虚地看了一眼正坐在床的另一边专心工作的合法丈夫。

霍修对怀澈澈投向他的目光很敏感，在她刚转头看向他时，目光还没完全落到他的头上，他就已经侧眸稳稳地接住："怎么了？"

"没什么……"话一说出口，怀澈澈就后悔了。自己这是干吗啊？有什么不能说的？霍修又不是不知道她的情况。这下可好，反倒搞得像她偷情似的。

怀澈澈和霍修的这个房间斜对着庄园的大门口，晚上拉开窗帘就能看见花园一隅，是三个可供选择的房间中视野最好的。怀澈澈躺在床上，透过窗帘的缝隙往外瞄了一眼，除了夜色，一无所获。

萧经瑜真来了？他不会是耍她玩吧？愚人节可上个月就过了。

CHECHE:"你真来了?拍一张照片我看看。"

对方先发了一个"无语"的表情包,紧接着发过来一张照片。

Whale:"祖宗,行了吗?"

嚯!照片上还真是这个庄园的大门口。现在压力来到怀澈澈这边。她刚才嘴快接了一句"没什么事儿",要再开口同霍修说"萧经瑜来了",总觉得不太好。她给萧经瑜发了一条消息,让萧经瑜等一会儿,就开始等待一个向霍修开口的机会。

霍修说是自己习惯了一心二用,但很快进入了看资料的状态,除了偶尔翻页,几乎没再动过。屏幕的光落在他的脸上,融进他认真的眸光里。怀澈澈向他偷瞄了好几眼,也没好意思出声。

伴随着时间一分一秒地过去,霍修终于收起电脑。怀澈澈再看时间,已经过去了快三个小时。

"你困了吗?"霍修大概是觉得差不多到睡觉的时间了,"还是想再聊聊天儿?"

"不聊了吧……我想睡觉了……"怀澈澈说完这话,连自己都感觉自己已经是个标准的坏女人了,说后面的话时声音更小,"你关灯吧,晚安。"

"晚安。"

房间里很快一片黑暗。怀澈澈能通过"窸窸窣窣"的声音与另一边床垫的塌陷感觉到霍修应该是躺下了。她没敢继续玩手机,等了好一会儿才轻手轻脚地掀开身上的被子下了床,披上一件外套往外面走去。

这个时间,节目组的工作人员都已经休息。怀澈澈出了门才想起自己穿的还是拖鞋。薄薄的一层橡胶鞋底踩在大理石地板上,她走得快的时候,发出好像小动物在黑暗中快速跑过的声音。

怀澈澈推开大门,一眼就看到停在庄园门口的车。那辆车很老，应该是萧经瑜为了迷惑"狗仔"开了别人的车。车窗上贴着一层遮光膜，就像是四块墨镜镜片，在夜色中反射出暗暗的光。怀澈澈赶紧轻手轻脚地合上门往外走。

车里的人看见有人影靠近，手上一番操作，老爷车的车头灯闪了两下。萧经瑜摇下车窗，满脸无语："我平时开来见你的那辆车坏了，让胡成给我再搞一辆，他就给我搞了这么个玩意儿。"

还行吧，桑塔纳2000，早年大陆的家用轿车王者。当年萧经瑜他们家的第一台车也是桑塔纳2000，没有自动升降车窗，全靠手摇。

不知道是不是要再来一场倒春寒，今晚的夜风格外地凉。怀澈澈出来之前根本没料到外面是这种天气，下身就穿了一条单薄的睡裤。一阵风吹过，她当下起了一身鸡皮疙瘩，赶紧绕到副驾驶位那边，开门钻了进去。

等坐进车里，她才发现这破车上没开空调，车内和车外一样冷，车门还漏风，里面与外面只有风大和风小的区别。

"空调坏了。"萧经瑜一看她那副瑟瑟缩缩的样子，就先把自己的外套脱下来扔到她的腿上，"这破车。"

"你……就一直坐在这儿等啊？"怀澈澈看着萧经瑜，估计他是刚从录影棚出来的，身上也没比她多穿多少衣服，"不冷吗？"

"你管好自己，把腿盖好。"

其实在怀澈澈出来之前，萧经瑜没怎么感觉到时间流逝。主要是他一直在想与她见面后要怎么说。他一会儿到车下透一口气，一会儿再回车上静一静，大脑还是一片空白。

别看他已出道五年，暗恋的、热恋的、分手的歌，他都写过，但真的等到亲自上阵的时候，他才发现自己就像粉丝们说的那样，理论基础满分，实践经验为零。

怀澈澈看他的外套里面就一件天蓝色的短袖T恤，整个人看上去完全就是青春期的那种一身热血不怕冷的少年的模样,问道:"你怎么来了?"还来得这么突然。

"我买了这个。"萧经瑜说着,从后座拎了一个袋子过来,伸手往里面摸了一把,有点儿烦躁地说,"奶茶已经凉了。算了,别喝了。"

为什么奶茶会凉?因为他等她等了三个小时。为什么他会等三个小时?因为她在等霍修睡觉。

怀澈澈总感觉现在这种情况好奇怪,好像自己被两个男人夹在中间,你瞒我瞒,乱糟糟的。两个男人都挺无辜,那么唯一的坏人是谁,不言而喻。

心里很不是滋味儿,她强行压下这种感觉,慢吞吞地说了一句"还可以喝",将整个袋子接过去,立刻因为意外的重量而瞪圆了眼睛:"你怎么买了这么多?"整整四杯奶茶,用来固定杯子的纸架子上,四个杯位满满当当。

"我的后备厢里还有,一共二十来杯吧。"萧经瑜看她一脸不可思议的样子,语气也不由得轻快起来,"我来探班,不好让你吃独食。要不然别人看你喝,心里会不舒服。"

怀澈澈想起和萧经瑜吵架那天,他在拍照,也是在场的所有人,人手一杯奶茶。看来在处理人际关系上,他也比以前进步多了。

眼珠子一转,她拿起吸管戳开杯子顶上的封口。奶茶确实已经凉了,芋泥也有点儿凝住了,她往上吸的时候有点儿费劲儿,但奶香伴着芋泥的甜,好喝一如既往。她道:"哦,所以你是来探班的?"

"也不全是因为这个。"萧经瑜的声音轻下来,"我们已经多久没见了,你数过吗?"

怀澈澈愣了一下,想想上次与他见面好像还是三月中旬。他们居然已经一个多月没见了。

"五十四天。"萧经瑜自己回答了自己的问题,"在这五十四天里，我们只打过一次语音电话，在微信上说了几句话。"

"那还不是因为你自己和别的女人炒作在前，打语音电话时和我吵架、冷战在后？"怀澈澈心里讶异于萧经瑜竟然连两个人没见面的具体天数都记得那么清楚，但面上还绷着，嘴里不服输地小声说，"你又没找我，我干吗要找你？"

萧经瑜之前也确实是在生气，在和她较劲儿，和她比谁更要面子一点儿。这些年他们好像都是这么过来的。两个人有一个很幼稚的共识，就是冷战的时候，谁先说话，谁就默认自己理亏。也是因为这个，今天主动来庄园找她，一路上萧经瑜都感觉很不自在。他大概知道自己应该做什么，但心里只有一个模糊的方向，没有任何一点儿可以具体实施的细节。

萧经瑜在看到霍修为了陪怀澈澈玩，连恋综也能毫不犹豫地跟着上的时候，自己之前对怀澈澈这段婚姻的所有看法顷刻被颠覆。萧经瑜终于意识到霍修绝不是一个简单的、可以用"她的丈夫"四个字去概括的影子。

萧经瑜回想起前阵子自己在宏修律所官网上看到的，霍修的职称下面是丰富、亮眼到令人咋舌的从业经历，配上旁边那张证件照上的面孔……这样一个丰神俊逸、卓尔不群的人，萧经瑜连看一眼都觉得心慌。

这个男人看起来确实比自己更配得上她。更何况从目前来看，他非常喜欢她，并且正在付诸行动。萧经瑜觉得自己确实与之差得太远了，远到除对怀澈澈的了解之外，好像再也没有什么优势去和那样强劲的对手抗衡。

萧经瑜意识到自己应该做点儿什么了，要不然以后一定会后悔……不，其实他现在就已经开始后悔了。"所以，"萧经瑜深吸了一口气，因要面对怀澈澈说出以前很难启齿的话，整个后背都不断冒出鸡皮疙瘩,"我来找你了。"

怀澈澈从来没听过从萧经瑜的嘴里冒出的这种"人话",愣了一下,不敢置信地看着他:"你不会是喝酒了吧?酒驾!萧经瑜,你现在狗胆包天!"

"没有……"他被噎了一下,同时也从这些自己熟悉的吐槽的字眼儿中找到了一点儿安全感,总算能舒出来一口气,"那……你现在是不是应该和我好好地说一说你结婚的事情?"

音色本就不冷的人,再将声音放轻,就更显得温柔。怀澈澈感觉周围的空气被他声音里的温度感染,好像也没刚才那么冷了。她把盖在自己腿上的外套丢回去:"是我提的结婚,他答应了。然后他和我说好,两年如果我们还是不来电,就离婚。"

"两年?"萧经瑜重复着这两个字,眉头收拢的同时,手已经把怀澈澈丢过来的外套揉成了一团,"如果他到时候不肯离呢?"

"不会的,"怀澈澈说完,才有些意外于自己对这件事儿的笃定,但一言既出,也不好再改口,"他不是那种说话不算话的人。"

"你还挺信任他。"萧经瑜沉默了两秒,"看来你们相处得不错,是吗?"

"嗯……"手里端着一杯凉透了的芋泥奶茶,眼珠子一转,怀澈澈故意气他,"是还行。"

"怀澈澈!"萧经瑜立马急了。

"哈哈哈……"怀澈澈终于捧腹大笑。

毕竟之前耽误了三个小时,现在已经很晚了,明天一早还要继续录制节目,两个人就各自的近况简单地聊了几句之后,萧经瑜就开口问:"你困不困?"

"我困,困死了。"怀澈澈今天早上负责做早饭,还没睁开眼睛呢,就被景浩叫醒了。晚上她躺在床上时被萧经瑜的消息吊着一根弦,所以还没感觉困,而现在和他聊了几句,她的眼皮就开始打架了。

"那走吧。"萧经瑜套上外套下了车,俨然一副准备送她到庄园里的架势。

怀澈澈美滋滋地拿着奶茶下了车,与萧经瑜并肩往庄园里走。她一边走一边问:"对了,剩下的那些奶茶,你打算怎么办?"

"我待会儿给胡成他们送过去,估计他们还没睡呢。"

"喝得完吗?"

"喝不完就算了,这东西放不到明天。"

"也是……"

走到内门前,两个人颇有默契地停了下来。萧经瑜朝她转过身,想伸手捏捏她的脸,但手悬在身侧虚虚地握了握,还是没有抬起来:"过两天我再给你送,看你那点儿出息。"

"看你这话说的,我又没说我还想喝。"

萧经瑜同怀澈澈说着话,余光却忽然注意到怀澈澈身后的某个房间。

现在这个时间,庄园里的所有房间大都熄了灯,只剩外面庭院中的照明灯亮着。从亮处看向暗处,看不清楚,萧经瑜也只模模糊糊地辨认出那扇落地窗被两片已经看不清颜色的窗帘遮挡着,只留下一道狭窄的黑缝,一点儿香烟的火光悬在空中,几乎要隐没在黑暗里,恍惚、迷离……

萧经瑜愣了一下,忽然意识到那可能是节目组为她安排的卧室,刚才还因他的犹豫不知怎么动的手忽然有了方向——他抬手捏了一下怀澈澈的脸,才朝她一偏头,用下颌指了指内门的方向:"去吧,晚安。"

"晚安。"

怀澈澈轻手轻脚地回到房间，一推开门就被烟味儿呛了一下。可还没等她皱起眉头，比这烟味更快让她意识到的是另一件事儿——霍修醒了。不管他是压根儿没睡，还是被她吵醒，抑或是其他原因，都让身上带着"已婚属性"还一声不吭地半夜出去与别人私会的怀澈澈感觉非常难受。

唐瑶早前就说过，怀澈澈这个人，看起来像是个恶狠狠的凶兽，好像天不怕、地不怕似的，本质上就是外面贴了虎毛的纸老虎。这边被她爸怀建中磨掉一层毛，那边又被萧经瑜磨掉一层毛，现在的她，只剩一副看起来威风凛凛的花架子，而内里薄如蝉翼，一戳就破。

怀澈澈觉得唐瑶对自己的这个评价是扯淡，非常扯淡。自己这应该叫"良心未泯"，就是做坏人最低级的水平，坏也坏得不彻底。

心里难受的"纸老虎"打开灯，就看见霍修好像大梦初醒般回过头来，把烟顺手在茶几上的烟灰缸里按灭。

"你回来了？"

"你怎么醒了？"

两个人异口同声。霍修看了一眼床的方向，说："发现你不见了，我就醒了。"

"我出去了一下……"怀澈澈背在身后的手已经悄悄地攥成拳头，"萧经瑜刚才来找我了。"

"嗯，我看见了……"他的声音忽然比刚才的声音轻了两度，眼睛里露出些微失落的痕迹，"他刚才送你进来。"

怀澈澈自诩不是个同情心泛滥的人。尤其像她这种身家的女孩子，小时候就经常遇到那种市侩的同学，摆出楚楚可怜的表情，想从她的身上求取点儿什么，让她早早就对有人造痕迹的情绪极为敏感，也对大部分所谓的"可怜"麻木。

但是霍修不同。他一般喜怒不形于色，神情很淡，好像比起将内心袒露给对方，更倾向于将内心隐藏，可这一切偏又不是无迹可循的，逼得她只能更往深里看。但越往深里看，她就越会被他的情绪感染，对他产生一种极为强烈的共情。

明明她可以同霍修说一声自己要见谁的，明明霍修对这一切都知情，但是她选择偷偷跑出去，害得他白白在这里担心。她站在原地，嗫嚅了半天，满脑子想的都是要怎么道歉。霍修却在这个时候站起身来，宽容地伸出手抱了抱她："你刚刷过牙又喝了奶茶，再去重新刷一次，然后好好睡觉吧。"

怀澈澈，你真是个坏女人！你欺负霍修！你欺负人！你现在已经成了一个欺负别人的坏东西了！怀澈澈在心里骂着自己，整个心都酸成了一团。她将脑袋埋在霍修的怀里哼唧了两声，但"对不起"已经到了嘴边，就是说不出口。

芋泥奶茶留到第二天会坏，她干脆狠狠心把剩下的半杯全扔进了垃圾桶，顺从地重新进入浴室刷牙。

她从浴室里出来的时候，霍修已经在床边坐下。刚才的那一点儿有迹可循的情绪已经完全找不到踪迹，他恢复了平时温和平静的模样。见怀澈澈已经重新刷好牙，他也站起身："我也去刷一下，刚才抽了烟。"

呜呜！怀澈澈又被他的一句平常的话激起无限愧意，现在难过得简直想去床上打几个滚儿。

霍修出来的时候，就见小姑娘满脸写着自责，只躺在床上最边缘的位置，一副准备把整张床让给他以缓解自己内心的罪恶感的样子。

他走过去，掀开被子躺下，关上灯的同时，无声地叹了一口气："睡过来一点儿。"

"不用……"

"我们离得太远，会冷。"

"哦……"

他说的好像也有道理。愧疚感正盛的怀澈澈反倒没有了和霍修第一次同床共枕的尴尬，整个人像一条行走路径奇特的毛毛虫似的，在床上蠕动。

好容易蠕动到霍修的身边，与他之间还是隔着大约十厘米的距离，怀澈澈就不敢动了。过了一会儿，霍修主动说："你如果不好意思的话，要不然背对着我？我想和你靠近一点儿。"

他也太善解人意了吧！怀澈澈的心里满是愧疚之情，估计霍修现在就是立刻拎起一把杀猪刀去杀猪，她都会觉得他慈眉善目。她迅速转过身。下一秒，男人温热的胸膛贴过来，手轻轻地从后面伸过来环住了她的腰。

"霍修……你是不是生气了？"

黑暗的环境让怀澈澈别扭的情绪有了一定程度的缓解，尤其她还背对着霍修，没有一个明确的目标，让她更加自在地对着空气说话。

"没有。"霍修开口，热气落在她的后颈上，让她感觉那里有点儿热，有点儿痒。

"那你……"

"虽然不可能没有任何情绪，"不知道是不是因为两个人离得近了，他的声音比刚才她进门时听到的更轻，轻得好像只剩下落在她的皮肤上的温热气息，让她有一种虽然他在倾诉，但并不希望被她真的听到的感觉，直到他的后半句话，声音才恢复正常："但是没事儿，我会自己调节好的。"

"……"怀澈澈越听越觉得自己可真是个浑蛋，哼哼唧唧地说，"对不起，霍修。"

霍修刚才本无意偷窥她做什么，只是听见她偷偷摸摸地跑出去的声音，躺了一会儿，觉得憋闷，起来抽一支烟，结果目睹她和同龄的心上人有说有笑地走过来，简直像是飞来横祸。

对有些事儿，霍修心里有数，但不代表自己想看到。更何况萧经瑜在临走前还给了自己一个坚毅而又挑衅的眼神，好像自己是什么电视剧里的反派角色、RPG（角色扮演游戏）里的大魔王，是他们之间感情的障碍。搞不清自己是什么角色——当时站在窗前的霍修，衔着烟，面无表情地想。

只是这些负面情绪都在怀澈澈这一句话说出后被搅得云开雾散。霍修低下头，以额头抵着小姑娘的后颈，手从她的手腕处向下移动，手指从她的指缝中穿过。

两个人在被子里十指相扣。怀澈澈敏锐地感觉到气氛几乎是在转瞬之间就发生了变化。空气如有实质，化作密度极高的黏液压在了小薄被上，将她往下挤压，陷入床褥间。

怀澈澈感觉自己好像也别无选择，"嗯"了一声，说："这里有摄像机……我肯定不是怕了，就是因为这里有摄像机，你知道吧？我虽然肯定不是不会做那个什么，只是肯定没那么开放……"

短短的话里，她是要加多少个"肯定"啊？霍修是真觉得看她紧张的样子比做任何事情都更有趣。至于性，他反倒觉得可以再等等，反正他现在对那件事儿也是虽知而未深解。

有些同事和朋友很替霍修着急，说男人最好的年纪就快过了，劝霍修好好珍惜现在。但霍修反而觉得这样才是真正最好的状态，不被欲望束缚，拥有自由的从容，可以好好地去了解一个人，爱一个人，而不是因为想要满足什么、从对方身上得到什么。

"那……你亲我一下。"霍修忍着笑，松开她的手，从背后将她抱得更紧，臂膀环在她又细又软的腰上。

他平时说话的时候声音就是低沉的，仿佛一把行走的低音提琴，声音极有质感。

此刻，"低音炮"就在她的耳边，几乎贴着她的鼓膜一个字一个字地往里轰炸，而他的语气偏偏又很温和，一副好商量的样子，让她更加不忍拒绝。

她怎么好意思说"不"啊？人家本来就已经退了一步。总不能好话、赖话全给她说了吧？她紧张得眼窝开始发烫，躺在床上就连身子都转不动，整个身体好像从被他的胳膊揽着的地方开始断成了两段，下半身一点儿力气也用不上，只剩一片虚软。

她"嗯"了一声，那声音软糯又做作，轻得像蚊子叫似的，让她差点儿没听出这是自己的声音。见她答应了，霍修却没动。知道她单纯，他侧过头，看向她。

她不怎么化妆，但护肤很用心，小脸儿嫩得好像又细又滑的豆腐脑，还浮着淡淡的洗面奶留下的香气，每一丝、每一缕的香气都好像在催化他骨子里贪婪的本能。

但他只是以唇轻轻地碰了一下怀澈澈的嘴角，就再没有了动作。怀澈澈抬起眼去看他的时候，借着窗外草坪上的地灯灯光，勉强看清他的双眸，也看见那里面隐隐的鼓励。

"亲我一下"——在这四个字里，占主动权的是她。她在不知不觉间从侧躺变成了平躺，直直地对上了霍修的双眼，也意识到他停下动作背后的含义与等待。

她伸出手去的时候，掌心里全是湿热的汗，带着滚滚热气，贴在霍修的脸颊上。

时间好像静止了，抑或被无限拉长了，怀澈澈甚至感觉不到自己的动作，没有是往前还是往后的意识。

霍修也一直没有动,直到被她触碰到双唇,整个人才犹如忽然崩塌的雪山般铺天盖地地向她倾覆下来。

上一次在渝城的茶山和霍修的那一吻,怀澈澈其实是没有闭眼的。这也是她后续能判断出霍修的动作生涩的原因。因为她当时虽然感觉意识一片混沌,但还是将他的睫毛微不可察的颤抖极为清晰地烙进了记忆的轨带中。

但这一次完全不一样。霍修如同完全进入了战斗状态的豹,以一只手直接托起了她的后脑,指节插入她的发隙间微微收紧,将她的脑袋垫高,以便能够与她更紧密地纠缠。

如果说他刚才在亲吻她的嘴角时,他的侵略性与攻击性如同即将苏醒的火山,随着喷气孔的"呼吸"在周围留下少许痕迹,那么现在他的侵略性与攻击性已经如同火山猛烈喷发。

怀澈澈最后因为实在喘不上气来,硬是把霍修推开的。她是真的憋坏了。在把霍修推开之后,她直接从床上弹坐起来,说不出别的话,房间里只剩下她大口大口喘息的声音。

经过精心设计的庭院中的地灯,参考天上的星斗,无规则地散布开。灯光稀疏,再被窗帘遮挡,照进室内的光几乎可以忽略不计,霍修只能看见眼前的一个模糊的轮廓,胸口急促地起伏。

自己的呼吸也不平稳,他不好意思开口,等气息平复后,才轻轻地拉了拉小姑娘的手臂,问道:"好一点儿了吗?"

霍修平时看着好像无论做什么都胸有成竹,所有生涩却好像都给了这件事儿。他完全拿捏不住这个度,也远没有自己预想中的那种从容。

怀澈澈的第一反应本来是生气,但她转念一想,好像也没什么理由生气,憋了好一会儿才"嗯"了一声。她估计是憋气憋得狠了,这一声带着哭腔,还带着点儿气,小脸儿就像刚被从笼屉里拎出来的豆沙包,撑得圆鼓鼓的。

霍修凑过去抱了抱她,在她带着点儿汗气的额角处亲了一下,以哄人的语气柔声道:"这是我的问题,下次我一定注意。"

怀澈澈本来还想着要是霍修说点儿什么不好听的,她还能借机发个火,但他直接承认错误,反而令她语塞。

"我要睡觉了!"她又憋了半天,实在找不出霍修的碴儿来,只能往床上一扑,伸手将被子一捞,将整个脑袋蒙在里面,没好气地丢下最后两个字,"晚!安!"

心脏因为缺氧,跳动的频率还没有完全恢复,而她好像在刚才那一吻中耗尽了最后的力气,没一会儿就晕晕乎乎地睡了过去。

转眼间,到了五月底。这一季的《哈特庄园》录制快进入尾声了。

值得一提的是,那一晚,怀澈澈、萧经瑜、霍修你来我往都被折腾得身心俱疲。怀澈澈感觉自己与这两个男人之间的关系简直是一团乱麻,然而令她没想到的是,那一晚过后,参与拍摄的嘉宾们之间的关系似乎也发生了微妙的变化。

甘逸倒是一如既往地对闵佳美拼命讨好,康峻年却掉转了车头直直地朝怀澈澈冲了过来。

"澈澈,这个蛋是我煎的,我特地留了一点儿溏心儿。你喜欢溏心儿蛋吗?"

"不喜欢。"

"澈澈啊,多喝点儿牛奶。你这么瘦,要多补充蛋白质啊。"

"我喜欢豆浆。"

"澈澈,如果你现在在录视频,你会怎么说啊?"

"不好吃。"

"澈澈,我一直觉得你的那个行李箱好看,多少钱买的啊?我也想给我妹妹买一个。"

"三万八千……美金。"

"……"

早餐时，怀澈澈因为康峻年连日来有事儿没事儿就到自己面前搭话，已经在心里宽慰自己好多次"马上就结束了，再忍忍"。

在两个人对话的过程中，怀澈澈每回答一句，旁边的人就笑一次。她最后的那句"三万八千美金"明明就是开了一个人人都能听懂的玩笑，康峻年却好像当了真，黏她黏得更起劲儿了。哪怕霍修插进来不动声色地转换话题，引得康峻年与别人聊上两句，但没一会儿，康峻年又回头黏着怀澈澈。

偏偏节目组大概是准备赶上暑假档，所以节目定档于六月中旬开播，这让怀澈澈每天都在庄园里抓心挠肝的。

她实在太想知道那天晚上在其他嘉宾那里到底发生什么了。

到了今天，节目组很显然想在节目录制的最后环节——嘉宾们最终进行相互选择之前搞一波大事儿，准备打乱一下之前的组合，于是上来第一个活动就是以抽签的形式决定今天的临时搭档。

怀澈澈从小抽奖的运气就不怎么好，就是那种只有安慰奖"青睐"的人。后来怀澈澈上大学时，有段时间沉迷于抽卡游戏，钱花了不少，得到的东西却少得还不如唐瑶随便点几下，怀澈澈被气得从此听不得"抽"这个字。

抽签的方式很简单。每个男嘉宾都把一个属于自己的东西放进盒子里，让女嘉宾们挑选。女嘉宾抽中了谁的随身物品，就自动和谁组成当天的搭档。

抽签顺序通过简单的猜拳来确定。怀澈澈猜拳连输三把，最后轮到她选的时候，只剩下一个带着一股风骚之气的手帕和一包餐巾纸。

这也太好笑了！怀澈澈毫不犹豫地选了手帕，然后看见门的另一边心花怒放的康峻年。

怀澈澈："……"看吧，我就说我抽奖的手气不好！

猜拳的胜利者安小淳，因为景浩会抽烟而选择了看起来最有可能属于景浩的打火机，结果她一出来看见是霍修，失望中还带着一点儿慌。

她当然看得出霍修喜欢的是谁，一时间有一种好像因为自己的错误选择而妨碍到了别人的感觉。跟着霍修走出去的时候，她还小声地道了一句歉："对不起啊，我以为……"

"没关系。"既然来参加节目，霍修当然也没想过能够从头到尾只和怀澈澈有交集。

两个人对接下来的安排兴致都不是很高。尤其安小淳看到和闵佳美结伴的男生是景浩之后，就更有点儿心神不宁。

在给嘉宾们安排的约会的时间里，节目组没有要求他们做特定的事情。和安小淳散着步来到花园的凉亭中，霍修就以余光看到怀澈澈正兴致缺缺地跟在康峻年身后，往庄园后方的景观湖去了。

那个湖很大，另一侧在一个公园里。不知道是不是因为今天是节假日，他们在庄园这边能远远地看见有游湖的天鹅船三三两两地漂浮在水面上。

"那个……"在凉亭里坐了一会儿，和霍修简单地聊了几句之后，安小淳也稍微定下心来，准备先把今天的节目录好，只是感觉自己不管和霍修聊什么都好像挺奇怪的。她想了想，也只有一个话题比较合适："上次在餐桌旁，他们说的澈澈在做的视频是什么啊？"

幼师的忙碌其实超乎很多人的想象。这个工作说是幼儿教育，实际上就是带孩子。安小淳要给孩子们上课、喂饭、哄睡，课后需要准备孩子们用来做游戏的道具，还要对教室进行装饰。每天回到家,她把自己往床上一扔,就再也没有站起来的力气了。

久而久之,她因为跟不上时代潮流,对休闲娱乐这方面的事情了解得很少,反应也比较迟钝。上次听康峻年兴致勃勃地说怀澈澈是做自媒体的,安小淳也忍不住对此好奇起来,但又怕让怀澈澈感到不好意思,所以一直没敢问怀澈澈怎么能看到那些视频。

"你想看吗?"霍修听到与怀澈澈有关的话题,神色一下就放松下来。他从口袋里拿出手机,温和地说:"不过她的视频有点儿长,节奏也有点儿慢。你不介意的话,我们可以一起看。"

"我不介意。"好不容易找到一件能做的事情,安小淳当然不介意。

跟拍导演看这两个人居然准备看另一个女嘉宾的视频来打发时间,一下子也不知道该怎么办了,在旁边挤眉弄眼半天,暗示他们不可能这样"摸鱼",但两个一意孤行的人显然不打算理会。

霍修回到庄园把自己的笔记本电脑拿了出来,放在凉亭的石桌上,接上耳机后,递给安小淳。

安小淳没想到霍修会把两个耳机都给自己,愣了一下,没接:"你不听吗?"

"我不用。"霍修把耳机放在了安小淳的面前。

纵使是安小淳这种心思细腻又敏感的人,一时间也没反应过来,拿起耳机的时候才忽然明白霍修的意思。她不想在镜头前露出太夸张的像老母亲一样的欣慰的笑,费劲儿地抿着唇,好半晌才道:"原来你是追星来的。"

"嗯,"霍修坦然地点了点头,"也算是。"

"那你到底是什么时候认识澈澈的啊?"

"很早了。"

第一次与怀澈澈在 KTV 见面后,过了大约半个月,霍修就在和另一位同学路过操场的时候再一次见到了怀澈澈。

怀澈澈应该是在上体育课。大学生的体育课,热身环节,老师为了图省事儿,常直接让女生跑八百米、男生跑一千米,等大家跑完,身体也热起来了。

那天的阳光与今天的阳光差不多好,晒得操场中间的草坪油亮油亮的,绿得让人睁不开眼。怀澈澈穿了一件荧光粉的衣服,在同学们都"吭哧吭哧"地跑圈儿的时候拖在最后,猫着腰准备从跑道中间的草坪上横穿过去。在她行进间,因为身体随着脚步的移动上下起伏,看起来像一只在草坪上飞动的粉色萤火虫。

霍修本来只是随意地往操场上扫了一眼,却一下就从她奇特的行动路径中认出她就是他那天晚上在KTV楼梯间遇到的"小蘑菇",便本能地多看了两眼。

同行的同学循着霍修的目光看过去,"哦"了一声:"她是不是还挺漂亮?她是大一的。我听说军训那会儿,好多大二、大三的学生找借口路过军训的地方,只为看她一眼。"

霍修觉得有些奇怪,回头就见同学一副"我就知道你不知道"的表情。同学兴致勃勃地介绍起来:"不过看看她还行,要说追她那就别想了,她是以脾气差出名的。而且她现在正倒追一个校园歌手呢,已经尽人皆知了,也就是你天天跟着魏老师东奔西跑,什么都不知道。"

听完背景故事,霍修再抬头,那边的"萤火虫"已经被老师抓了,正点头哈腰地挨训呢。

"你已经落后一圈了。就你这体能,乌龟都比你爬得快……"

"那老师你看我在乌龟里都没有竞争力,你是不是得爱护弱势动物?"

"……"

两个人的对话被路过的风捎了过来。与霍修同行的同学忍不住在旁边笑着说:"听见了没有?这个女生的脑回路简直有问题。"霍修的眼睛里却只有怀澈澈那好像什么都不在乎的明艳的笑容。

这个世界上的人其实或多或少都会伪装、弱化自己的情绪,让情绪看起来更加柔和,也让别人感觉自己是无害的、好相处的。但这个女孩儿,他一共也就见过她两面。她一次大哭、一次大笑,两种极端的情绪在她的身上完全不显得矛盾,只令他觉得她像一颗澄澈的玻璃球,映上什么颜色就是什么颜色,直率又纯粹。只是霍修还是觉得,这颗小小的"玻璃球",还是映上"笑"的颜色更好看。

不过就像那位同学所说的那样,霍修跟着导师魏隆杉东奔西跑,确实很少回学校。等到他再次从别人的口中听说怀澈澈的消息时,已经是她向那个校园歌手告白失败,愤然出国的时候了。

"她不是已经向萧经瑜告白好几次了吗?萧经瑜可是一次都没接受啊。怎么这次她就忽然硬气起来了?"

"她那不是硬气吧,我感觉更像是一时冲动。她不总是那样吗?我听她的室友说,她自从开始追萧经瑜,手机已经摔了四五个了。她是一言不合就丢东西,这性格多吓人啊!"

"反正我找女朋友可不敢找这样的,养不起……等一下,你可以啊,连人家的室友都认识,那可是大一的学妹啊!你老蛤蟆想吃嫩天鹅是吧?!"

"怎么了?我能给学妹传授考研上岸的经验,那群本科的能吗?"

"我可去你的……"

学校里的人对怀澈澈的风评好像都不太好。除相对而言还算正面的"漂亮""身材好"之外,其余清一色的都是"任性""作""暴脾气"。好像她不是个十八九岁的小姑娘,而是一个行走的漂亮的炸药桶。总之，好的全是外在，坏的全是内在，好像怀澈澈除了那张漂亮的脸蛋儿和优越的家世，再无其他优点。

但霍修跟着导师魏隆杉处理商事纠纷的时候，魏隆杉经常跟客户建议打舆论战，给对方以心理压力，迫使对方撤诉或私下达成和解，因此霍修也深刻地明白"三人成虎"的道理。尤其这种大环境下，大家对怀澈澈这种过于耀眼的女生，恶意总要更多一些。

霍修在初中的时候就意识到了这一点。在他们学校里，长得越帅的男生好像越受欢迎，看起来人们好像都是"外貌协会"的，但这一点在女生身上却不成立。越漂亮、成绩越好的女生，似乎越饱受非议。一堆人天天盯着她们的一举一动，并解读她们的每一个行为背后的含义，好像能说上一句她们的闲话，就会让自己有优越感。

当然，长得不好看或成绩不好的女生也是差不多的情况。霍修从以前就觉得这很奇怪，某个女生但凡和周围的人有点儿不一样，哪怕只是身材发育这种自己不可控制的事情，也会成为他人开玩笑的焦点。就好像女生有一个模板，名字叫"中庸"，只有完美符合这个模板的女生，才能藏身于人群中，在舆论的旋涡中隐身。

而怀澈澈的存在，就像是在挑战那个所谓"中庸"的模板。她从外貌到性格，没有一点符合普遍被认为的"普通"。

如果把每个人都比喻成一块拼图，那么怀澈澈谁也不像，只有自己的形状。所有人都在说她嵌不进他们之中去，是个异类，而她用自己越来越我行我素的做法，高声喊出："你们算什么？！"这样很酷，不是吗？

在那时，霍修谈不上对怀澈澈有多么心动，只是觉得她的性格又酷又可爱，长相也是他喜欢的那种。他对她的好感，也不过是如果能有机会，自己与她交个朋友也不错的程度。

一切的转折,是在霍修读研二的那年。魏隆杉大概是对霍修越用越顺手,索性把招聘助理的启事撤了,于是霍修在应付学校那边的作业和每个学期的论文的同时,还要帮魏隆杉代写各种法律文书、摘录材料等,工作堆积如山。

霍修还记得最夸张的一次是魏隆杉接了一个债务纠纷案。魏隆杉代理的这一方的企业已经将证据完全准备好了,就等开庭,结果另一方的企业在开庭前一天的夜里提交了六百页的新的文字证据。

这在业内叫"证据突袭",即诉讼的一方在临近开庭前或庭审中忽然提交新的证据。在这个案子中,结合对方提交的证据的数量,魏隆杉和霍修都意识到其目的非常明确,就是为了拖延时间。而面对这种情况的证据突袭,一般只有两种解决方案:第一种是向法庭申请延期开庭,也就是正中对方下怀;第二种是连夜看完这六百页的证据,第二天准时开庭。

但问题的关键就在于,遭遇证据突袭的时候,已经是霍修因赶学期论文而不眠不休的第四十个小时。魏隆杉在电话那边也急得发躁,说无论如何霍修今晚也得与自己一起把这些证据看了。霍修人在屋檐下,也只能咬牙坚持。

证据突袭的材料中,用来充数的证据大部分没什么营养,甚至有很多内容是重复的,就是为了耽误对方律师的时间,迫害同行。当时霍修坐在电脑前,一边看一边抽烟,感觉到自己的精神和肉体都在崩溃的边缘。他意识到再这样下去不行,就暂时放下了工作,走到窗边透一口气。

他不敢睡觉,怕在这种极度疲惫的状态下一睡就醒不过来,所以只能靠在窗边吹着夜风,试图通过刷手机来找一点儿能令自己放松的事情来做。

时间其实不算太晚,刚过零点,霍修所在的寝室群里,同学们还在有一搭没一搭地聊着天儿。其中有个人转发了一个发布在A视频网站上的视频,然后问大家:"这个视频里的妹子我感觉好眼熟啊。她是不是我们学校的怀澈澈?"

霍修当时已经累到脑子快转不动了,一时之间甚至没反应过来怀澈澈是谁。他点进视频看到女孩子的笑脸,才想起来这是那个哭哭啼啼的"小蘑菇"。

视频里,"小蘑菇"穿着一条让人感觉非常活泼的连衣裙。那大到夸张的泡泡袖,是霍修不太理解的时尚,但这样的裙子穿在她的身上,就衬得她那张小脸儿格外楚楚动人。

那时候,国内还没有"探店 vlog(视频网络日志)"这种说法,"吃播"还是以超大饭量博眼球的"大胃王"的天下。而像怀澈澈这样举着自己的相机,一路慢悠悠地从住处散步到餐厅,记录一路的人文风景、花鸟虫鱼,只为吃一个杯子蛋糕、喝一口莫吉托(一种鸡尾酒)或尝一小块低温慢煮菲力牛排的慢节奏拍摄手法,确实让人感觉耳目一新。

再加上怀澈澈的性格中就像是充满了浪漫因子,视频里无论是出现了一条小小的流浪狗,还是从树上掉下了一片颜色特别好看的叶子,在她以充满惊喜的语气对着镜头分享的那一刻起,她就不再是远在地球另一端的人,而是随时都会从视频里走出来的住在隔壁的小姑娘。

那个视频从怀澈澈对着镜子犹豫要梳什么头发、戴什么帽子开始拍,直到她吃完饭再一路散步回去,走到自己的公寓楼下,笑眯眯地对着镜头道别:"那今天我先回家了,我们下次再出来玩。"她好像真的在和同行的朋友道别。

视频的时长足足有四十分钟,霍修连一秒都没有快进,仔仔细细地将其全部看完。很奇妙,在他随着她的视频,跟着她一起走在异国的街道上的时候，那几乎将他压垮的疲惫感伴随着她蹦跳的脚步凭空消失了大半。

托精神轻快起来的福，他靠在窗边时不再感觉眼睛干涩、身体疲劳到难以忍受，不再感觉双腿就连站立都觉得辛苦。虽然这出于他自身的心理作用的可能性更大，但怀澈澈的视频确实在一定程度上缓解了他的焦虑和压力。

在那个夜里，他点下那个视频网站中怀澈澈账号头像旁边的"关注"，成为她的第二万六千七百七十八个粉丝，然后回到桌前，熬来了黎明。

只是怀澈澈的视频作品的更新，也确实像康峻年说的那样，极为不稳定，有的时候连续两天都会发新视频，有的时候可能一两个月也不发一个。在没有怀澈澈的新视频时，霍修也尝试过去看相同类型的主播上传的视频作品，但他很快发现，自己好像并不是喜欢这类内容的视频，只是喜欢看怀澈澈絮絮叨叨、说说笑笑。

后来又是一年春节，怀澈澈更新了一个视频，说是自己请假回国，准备去看喜欢的歌手的演唱会，今天从化全妆开始拍。而她的手上拿着并对着镜头展示的，就是萧经瑜巡演第一站的门票。自此，萧经瑜的名字终于也在霍修的世界里开始清晰起来。

《哈特庄园》拍摄现场，凉亭里，霍修就站在安小淳的身后。

安小淳："她刚才和服务员说了什么？弹幕（在网络上观看视频时弹出的评论性字幕）闪得也太快了……"

"她说牛排要五分熟。"

霍修背靠着罗马柱，看着屏幕，解释怀澈澈在视频中处理得令人有些迷惑的地方。

做探店 vlog 的早期，怀澈澈连剪辑都懒得弄，全程一镜到底，也没加字幕。有时候她和餐厅服务员用英语交流,还得靠发弹幕的热心观众补充翻译。

因为自己的英语不好,安小淳有点儿不好意思地"哦"了一声,按下暂停键后,回头向霍修道了一声谢。

今天的阳光是真的很好,远处的湖面被照得波光粼粼,风景如画,湖面上的天鹅船成了最生动的点缀——除了其中的一艘。那艘天鹅船一直在湖面上原地打转。安小淳正想说"还真是什么人都有",就看见那艘船上闪过一抹亮眼的薄荷绿。

怀澈澈今天出门的时候穿的就是一件薄荷绿的连衣裙。怀澈澈是因为觉得这颜色自己穿起来不好看,才把这裙子带来的。安小淳却觉得怀澈澈又白又瘦,穿上这条裙子,就像一杯香草薄荷芭菲,又好看,又好吃……

安小淳盯着那艘天鹅船看了一会儿,刚想问霍修"澈澈的那艘天鹅船是不是坏了",就见原本原地打转的船忽然像一只无头苍蝇似的乱窜了几下,之后就直直地朝不远处节目组的船撞了过去——

"啊……霍……霍修……那边……"

节目组躲闪不及,两艘船结结实实地撞在了一起。安小淳就见怀澈澈所在的那艘金黄色的天鹅船直接向一侧翻了过去!安小淳被吓傻了,惊慌失措间正想同霍修说那边发生的事故,就见原本还悠闲地靠在罗马柱上的男人已经三两步间跑出五米开外,头也不回地朝湖边跑去。

第八章
她没说

真倒霉！还好自己没把手机带上船。怀澈澈在心里叹了一口气。

怀澈澈的运气不错。刚才她落水后，在水里挣扎了一会儿，就被及时赶到的霍修捞了上来。而康峻年直接被船扣在水里了，节目组的救生员翻了半天才从船下把康峻年救出来。救护车来的时候，康峻年是被抬上车的。

此刻怀澈澈躺在病床上，并未产生出多少劫后余生的庆幸，满脑子想的都是：刚才落水的时候，自己是不是很像一只绿头鸭？早知道自己今天这么倒霉，应该穿不想要了的那件内衣的。算了，等自己出院之后，就将那件内衣扔掉，就当去去霉气吧。

不知道是不是因为脑袋也泡了水，怀澈澈感觉自己这一刻的感想尤为多。有关的，无关的，各种乱七八糟的想法，在她的脑海中像水草似的恣意生长。

霍修与医生沟通完，一推开病房的门，就见小姑娘穿着一身白底蓝条的病号服，满脸生无可恋地盯着雪白的天花板发呆。她听见关门声，才侧过头来看了他一眼，问道："对了，节目组的人怎么样了？"

"他们的船没翻，所以人都没事儿。"霍修带上门，走进来，"你呢？感觉还好吗？"

"我还好，就是喘气的时候感觉肺管有点儿疼，"怀澈澈说，"然后……肚子有点儿饱。"

"那你能不能和我说说，今天到底是怎么回事儿？"

"行。"

今天这件事儿是真简单，也是真的蠢。

怀澈澈原本想着节目制快结束了，大家好聚好散，也没必要找康峻年的不痛快，所以他说想去湖上泛舟，她觉得去就去呗，就跟着他上了那艘船。

她觉得自己今天的脾气已经很好了。看见那艘船不是电动的，而是靠人力脚踩的，她也没有生气，想着大不了踩一分钟，休息一分钟，把压力全部丢给后期剪辑就好。

但两个人上了船没多久，康峻年没话找话，竟然找了那天在饭桌旁，她说自己"除了吃喝玩乐，什么也不会"那句。

"你怎么可能除了吃喝玩乐什么都不会呢？这个世界上哪有人会这样？我觉得你很棒啊，你不要妄自菲薄嘛。你看你长得这么好看！而且我就喜欢你这样的女生，白白瘦瘦的，不爱说话，一看就很乖，不爱玩。"

怀澈澈当时听着也觉得很神奇，竟然每一句话都能精准地踩到她的"雷点"，这世界上怎么有这样的人啊？但船头那里戳着一个摄像机，怀澈澈也不好直接骂他，只能忍着气，化愤怒为力量，使劲儿地蹬船。

可她万万没想到的是,康峻年看她蹬船蹬得太使劲儿了,索性自己就不蹬了,转而专心致志地对她念叨:"你看你蹬船的样子多可爱啊,连脸都红了。是不是我夸你,你不好意思了?你们小女生啊就是害羞。不过没关系,女孩子胆小、怕羞很正常的。你要是太主动了,我反而害怕呢……"

眼见身边的这位,腿闲下来了,嘴却忙得更甚,怀澈澈在生气之余,终于意识到这样下去不行,于是转而质问他:"不是你想来划船的吗?怎么只有我一个人在蹬啊?"

康峻年这才赶紧踩住踏板,但船刚才在原地已经兜了十几圈,两个人都已经快转晕了,他用力一蹬,船猛地向前冲去,一时之间也分不清方向。

"再之后的事情,你们就都知道了。"怀澈澈躺在床上朝霍修撇了撇嘴,"不知道节目组会不会把这一段剪掉。好丢人啊……"

霍修笑着叹了一口气,拉过旁边的椅子坐到病床旁:"我估计这一段是不会被剪掉的。刚才医生说你们两个都没事儿,只需要留院观察的时候,总导演说一定要把这些镜头保留下来。"

怀澈澈:"……"

经过这些天的相处,霍修其实也大概看出来康峻年是什么样的人了。

康峻年的情商低,智商也不怎么高,他大概率就是看上怀澈澈的家底儿了。但他的"双商"也很难支持他去使坏,所以说他的坏心眼儿有一点儿,但不多。

而这个综艺毕竟之前是只出过一季,节目组也没见过这种"世面",只在船上带了一个救生员。刚才船上的工作人员一看对面的嘉宾的船真的翻了,都被吓傻了,还好霍修去得快。那边节目组的救生员好不容易把翻掉的天鹅船弄开,把被扣在船下的康峻年捞出来,这边霍修已经带着怀澈澈上了岸,算是有惊无险。

只是怀澈澈和康峻年留院观察,霍修也跟着留在了医院。七个"素人"嘉宾歇菜了仨,节目组索性宣布拍摄暂停一天,让所有人都得到了一天假期。

安小淳得知今天的录制暂停之后,第一时间就帮忙把怀澈澈的手机和霍修的电脑带来了医院。在来的路上,安小淳还特地查了一下刚溺过水的人在饮食方面需要注意什么,然后给怀澈澈买了一碗粥带过来。

且不说这粥好不好吃,仅仅是这份心,怀澈澈就已经很感动了。她当下就和安小淳互换了微信,两个女孩儿相约节目结束后一定要一起出去玩。

"你是幼师,那应该有暑假啊。我们可以在暑假期间去夏威夷旅游,或者去澳大利亚看雪!我叫上我的朋友一起,一定很好玩!"

"啊……这一趟得花多少钱啊……"

"那……那要么去海南?海南的物价挺低的。"

毕竟刚溺过一次水,怀澈澈感觉浑身发虚,说话也没之前有力气,喝了安小淳带来的粥才总算好了一点儿。

两个女孩儿聊天儿的时候,霍修拿着刚刚从楼下的超市新买的小热水瓶,去外面打热水。安小淳看着霍修离开的背影,忽然想到刚才在庄园里,霍修毫不犹豫地把耳机让给她,却依然能对她突如其来抛出的每一个问题对答如流的画面。他是看了多少遍,才能把细节都记得那么清楚啊?

安小淳终于知道为什么那么多人简直像红娘一样喜欢去给电影、电视、小说等虚幻作品中的角色配对了。她看了看怀澈澈,忽然没头没脑地说了一句:"你们俩可一定要在一起啊……"

怀澈澈:"啊?"

傍晚,安小淳还得继续准备第二天的拍摄,就先与怀澈澈告别,回到庄园。怀澈澈一个人躺在病床上,正在通过微信向唐瑶哭诉自己今天一整天的遭遇。屏幕上方忽然闪出微信新消息通知,怀澈澈放弃与唐瑶聊天儿,将界面切了过去。

Whale:"祖宗,在干吗?"

Whale:"我准备去录《哈特庄园》了。"

Whale:"你先提前给我透露一点儿拍摄的信息,我怕我录完会心肌梗死。"

怀澈澈看到第一句话的时候就已经在憋笑了,看到第三句话的时候直接在床上笑得像一只撒欢儿的小鸡。

萧经瑜确实做梦也没想到,经纪人千挑万选挑出来的爆款综艺,才刚录了两期,自己已经快不行了。因为他们这一组的嘉宾都是明星,每个人的行程都很密集,想把大家聚齐也有点儿难度,所以节目主体部分的录制和明星观察员这部分的录制,两边的进度拉开了差距。萧经瑜记得上一次是看到怀澈澈在晚上的突袭任务里抱着霍修就上去亲了一口,把景甜甜她们几个女嘉宾看得"嗷嗷"直叫,都喊"好甜"。

当时萧经瑜就对着喊得最大声的景甜甜吐槽:"刚才她和景浩做早饭,你也说'很甜'。"

"就是因为我看什么都觉得甜,"景甜甜非常理直气壮,"所以叫'甜甜'!"

萧经瑜:"……"

那天录完,萧经瑜被气到恨不得直接开车到庄园门口堵怀澈澈。奈何当天的行程太紧,他刚从录影棚出来,就被胡成拖去了机场，只能在微信上略表愤怒，换来了怀澈澈足足十几行的"哈哈哈"。

CHECHE："你现在录制的进度跟我们的差太远了，我已经不知道你看到哪儿了。不过我建议你还是先叫好120吧。要不然没了你这棵摇钱树，你们公司的人可能会恨我一辈子。"

Whale："行，有你的。"

萧经瑜看了怀澈澈的话，进录影棚之前，已经做了一番心理建设。

上一集的断点落在怀澈澈获得了游戏的胜利，安排好三人房间的地方。因为这个极具戏剧性的悬念留得太吊人胃口，让到场的明星观察员们还没开始今天的工作，就已经纷纷热切地期待。

萧经瑜入了座，很快就在屏幕上看见怀澈澈推门而入，与霍修在摄像师的面前旁若无人地开玩笑。霍修巧舌如簧，迎来观察员们的一片喝彩。画面再一切，就到了怀澈澈穿着熟悉的睡衣从房间里出来的地方。

这件睡衣，萧经瑜可太熟了。那天怀澈澈窝在副驾驶位上喝芋泥奶茶的时候，睡衣上印着的那只小奶牛也跟着一起蜷缩在她的外套里。当时怀澈澈还说了一句"你看我这一身行头，已经可以去拍牛奶广告了"。

原来她那天就和霍修住在一个房间。萧经瑜好像忽然被一口气噎住，上不去也下不来。

萧经瑜对恋综这种节目不是不了解，当然也知道怀澈澈在节目中所做的事情不一定是自愿的。而且在节目组的安排下，她就算不和霍修在一个房间，而是和另外三个男嘉宾中的任何一个同住一间，萧经瑜也不会舒服到哪里去。

萧经瑜想了想，可能是因为怀澈澈属于分享欲强到晚上吃了几颗玉米都恨不得要与他说上一说的性格吧。大一的时候，两个人还为这件事儿吵过架，起因是怀澈澈说她每次与他分享什么事情，他的反应都很冷淡。但萧经瑜觉得自己只是不知道该说点儿什么，也不好意思在怀澈澈描述自己的生活怎样多姿多彩的时候，硬和她谈他灰头土脸地打工时有多么忙碌和无聊。所以在这一瞬间，他感觉到无比的矛盾与割裂。

站在萧经瑜的角度，当然能明白为什么相见的那天晚上怀澈澈没说当时她被节目组安排与霍修共处一室，因为她觉得没有必要，但萧经瑜仍旧难以克制自己不去想象镜头之外的事情。

这种情绪让人最难受之处就在于它没有解决办法，就像一条首尾相连的莫比乌斯环，无论如何翻绕，都找不到一个尽头。

估计是因为"女神""备胎"三人组那边的戏剧性效果着实炸裂，节目组在进行后期制作时剪掉了大量的其他两组双人房间的镜头，就连怀澈澈是怎么蹑手蹑脚地溜出房间的都没有留下。

恋综确实有这种情况，明面上说是用了多少天时间、有多少对男女参与，但实际情况是，可能录制十天半个月，好不容易才能剪辑出一两期；也可能一晚上录制的画面，就能撑起一整期。

萧经瑜确实太想知道那天晚上怀澈澈回到房间之后的情况，在别的观察员都因为三人房间内的情形大呼小叫的时候，唯独萧经瑜一个人面上连一点儿表情的起伏都没有，内心只有焦灼。萧经瑜不耐烦地看着闵佳美、康峻年和甘逸三个人在那里不断拉扯，两个男生像斗鸡似的吵着要女孩子回答"你是喜欢他还是喜欢我"的问题。

然而很显然，节目组的剪辑师比闵佳美更深谙"拉扯之道"，在那边甘逸抛出那句"假如我和康峻年一起掉到后面的湖里，你会救哪一个"的时候，终于"大发慈悲"地将画面切到了怀澈澈那边。

因为重头戏显然不在怀澈澈这里，节目组就连摄像师都没留一个。房间里的两个人把麦克风摘掉，只剩下摄像机的录音功能还在维持声音的录制。

不过有没有声音其实不重要，因为从怀澈澈回到房间，到两个人躺在床上是怎么一步步地靠近的，这些画面都没有被放进来。呈现在观察员们眼前的画面，是从霍修在于怀澈澈的背后抱住她的那一下开始的。

"天啊！这边甜死我了！"景甜甜果然第一时间就开始号叫，"他们一定要被锁死！必须锁死！景浩走开啊，他们之间容不下你了！"

旁边的人笑得不行："好，让我们看看这次甜甜要多久能拆掉自己配的对儿。"

画面内、外的气氛都好到没话说，但萧经瑜看着床上相拥耳语的两个人，感觉刚才怀澈澈的那几句玩笑话，此刻再看来好像成了一种忠告。

屏幕上两个黑暗的人影动了起来，怀澈澈好像仰头在霍修的脸上亲了一下，而后霍修半坐起来，只在屏幕上留下一个模糊的坚实背影，再一眨眼的工夫，镜头已经切到安小淳和景浩的房间了，怀澈澈和霍修那边结束得意犹未尽，极富深意。

萧经瑜已经完全没有心思继续录下去了。明星观察员这边的录制一结束，他直接打电话让胡成给自己搞一辆车，要去庄园见怀澈澈。电话那边的胡成简直被吓晕了："哥，你疯了？后面还有个访谈，你忘了吗？现在你哪儿有时间……"

"访谈不去了，推掉。"萧经瑜感觉自己已经快喘不上气来了，只能靠在车里不断地深呼吸，"怀澈澈她就是想气死我，而且已经快得逞了。我如果今天不去见她一面,什么也干不了。"

"你一个恋综里的观察员,频繁地去与恋综里的'素人'嘉宾私会。这个消息要是被爆出来,你和这个节目都不用挑哪一个完蛋,手牵手一起死啊。"

"所以我让你找车!"

胡成觉得自己是劝不动这位了,只能安抚道:"那这样,你先等一下,我打个电话问问那边今天的录制结束没有。如果那边的录制没结束,你去了也白去。"

萧经瑜挂了电话之后,满脑子都是刚才怀澈澈和霍修两个人在床上抱在一起的画面。节目组确实是已经掌握了怎么让人发疯的诀窍,从切入点到淡出点,给人的感觉就像是同处一室的男女嘉宾在镜头之外发生了一点儿什么。

让一男一女躺在一张床上,这个节目到底是怎么想的,为了流量脸都不要了是吧?萧经瑜感觉自己距离疯癫只差一步之遥,浑身上下的血液都在这一刻咆哮起来,脑海中只剩下一个念头:要见到她,立刻!

五分钟的等待对此刻的萧经瑜来说真是度日如年。胡成的电话打进来的时候,萧经瑜立刻接通了:"怎么说?"

"那个……我同你说个事儿,你听了别激动。"胡成刚才听节目组的人说起这个消息的时候,脑海中已经模拟了一下萧经瑜听到时的反应,心下估计待会儿的访谈萧经瑜是真去不了了,于是只剩一声叹息。

"说。"

"怀澈澈今天在录影的时候,和另一个男嘉宾遇到一点儿意外。船翻了,两个人都溺水了。被救起来之后,两个人都被送到医院去了,所以今天庄园那边录影暂停了……"

胡成一边说一边已经把手机拿远了一点儿，就怕萧经瑜发起火来不小心烧到他。

但话已经说完，胡成等了半晌，电话那边的萧经瑜也没出声。胡成又小心翼翼地靠近手机，说："你听到了吗？怀澈澈住院了，不在庄园里。"

"听到了。"萧经瑜的声音却一下子冷了下来，就像是被一桶水浇灭的野火，没有了荒草树木被燃烧时"噼里啪啦"的声响，只剩下一片灰黑的狼藉。

综艺录制时发生的事情，怀澈澈不能控制，就算跟他说了也是平添烦恼，所以不说也罢。但现在她出了意外，进了医院，而刚才微信里他明明问了她在干什么，她也没说。

安小淳离开医院之后，外面很快夜幕降临。怀澈澈下午喝的粥还没消化完，晚上没胃口，就喝了一点儿牛奶。医院的菜都是健康大于味道，霍修打饭回来也只吃了两口，之后就拿起了自己的笔记本电脑继续处理工作上的事情。

其实这种感觉还挺好，一个人躺着，一个人坐着，彼此之间并不在意对方的存在，可以自由自在地做自己的事情，不用有负担，也不用觉得时间被浪费。

怀澈澈与萧经瑜在一起的时候，就因为太珍惜彼此在一起的时间，强行维持互动，纠缠多，碰撞也多，反而突显出观念不合，总是吵架，就像是想用力地抓住手里的沙子，结果反而加速了它的流逝，到最后原本想好好珍惜的时光就在虚无而疲惫的吵架中度过。

怀澈澈正躺在床上悠闲地摆弄手机，忽然见霍修放在床头的手机振动起来，探头过去扫了一眼，发现来电人不是别人，正是好一阵没联系过自己的怀建中先生。

"我爸怎么给你打电话了？"怀澈澈虽然最近在录恋综，但该回家吃饭还是回去了的，再加上自己已经和霍修结了婚，她爸暂时对她没什么意见——怀澈澈是这么想的。

"嗯？"霍修看了一眼手机屏幕，拿起手机，在接电话之前先看了一眼怀澈澈，好像是在用眼神询问她还有什么要叮嘱的。

怀澈澈赶紧蹬鼻子上脸："你开免提！"她最近这么乖，怀建中连个电话都不给她打，倒是给霍修打得殷勤。这个老头子搞什么啊？

霍修看着她毛茸茸的小脑袋凑过来，笑了笑，爽快地点开免提："喂，爸。"

怀澈澈正感不爽，手机里已经传来怀建中温和又开朗的声音："霍修啊，好久不见了。上次我让王瑞带给你的烟还好抽吧？"

烟？什么烟？怀澈澈盯着霍修，眼神里全是询问，好像在说：你们什么时候关系这么好了？

霍修礼貌地回答怀建中的问题："烟挺不错的。我手底下的那几个也很喜欢，都问我从哪里找来的这么好的东西。"

"也没那么好啦，"怀建中被霍修的一句话哄得心花怒放，像个弥勒佛似的笑得停不下来，"你喜欢就好。过两天再让王瑞来我这儿一趟，我又托人买了些回来。这次多给你们拿点儿，你自己多留点儿。"

果然，比起和她这个女儿，怀建中和谁的关系都挺不错。就像现在，怀建中三言两语间就和霍修打成一片，就好像他们之间本就是有血缘关系的父子，令霍修那偶尔叫的一声"爸"，听起来也格外顺理成章。

怀澈澈早就习惯了，但心头还是小小地被刺了一下。她将肘部撑在床上用的小桌上，以手支着下巴，垂眸盯着手机屏幕上显示的"怀叔叔"三个字,好像能瞪到怀建中本人一样,在心里念叨:臭老头儿,反正和谁都比和我好。等我两年后把婚离了,你干脆认霍修当儿子算了!

小姑娘周身的低气压很容易让人察觉到。霍修垂眼一看,就见那颗小脑袋罩在手机屏幕上,一动不动。

和当代许多受脱发困扰的年轻人不同,怀潋潋从来没有脱发的问题,一头长发不管怎么烫染,都是又浓又密,额头的那一圈碎发更是令唐瑶羡慕得酸掉下巴,说怀潋潋就是一个行走的蒲公英。

现在手机的光从"蒲公英"额头上纤细的"小伞枝"中间透过来,看着喜感大于美感。霍修伸手想帮她将它们捋到脑后去,试了三次均失败,遂无奈放弃。

"对了,霍修啊,"怀建中寒暄了半天,总算进入正题,"上次潋潋回家吃饭的时候,我和她说让她尽快搬去你那里住。她和你提了这件事儿吗?"

听见这句话,"蒲公英"终于猛地抬起头来,一双眼睛对着他眨巴眨巴地放电,随着眼皮每一下开合,目光中饱含的情绪都在以递进的方式加深,将她想说的话传递给他:大佬,罩我!哥,你是我亲哥!爷!爷!你不能出卖我啊!

霍修差点儿被她逗笑。情绪松弛间,行为被本能主导,他抬手捏了捏她的小脸儿,才对着电话说:"是,她已经搬到我这里来了,您别担心。"

"是吗?那就好。这小孩儿平时在家里横行霸道惯了,臭毛病不是一般地多,你多担待一点儿。如果她犯轴,说不通,你就直接来和我说,我帮你训她。"

这话一说出,方才还活跃的气氛一下子像凝固了一般,一样僵住的还有怀澈澈的笑脸。

其实在怀澈澈读小学的时候,她还以为全天下的家长都和怀建中是一样的——非常忙碌,不怎么回家,而且很凶,只要孩子犯了错,不管时间、地点,都是劈头盖脸地一顿骂。

直到小学六年级,有一次考试后,他们班有个常年第一名的同学,名次忽然掉到了二十名开外。在家长会上,老师着重提了这件事儿。当时怀澈澈以为那个同学一定会在家长会结束后挨打,但是没有。那个同学的妈妈应该很生气,脸色相当阴沉,但她只是没好气地和他说了一声"走吧,回家",就带着他走了。

这件事儿当时颠覆了十二岁的怀澈澈以往的认知。她憋了一个寒假,开学第一天就迫不及待地问那个同学是怎么做到让家长能够这样对待自己的。

那个同学本来因成绩大退步就很不爽了,以为怀澈澈是来挑衅的,没好气地问她这话是什么意思。后来他明白了怀澈澈是真的没有恶意,又想起好几次家长会上她都是一边挨骂一边哭着离开教室的,才怜悯地看了她一眼:"我妈才不会和你爸一样呢,一点儿也不给你面子。"

那是怀澈澈在人生中第一次开始思考,为什么每次自己被怀建中骂,都会那么痛苦?她终于意识到,自己痛苦并不是来源于自己做错了事情或是父母的怒气,而是因为她在人前失去了尊严。

别人家的孩子都是有面子的,那为什么她不可以有?明白了这个道理的怀澈澈好像一下拥有了无穷的底气和力量,以至于在半个月后怀建中来学校接她的时候,她背着书包上了车,第一句话就是:"爸,你以后不能随便骂我了。"

怀建中正发动引擎,头也不回地问:"为什么?"

"因为,你总是在同学的面前骂我,真的很伤我的面子!"她终于把这句排练了好久的话说了出来,一时间神清气爽,但还没享受两秒,就听坐在驾驶位上的怀建中嗤笑一声。

怀建中道:"小孩儿还有面子?等你自己挣钱了再说吧。你吃我的,喝我的,我说你两句还不行了?我还没嫌你动不动就哭哭啼啼地丢我的脸呢。"

以前在同学和别人家父母面前被怀建中拆台、训斥的画面纷纷在脑海中涌现出来,和当下的情境重叠在一起,小姑娘盯着手机屏幕,耳根一下就红了。刚才求霍修帮她兜着的劲儿,也一点儿都找不到了,她咬着下唇低下了头。

这种情况,她已经司空见惯。她在理智上知道她爸就是这样的人,自己反驳他也没用,但在感性上还是觉得她爸这样说很离谱儿,毕竟她早就不是一个孩子了。她学会了挣钱,怀建中却依然没有学会维护和尊重她。

她想直接出声,告诉怀建中她听着他们通话呢,但又觉得说了好像也没什么用。她正憋着气,就听霍修说:"爸,澈澈没您想的那么孩子气。"

闻言,怀澈澈愣了一下,抬头的时候正好对上霍修的目光,他及时地递来一个安慰的眼神。

"您啊,就是太把她当小孩儿了。其实她已经能独当一面了。"霍修继续对怀建中说。

霍修的这个眼神,怀澈澈之前见过一次,以至于第二次见的时候,已经有了几分熟悉感。

就在渝城茶山,两家人一起吃饭的时候,当她面对四位长辈的注视时,霍修也是给了她一个这样的眼神,然后帮她很得体地应对过去。那次她还蒙着,对此没什么特别的感觉,但这一次,怀澈澈终于清晰地意识到——霍修是和她一边的。

虽然这种感觉用在和父母的关系中很奇怪，毕竟理论上来说，她爸就是嘴上再坏，始终和她都不是对立的，又怎么谈得上站边？但是此时她就是真真切切地产生了这种感觉。她长这么大，真的是第一次碰到有人能在她爸贬低她的时候，站出来帮她说一句话。

李月茹是那种典型的小女人，没什么主见，所有对孩子的"教育方针"都让怀建中负责制定，由她来执行。所以除了高三那一年怀建中准备揍怀澈澈那次，李月茹在教育上其实一直是和怀建中在同一阵线的。李月茹最常说的一句话就是："他是你爸。嘴上骂得再难听，心里也是爱你的，他都是为你好。"

怀建中的下属也当然不可能帮怀澈澈说话。有时候看见怀澈澈被骂，他们想宽慰她也宽慰不到点子上："小姑娘，懂点儿事儿。你都不知道你一出生就站在多少人的终点上了。"

至于她的朋友，就更不用说了。家里这种情况，怀澈澈就连关系最好的唐瑶也不敢带回家去，只偶尔在被怀建中气到吐血的时候，在微信上跟唐瑶抱怨几句获取安慰。

而像今天这样，非常明确地反驳她爸的说法，告诉她爸"怀澈澈不是你形容的那样"的人，只有霍修。

等霍修应下怀建中的邀请，约定下次去怀家老宅吃饭，挂了电话之后，怀澈澈才小声地向霍修说了一句："谢谢。"

"谢什么？"霍修问。

"谢谢你帮我说话呗。"怀澈澈说完，又觉得有点儿不好意思，"其实你不帮我说话也可以，我早就习惯了。我爸这个人很小气的，你反驳他，他有可能会记仇，到时候连你也讨厌上了。"

"但是如果我不说清楚，他就会越来越确信你在我的面前就是那样的。"霍修轻轻地抱了抱她的肩，"他要是因此生气，下次我就买礼物去，但如果他记仇，那我也没办法，毕竟我是你的丈夫，又不是你爸的丈夫。"

本来怀澈澈此时不知道说什么好,因为这种感觉对她而言很陌生,陌生到她不知道要怎么去形容,也不知道要怎么去向霍修表达,但霍修最后的半句话,一下子巧妙地令刚才那种让她不自在的感觉消散了,她笑出来的时候,也就再无束缚了。

霍修也跟着放松下来:"不过,你落水住院,是不是应该让你爸知道一下?"

"不要!我可跟谁都没说,这事儿也太丢人了!"怀澈澈立刻从病床上跳了起来,"而且他知道了又能怎么样?肯定又是骂我笨,骂我连划个船都能掉水里,然后与我老生常谈,说他当初就让我别签公司来着,怪我不听他的话……"

怀澈澈对她爸的这一套是真的太熟悉了,几乎倒背如流。原本她的语速还挺正常,一到她学怀建中的地方,说话简直像开了二倍速似的,让霍修直接看了个贯口表演现场。

霍修从怀澈澈一开始模仿她爸的时候就在笑,到最后被她气鼓鼓地瞪着才勉强打住:"不和他说也可以,反正你明天就出院了。"

"就是!你一定要帮我保密!"

"好,保密。"

怀澈澈虽然不理解为什么溺水还要留院观察一晚上,但来都来了,"既来之,则安之"。她累了一天,又是蹬船,又是溺水,早就困了,被霍修催着洗漱完,就躺到床上准备入睡。

入睡前,她还不忘过问一下霍修的去向:"你回家睡还是怎么样?"

"这家医院的单人病房太小了,我待会儿去旁边找一家宾馆随便住一晚上。"以前经常跟着导师"南征北战",霍修对自己的生活环境的要求很低,有张床就能睡,"你睡吧,我等你睡着了再走。"

怀澈澈本来想说"你看着我，我哪儿还睡得着"，结果眼睛闭上还不到十秒钟，她就直接进入梦乡了。

霍修从病房里出来，没有直接走，而是先把笔记本电脑放在走廊的椅子上，给王瑞回了一个电话过去。

最近律所里接了一个新案子，他本来以为只是简单的商业纠纷，但仔细对比客户给他们的证据和被告公司的财报后，发现可能还涉及财务造假。

王瑞也是个常常加班的苦命的打工人。眼看已经晚上十点多了，他还在律所里熬着，正焦灼地等着老大的电话。一见手机屏幕亮起，王瑞当即接通电话："怎么样，我没看错吧？"

"没错，"手底下的人眼看已经拥有独当一面的能力，霍修也很高兴，"是有点儿问题，可以提醒客户去查一下。"

"好好好！"

王瑞都快跳起来了，刚想说"如果查出来确有其事，那是不是走私下和解的途径更省事"，就听那边霍修的话锋一转："我现在有点儿事，等一下再给你打回去。"

霍修的动作很快。话音一落，他没等王瑞答复，就已经挂了电话，然后收起手机，从容地对上站在五步开外的萧经瑜的目光。

在整座城市夜生活刚刚开启的时候，医院里大部分的人已经入睡。整条走廊除了天花板上的白炽灯管依旧在兢兢业业地"工作"，已经几乎听不到人声，一片寂静。

两个从未真正见过面的男人在医院的走廊上相遇，彼此之间一句话也没有，但对上对方的目光时，又都没有流露出看陌生人的神色。

萧经瑜今天的打扮，让人不怎么看得出他是个知名艺人。他穿着一套简单的运动服，大概是感觉有点儿热，将外套脱了拎在手上，戴着一个黑口罩，将那张脸遮住了大半，只露出一双少年感十足的锐利的眼。

而霍修上午下水救人，赶到医院之前只随便换了一套衣服。宽松又休闲的米色棉麻材质的服装，极大地消减了那份由他的眼神带来的压迫感，只剩下随和。

"差不多该查房了吧？"

"是啊，我去推车。"

不远处护士站的小护士们商量着站起身来。萧经瑜用余光往后瞥了一眼，把口罩往上提了一下，走到霍修的面前："霍修，霍先生？"

从身高来看，他们相差无几，离近了看连体形也差不太多。

就是霍修喜欢运动，注重减脂和增肌的平衡，看起来更结实、精壮一些，此时亚麻质感的衣袖被挽到手肘处，露出力量感十足的小臂。而萧经瑜则是为了上镜好看，练体形的方向更偏于控制体脂，拥有更符合主流审美的瘦削美感，整体看来身体又很匀称。

两个人在怀潋潋的病房门口握了握手。霍修开口问："你是……萧经瑜先生？"

"是，你好。"

"你好。"

确认身份后，两个人再次对视，一个眼神温和、深沉，一个眼神坚定、无畏。

"萧先生怎么这么晚还过来了？"霍修问。

"听说她溺水了，我过来看看。"

萧经瑜先一步从对视中收回目光，扫了一眼霍修身后的病房门，故作轻松地耸了耸肩："我真没想到她会溺水，明明以前我们在海城读大学的时候还一起学过游泳……霍先生应该听她说起过吧，我和她认识很多年了。"

"听过。"霍修朝萧经瑜微微一笑，"她还挺喜欢和我说大学时候的事情。我也想着以后有空儿带她重新回海城玩玩，重新走一下曾经熟悉的地方。到时候萧先生要是有兴趣，也可以一起来，就当校友一起故地重游了。"

校友？萧经瑜笑得更加大方了："好啊，到时候还麻烦霍先生一定要邀请我。"

"一定。"

"唉，我就停个车的工夫……"胡成从电梯里出来的时候，病房门外的两个人已经聊了一会儿了。虽然仅听两个人的语气的话，好像都挺心平气和的，但胡成是怎么听怎么觉得暗流涌动。

怎么说对面的也是个大律师，胡成是真怕萧经瑜这个没心眼儿的让对方套出点儿什么不该说的，于是三两步上前挡在萧经瑜身前："你好你好！我是萧经瑜的经纪人胡成，久仰霍律师大名。"

胡成有点儿偏胖，长相很有亲和力，没有很多经纪人脸上的那股商人似的精明劲儿。

"你好，胡经纪人。"霍修点了点头，"其实打个电话来就行了，还辛苦你们特地跑一趟。"

胡成迅速从这句话中猜到了这两位已经聊到了哪一步，连忙道："毕竟他们俩相识这么多年了。这边出事之后，'鲸鱼'一心记挂着，刚结束工作就说要过来……她现在怎么样了，溺水严重吗？我听说船被撞翻了。医生怎么说？"

"情况还好，就是她呛了几口水，医生说留院观察一晚上就没事儿了。"霍修跟着换了话题，"不过，今天二位来晚了一点儿……"他说着，侧头从门上的观察窗往里看了一眼，"她今天太累了,已经睡着了。"

"那能不能麻烦霍先生说一下,今天这事儿到底是什么情况?"萧经瑜往前迈了一小步,"毕竟你和她一起参加了这个节目,对此应该会更清楚一点儿。"

其实这事儿没什么好隐瞒的,就是一个小事故。何况即便霍修现在不说,等到节目播出的时候也会水落石出。但霍修没有直接回答,而是沉吟片刻,带着略为不解的笑容反问:"她没有与萧先生说吗?"

"……"

好家伙,杀人诛心啊!在来的路上,萧经瑜给胡成的感觉是今天如果不见怀潋潋一面,估计又要自己在家里坐到第二天必须赶通告,不得不行动的时候。但现在,当霍修的段位终于在他们面前呈现出冰山一角的时候,胡成才意识到,还不如让萧经瑜回家抑郁到明天通告中安排的行程之前呢。

"哦,不好意思。"霍修看着萧经瑜的面色猛然沉了下去,自己脸上的笑容也迅速敛起。住院部的走廊上灯火通明,在一片寂静中,霍修露出恍然的神色:"因为你们知道病房号,所以……是我误会了。"

胡成看了一眼身旁的那个倒霉孩子,心想还是别在这儿找虐了,便转头向霍修道:"既然她睡着了,而且现在时间确实不早了,我们就先不打扰了。不好意思,麻烦了麻烦了。"胡成说完,赶紧拖着萧经瑜逃离暴风眼。

住院部到了晚上没几个人用电梯。刚才胡成到了这一层,电梯就一直悬停在这一层,此时他一按按钮,电梯门就开了。

萧经瑜在从病房门口到电梯间的这段路上越想越气,还想往回走,被胡成硬是拖进电梯。胡成急道:"你别发疯。你知不知道他是干什么的？你要是今晚在这里动他一下，明天他就有一百种方法让你身败名裂！"

"那就裂啊！我早就不想干了！"萧经瑜已经完全崩溃了，"我今天在录那个访谈的时候就一直在想，自己到底图什么啊？"

那个访谈节目可是访谈类中首屈一指的，迄今为止，上过节目的大都是出道十年以上的知名艺人，胡成费了好大的劲儿才争取来这个机会。一听萧经瑜说出这么不知好歹的话，胡成也有点儿来气了。但回头一看萧经瑜满眼的孤独与悲愤，胡成张了张嘴，还是什么都没说出来。

"喝吧喝吧！待会儿我找代驾……"

以萧经瑜当前的知名度，他走到哪儿都很容易被人认出来，已经不适合出现在任何公共场所。两个人从医院出来之后，胡成去便利店买了几罐啤酒，打开车门的时候嘴里还在碎碎念："我真是上辈子欠你的，天天给你找活儿干、擦屁股，还得给你做心理辅导。我对我儿子都没这么好。"

他将一罐啤酒从塑料袋里掏出来，丢给萧经瑜。萧经瑜熟练地把易拉罐上的拉扣打开，没有说一句话，先仰着脖子干掉了一罐。空掉的易拉罐在萧经瑜的手里也没有坚持过两秒，直接被捏成了一团辨认不出形状的废品。

胡成撇了撇嘴，自己也开了一罐啤酒，喝了一口："其实我是真有个问题一直想问你来着。你说你现在到底是属于迟来的觉醒，还是只因为有人和你抢她了啊？"从理论上来说，男人最了解男人，但胡成怎么也没法儿从这两个可能性中找到更符合萧经瑜的实际情况的答案，"你要是真这么喜欢她，早那些年干吗去了？你要是不喜欢她，又在这儿争个屁呢？"

萧经瑜看也没看胡成一眼，只是又从塑料袋里掏出一罐啤酒打开,疯了一样地把酒往嘴里灌。就这样连着灌了三四罐进去,萧经瑜才仿佛自言自语一样地说:"我不喜欢……我疯了才不喜欢……见到她的第一眼,我就喜欢她,喜欢得要死。"

当年他考上大学,兜里揣着三百元钱,背着自己那把破吉他就离开了家乡,去了海城。那时候的高考状元还没有任何商业价值,这个省状元的身份带给萧经瑜的只有满身傲骨。他去了海城第一件事儿,就是先找了一家酒吧开始驻唱。老板给的待遇是包吃包住,驻唱歌手一晚上唱三个小时,有六十元钱收入。

萧经瑜当时听完这个待遇,第一个问题就是:"我唱六小时,能给一百二十元吗?"

老板很吃惊,开玩笑地说:"兄弟,没见过钱啊?"

那家酒吧说是在海边,但地段是真差,七拐八拐的,根本没有游客过来,来的都是熟客。这群熟客都像酒吧老板的朋友一样,每天不来坐一会儿就浑身难受。

萧经瑜在那家酒吧唱了一个多月,对所有常客的脸都已经熟到不能再熟。直到临开学的前几天,酒吧里才出现了一个生面孔,那是一个特别好看的女生。

萧经瑜在看见怀潋潋从酒吧大门进来的那一瞬间,他想不起曹植说过的"南国有佳人,容华若桃李",想不起屈原写过的"朱唇皓齿,嫭以姱只",满脑子只剩下自己曾经最为嫌弃的也是最直白的描述——好看。

因为萧经瑜就住在酒吧里,所以每天酒吧打烊的时候会帮着酒保打扫一下卫生。那天萧经瑜唱完,与老板和酒保一起清场时,两个中年熟客开玩笑说,萧经瑜今天看见那个小姑娘,连眼睛都直了。萧经瑜被抓现行,没法儿否认,只得沉默着在两个人的调侃中红了脸。那两个熟客看到萧经瑜这样,更是兴奋,急着问萧经瑜:"我们帮你制造机会?"

萧经瑜却忽然冷静下来:"不用了,我和她不太合适。"

他在老家镇上打工挣的钱,都在自己出发前留给了家里。虽然他现在白天和晚上各打一份工,但在这一个多月的时间里,他也才攒了三千多元钱。学费,他可以申请助学贷款来交,但刚开学,要花钱的地方还很多。因此,不用别人来泼这盆冷水,萧经瑜有自知之明。

但萧经瑜明明已经拒绝了这种帮助,老板还是在开学前夜自作主张,帮萧经瑜制造了一个送她回酒店的机会,还给出一个他根本无法拒绝的理由:"你总不想让人家小姑娘这么晚了自己走夜路吧?"

一路上,萧经瑜紧张得连手都不知道该往哪里放,不停地用裤子擦掌心的汗,并在心里祈求她千万不要看见。不知道她是真没看见,还是看见了却没有拆穿,两个人东扯一句,西扯一句,终于到了她住的酒店楼下。那是海城最大的观景酒店。整栋大楼高耸入云,正对着一望无际的大海,楼下就是沙滩。

之前在酒吧驻唱的事儿定了之后,萧经瑜准备再找一个白天的工作,找了一圈,找到这里,被大堂经理以不招暑假工为由婉拒了。临走前,萧经瑜看了一下各个档次房间的标价。这里的房间全是景观房,价格特别贵。尤其是在夏天这种旺季,哪怕是最小的单人间,每日也要近一千元。萧经瑜算了算,自己一天打两份工,每天只睡五个小时,也要将近十天才能赚到一千元。

那晚的月色与她的笑容相比不值一提,满身傲骨的少年终于明白了自卑的滋味。

第九章
霍修，来接我

拍了半个多月的恋综，怀澈澈现在已经习惯无处不在的镜头了。早上起床，还没睁开眼，她就本能地准备躲着镜头去洗漱，然后才想起自己现在是在医院。她终于放心大胆地摸出手机，然后看到萧经瑜今天凌晨四点发来的消息。

Whale:"明年我们抽空儿回海城大学看看？只有我们俩。"

怎么这么突然？怀澈澈不知道发生了什么，还是先稀里糊涂地回复了"行"。

吃过早饭，怀澈澈就办好出院手续，回到了庄园。节目组的想法很简单，既然前一天是在上午录制的过程中出了事儿，那么今天嘉宾们就维持前一天的组合不变，录完本来昨天应该完成的录制内容。

也就是说，今天还是怀澈澈和康峻年、安小淳和霍修、闵佳美和景浩的组合，最后剩下甘逸独美。

节目组的工作人员估计也知道怀澈澈和康峻年已经到了八字不合的地步，说完当天的录制安排之后，还补了一句："各位加油！如果一切顺利的话，我们争取这两天就进入'最终选择'环节。"

七个年轻男女重新坐回镜头前准备吃午饭。怀澈澈休息了一天，已经有点儿跟不上恋综这边的情况了，问了一句："今天轮到谁做饭了？"

"应该是我吧。"闵佳美主动站起身来，扫了一眼在座的其他人，"录制马上要结束了，无所谓了，谁想来帮忙就直接过来吧。"

嚯，闵佳美今天还挺仗义的嘛。怀澈澈刚想说"这才一天不见，闵佳美居然也变得可爱起来了"，就见甘逸还在那儿犹犹豫豫的工夫，景浩已经站起身来，果断地走到了料理台那边。

安小淳的表情僵了一下，她直愣愣地以目光追着景浩的身影，看向了开放式厨房。景浩却迅速地背过身去，避开了安小淳的目光。

这是什么情况？怀澈澈也愣了。之前景浩和安小淳相处得一直挺好的，节目前期有很多互选环节，两个人很默契地选择了彼此。虽然当时怀澈澈不至于觉得他俩肯定能走到节目外，但心里确实期待节目赶紧播出，自己可以看看这两个人相处起来有多甜。

可是你才搭上闵佳美一天啊！怀澈澈对景浩的倒戈简直到了无语的地步，甚至开始思考是不是节目组找景浩聊过，影响了他的行动，因为这个节目开展至今，好像"修罗场"情节确实是有点儿缺乏。但景浩本人在闵佳美面前那积极的态度，很快打了怀澈澈的脸。

在整个吃饭的过程中，景浩不断地在和闵佳美搭话，两个人旁若无人地说说笑笑。这气得怀澈澈在接下来的一整天里都对自己的搭档康峻年没有一点儿好脸色。

好不容易熬到当天录制结束。吃晚饭的时候，景浩和闵佳美还像蜜里调油似的，而安小淳还没吃两口就说自己吃饱了，回了房间。怀澈澈也放下碗，剩下的饭，她是一口也吃不下去了。

怀澈澈无意给安小淳的伤口上撒盐，觉得还是让安小淳一个人安静一会儿比较好，于是离开餐厅后就出了庄园，去了前庭。

因为心里憋着气，怀澈澈漫无目的地走着，等她意识到的时候，才发现自己走到了花房附近。

之前骑马的时候，她和霍修约好要过来，但之后要么一起做任务忙得没有时间，要么被换了搭档，因此两个人一直没来过这里。

大概是因为入了夜，花房里亮着灯，反而比白天往里看的时候更清楚。玻璃明净透亮，生机勃勃的绿色中夹杂着颜色各异的花卉，一眼望去却不显杂乱，这些花花草草明显经过精心的排列组合。这样的细节，从外面便可窥得一二，而进入花房之后，怀澈澈更是感到惊艳又欢喜。

她从来没看到过开得那么雍容的花毛茛，被绿叶拥簇尽情绽放的洋桔梗……室内的温度被控制在恒定的二十七摄氏度，细致而温柔地将这些刚过花期的花留了下来，齐聚在这么个小小的天地里。而在这么精致的地方，庄园主还别具匠心地设了第二层。用白铁打造的旋梯，为二层与一层建立连接，旋梯的扶手上缠着纤细、柔软的草金铃藤蔓，藤蔓上缀着细长的花苞。

"小怀小朋友，晚上只吃了一口饭，是嫌我做的饭不好吃吗？"

怀澈澈的坏心情在走进来的一瞬间就消散得差不多了。她听见熟悉的声音，回头看了一眼，虽然一见霍修笑意盈盈的样子，就知道他不是来兴师问罪的，但还是有气无力地解释道："不是，我只是被气饱了。"

其实霍修已经是**他们那群人里做饭做得最好的了**。虽然霍修做的都是简单的家常菜，但从那利落的动作就能看得出，他和剩下的几个缺乏生活经验的人截然不同。

"那让我来猜猜你在气什么吧，"霍修看着小姑娘气鼓鼓的脸，笑着走进花房，"因为景浩和闵佳美相谈甚欢？"

"那不叫'相谈甚欢'，那叫'临阵倒戈'！不要脸！"怀澈澈憋了一天，现在好不容易能有一个可以倾诉的对象，于是直接往旋梯上一坐，开始跟霍修抱怨，"你们男人是不是都这么会演戏？"

"那我先退出'男人籍'半小时，"霍修已经走到了楼梯口，被她的怒气"扫射"到，立刻举起双手表示投降，"等你气消了再回去。"

"你好烦啊，天天油嘴滑舌！"

从医院回来后，两个人的关系明显比之前近了不少。怀澈澈被他逗笑，破了功，赶紧别过头去："我一开始真的以为景浩是喜欢小淳的。看来恋综里的感情还是假的更多。"

"也不一定。"霍修三两步跨上台阶，坐到她的身边，"你仔细想想，我刚来的那一天，景浩是不是就在甘逸和康峻年两个人围着闵佳美转的时候才去找安小淳的？"

怀澈澈愣了一下，脑海中浮现出当时的画面，同时又忽然被横插进另一个画面。六位嘉宾在录影前见面时，景浩明明也是闵佳美的拥趸之一，安小淳独自一人坐在角落里，景浩理都不带理安小淳一下的。

这么想来，一切其实早就有迹可循，只是自己这个"单细胞生物"什么都没注意到而已！怀澈澈原本看着这一对满心欢喜，而这么多天让自己感到无比甜的糖，忽然成了伤自己的刀，她一时之间有些怀疑人生："景浩如果一开始就喜欢闵佳美的话，为什么还要祸害小淳呢？"

"因为这是恋综，"霍修很有耐心地看着怀澈澈，"没有稳定的搭档的人一定会比有稳定的搭档的人镜头少,也不太有表现的机会。而且你觉得他很喜欢闵佳美吗?我并不觉得。"

比起"双商"不高的康峻年,霍修觉得景浩这个人要深沉得多,也聪明得多。景浩知道要怎样才能最大限度地博眼球,为自己寻找到更好的机会,往更高处爬。所以比起一开始就很受欢迎的闵佳美和性格过于外放不好接近的怀澈澈,景浩选择了更好入手的安小淳,先保证了自己的镜头量,再伺机而动。

现在再看闵佳美的身边,康峻年已经退出竞争,甘逸又"要死不活"的,景浩忽然选择将追求的方向指向闵佳美,这么做的结果是好是坏尚未可知,但引起讨论、提高热度是一定的。而演艺圈,"黑红"也是红啊。这么看,景浩确实是个非常纯粹的利己主义者。

怀澈澈越想越感觉这个人可怕,搓了搓手臂上的鸡皮疙瘩:"这个综艺里还有真实的人吗?我忽然觉得好恐怖。"

"也不是没有,"霍修笑着接过她的话,"至少我是真的。"

"你说的这不是废话吗?!"怀澈澈睨了霍修一眼,"我当然说的是除了你和安小淳之外的人啊。那三个男的,有一个算一个,都是垃圾!"

虽然范围很小,但霍修还是因为她过于斩钉截铁的回答笑容越发扩大:"那不就够了吗?人不可能保证自己遇到的所有人都很真诚。在这个庄园里,除你之外一共六个人,而这六个人里的两个人在你面前保持真实,比例已经高达百分之三十三,很可观了,小怀小朋友。"

原本让怀澈澈恶心透顶的事情,被霍修这么一说,竟然有种峰回路转、柳暗花明的感觉。怀澈澈眨了眨眼:"那小淳很伤心,怎么办?"

"你就按照你在医院时说的那样,趁暑假带她去玩吧,"霍修说,"记得每到一个地方给我报个平安。然后,如果有空儿的话……也可以多拍点儿探店 vlog。"

"也好,"怀澈澈感觉自己现在也想通了,"反正景浩就算回头,小淳也不可能再要他。还不如我趁假期带她出去玩,万一她遇到了更好的呢?"

虽然当时是霍修主动提起让怀澈澈带安小淳在暑假期间出去玩的,但他确实没想到怀澈澈还真的能伙同林静姝她们几个女生带着安小淳在外面疯玩了一整个暑假。

"老大,今天嫂子回来了吗?"两个月没见到怀澈澈的霍修,现在连上班都会被手底下的人调侃。尤其是王瑞,这嘴上的功夫要是能放到庭上,估计早就摆脱助理律师的身份了。

"昨天有人在我旁边疯狂推荐,从来不看恋综的我实在受不了,就看了一下《哈特庄园》,发现嫂子真的好可爱!你说你俩是收着节目组的钱,给全国人民上演一出儿真正的'先婚后爱'是吧?!"午休时间,和霍修在公司附近的简餐厅吃饭,王瑞自然又是免不了一顿调侃,"难怪我们律所里的那些小姑娘都那么喜欢看这个节目。我一开始还不懂,现在感觉这个恋综确实蛮有意思的,里面那些'修罗场'情节好来劲儿啊!"

《哈特庄园》第二季总共十二期,从六月初开始在徐氏旗下的视频平台上线,一周更新一期。从热度上来看,当前播出的这期已经完全接住了第一期的高点,甚至有更上一层楼的势头。

在几对男女搭档中,霍修和怀澈澈这一对的热度一骑绝尘,从第二期两个人在料理台后面偷偷牵手开始,吸引了无数希望这一对锁死的粉丝,很多视频剪辑高手已经开始自发地给他俩剪辑视频。粉丝们亲切地以谐音的方式为他俩取昵称,比如"修车组合""火车组合""货车组合",总之希望他俩赶紧"开车上路"、配对成功,最好一路将恋爱谈到节目外的愿望很强烈了。

"就是这个节目更新得也太慢了,一个星期才更新一期。为了看这个节目,我还特意在播出平台开了包月会员。依这个节目的更新速度,我看四期就得续费一次。"王瑞握着叉子,把盘子里的照烧鸡腿肉像叠罗汉似的一口气串成了个串儿,吃之前还不忘算了算,"现在节目才刚更新到第八期,马上我又要续费了。早知道这样,我还不如开包年会员了。"

王瑞的心思,重点在第二个月平台会员马上要到期,而霍修的心思,重点在第二个月马上要结束。这个综艺已经播出八期了,而在外面疯玩的另一位当事人——怀澈澈女士,还要等到明天才能回来。

此时,怀澈澈已经登上了回国的飞机。林静姝用平板电脑看《哈特庄园》看了一路,飞机降落的时候,整个人还完全处于亢奋的状态,抓着怀澈澈不停地问:"所以,最后那个没有摄像头的房间到底用上没有啊?是你和霍修用的吗?我现在好激动啊啊啊!"

怀澈澈怀疑林静姝已经完全忘了她们是为什么出来玩的,先用一只手捂住林静姝的嘴,又用另一只手钩过林静姝的肩,把林静姝拖到一边,没好气地说:"姐,你是不是看得太入戏了,连恋综里的男女搭档也信?"

"对别人,我不信,但你和霍修连结婚证都领了,有法律依据的好吧?"林静姝这个时候也想起来了,赶紧往后看了一眼拖行李箱时不小心撞到别人因此正在道歉的安小淳,压低声音对怀澈澈说,"你悄悄地告诉我,别让那个妹妹听见。我保证不告诉别人!"

"你真想听?"怀澈澈记得昨天看节目播出情况的时候,看到《哈特庄园》主页上人气排在第二位的搭档还是景浩和安小淳,于是决定给林静姝最后一次机会,"你可别后悔。"

"我不后悔!"

真是好言难劝该死的鬼!怀澈澈翻了一个白眼:"很遗憾,我和霍修从开始到结束就没进过那个房间,最后是闵佳美和景浩进去了。"

"啊?!"林静姝整个人犹如被雷击中,完全僵在原地,消化不了这个消息,"已经第八期了,景浩和安小淳合了那么久,你和我说到最后……景浩和闵佳美成了?"

"呵呵,"怀澈澈的嘴角挂着一丝冷笑,"恶心吧?"

"真是超级无敌恶心!"林静姝咬着牙道,"这景浩是不是傻啊?他跟安小淳的'好纯组合'哪里不好了?那么多人喜欢他们这一对啊!我待会儿就……不对,等播出到这一段,我一定要去景浩的微博下骂他!"

要不是最后景浩和闵佳美进了那个没有摄像头的房间,安小淳可能都不会心死得那么彻底,等节目拍摄结束后,主动找怀澈澈说愿意掏出自己所有的家底儿同怀澈澈出去玩。怀澈澈拍着桌子说"好",也没说这两个月具体要花多少钱,反正就是一帮姑娘先把安小淳架去了。至于花了多少钱,怀澈澈从不算账。等安小淳反应过来不对,向怀澈澈询问费用时,怀澈澈就让安小淳稍微付一点儿钱,把安小淳先稳住,再拖去下一个目的地。

怀澈澈道:"OK,到时候我也去微博注册一个小号去骂。"

怀澈澈与林静姝迅速达成一致意见,当下击了一下掌。两个人准备同走在前面的"大部队"会合时,怀澈澈的手机响了。怀澈澈低头看了一眼,对林静姝说:"你先去,我接一个电话。"

这两个月玩下来,怀澈澈是彻底玩爽了,但方红那边已经快疯了。

"你到底什么时候回来？公司这边给你签了一堆代言和广告。你倒好，扭头跑国外去，一玩就是两个月！"电话一通，方红抓狂的声音几乎要把怀澈澈的手机听筒震碎，"你知不知道热度都是有时间限制的？一个人能有几次这样全网爆火的机会？你玩掉一天就少一天！"

好熟悉的语气！怀建中以前就是经常这样和怀澈澈说话的，尤其在怀澈澈的学习成绩有起伏的时候。这一瞬间，怀澈澈拿着手机站在机场大厅里，忽然有种好像在被怀建中训斥的感觉。只是后面传来林静姝的声音，打断了怀澈澈的思绪。

林静姝说："澈啊，一边打电话一边走吧！"怀澈澈"哦"了一声，拖着自己的小行李箱和一群女孩子走到了机场外。

等怀澈澈坐上车的时候，电话那边的方红也冷静了下来。方红先向怀澈澈道了个歉，说自己刚才的语气太激动了，然后才说："这次《哈特庄园》，你真的是上对了！从第二期开始，你和那个律师的人气就开始一路暴涨，然后公司这边给你们找了不少营销号（以流量或利益为目的，收集、加工特定内容并进行推送的公众账号），做你们的剪辑视频，可以说是花了很大成本来培养你了。"

怀澈澈听着方红的话，心里忽然有一种说不出来的感觉。她描述不出来那种感觉是来自哪里、具体是什么，一路上都闷闷地以"嗯"作答，也不记得方红说了什么。一直到下了车，拿钥匙打开家里的房门时，她只记得从现在到春节前，自己的行程已经全部被排满了。

怀澈澈拖着行李箱踏入玄关，忽然感觉身心疲惫，居然有点儿犯困。她脱了鞋，脚向前够到熟悉的位置，发现拖鞋不在那里，又向那个地方看了一眼，发现周围空空如也，只得光着脚走进去。

她一边走一边想,是不是自己临走的时候收拾行李太匆忙,把拖鞋踢进地板与柜子的夹缝里去了。

但很快她就意识到不是这样,因为她家里很多东西的位置都不对了。她明明记得走之前,沙发上的那个牛排抱枕快掉沙发下面去了,现在却被重新摆好,端端正正地倚在角落里。不只如此,茶几上的零食都被收拾干净了,垃圾桶里的垃圾袋也被换成了新的。她拖着行李箱进了卧室,发现床单、被罩都和她走的时候不一样了,换上了原本放在柜子里的另外一套。她想着,难道是她妈找人来提前打扫过了?

怀澈澈这么想也算有理有据,之前李月茹就因为女儿不爱打扫房间,实在看不下去,趁怀澈澈出去旅游,找人来把怀澈澈的房子从里到外清理了一遍。那次怀澈澈回来之后,感觉像重新搬了一次家一样。

怀澈澈心正累着,也懒得管那么多,将行李箱往旁边一放,把卧室门一关,就扑上了自己的小床,很快睡了过去。

不知过了多久,她被热醒,才想起自己忘了开空调。她迷迷糊糊地走到客厅里准备找空调遥控器,忽然听见从浴室的方向传来脚步声。

她睡得有点儿发蒙,一抬头,正好看见从浴室里走出一个穿着睡裙、正在不断擦拭头发的女生。

"啊——"

"啊——"

两个人四目相对,同时尖叫出声。

半个小时后,怀澈澈终于搞清楚了事情的原委。

这个女生名叫陈钰,她是怀建中老家镇上三表舅家的二女儿,去年职高毕业后在镇上找了个出纳的工作,因为和老板发生了一点儿矛盾,怒而辞职,在家待业两个月后,决定来庆城投奔怀建中。

怀澈澈隐隐约约地想起,之前在渝州茶山度假时,怀建中好像提起过这件事儿。但毕竟怀家的房产也不只这么一处,怀澈澈做梦也没想到,怀建中说要给陈钰找个地方住,竟然找到自己这一亩三分地儿来了。

"我一开始确实是让小钰住到北郊的那套房子里去的,但是你也知道,那边地段不好,她每天上班坐地铁来回要两个小时,每天早晨五点多就要起床,晚上回到家都七八点了。"怀建中一开始接到怀澈澈的电话还试图解释,"后来小钰和我说,上次晚上走夜路回家,遇到一个男的,一直跟在她的身后。要不是她在路上遇到巡逻的警察,估计就出事儿了。北郊那边确实不方便也不安全,我就让她搬到你那里去住了。你怎么这么没有同情心啊?"

怀澈澈的这套房子确实很好,是位于市中心的大平层,坐北朝南,采光通透,下楼就是庆城的黄金商圈,窗户正对着庆城市地标建筑——琼庆塔。

怀建中把这套房子当毕业礼物给她的时候,她一踏进门就对这里喜欢得不得了。房子的整体装修,从设计到落实,都是她一步一步地自己弄好的,没承想,自己在这里一年还没住到,就让别人享受了去。

"你让别人搬进我家,怎么也不与我说一声?"怀澈澈思考了足足三十秒,觉得还是不能理解怀建中的想法,"这与同情心有什么关系啊?再怎么样,你也应该先问问我愿不愿意,而不是直接就叫别人住进来吧?"

"问不问你有那么重要吗?那房子你又不住,空着给别人住一下怎么了?哦,对了,你不是搬到霍修那里去了吗?怎么今天刚回庆城就又回那边去了？你到底有没有搬？！"在家一向唯我独尊的怀建中哪里受得了小辈对他大呼小叫，声调立刻往上扬了几度，"你先同我把这件事儿说清楚，别想蒙混过关。"

"这与我搬不搬家有关系吗？这是我的房子啊。就算我搬家了，它也是我的地方好不好？你怎么能不问我就给别人住呢？"怀澈澈真是受不了怀建中这一点——一旦理亏，就开始回避问题，"就算我暂时用不到它，它也还是我的。这很难理解吗？"

"什么是你的啊？！"被女儿接二连三地诘问，怀建中终于怒从心头起，"那是你买的吗？那是我买给你的！你的什么不是我买的？挣钱没学会，倒是像狗一样学会护食了。你看看你除了吃喝玩乐还有屁用？从去年到现在赚了几个钱？给你那辆车做保养都不够。你要是真这么介意，就自己挣钱自己买房。我花钱买的房，我爱给谁住就给谁住！"

怀建中的每一个字都像是小小的飞弹，又准又狠地射在怀澈澈那岌岌可危的自尊心上。怀澈澈觉得可能就算到死的那一天，自己也不会明白为什么她爸会是这种人——永不服输，永不认错，永远不会就事论事，而是把以前所有的事情都扯进当下，胡搅蛮缠。他根本就不会与你讨论，只会不择手段地证明：你，小孩儿，是错的。

"好！这房子你让她住，你送给她都可以。需要我配合过户的时候，你就给我打电话。另外，从今天开始，我要是再花你怀建中一分钱……"怀澈澈被气得浑身发抖，将手紧紧地攥成拳，深吸了一口气，才强忍住没有让眼泪流出眼眶，"我怀澈澈就是狗！"

"呜呜！怀建中他真是越老越过分了……呜呜！怀建中他就是想气死我……呜呜呜！我好惨啊！我为什么会摊上怀建中这样的爸？！"

就在怀澈澈和林静姝她们满世界瞎玩的时候，唐瑶工作了整整一个夏天，今天终于下定决心在家休息一会儿，就被"飞来横祸"砸中了。唐瑶一边听着怀澈澈那嗓子哑到快没声儿了发出的哭腔，一边把自己动也没动过的水杯往怀澈澈的手边推了推："你喝口水吧。不知道的还以为你是被甩了呢。"

"呜呜呜……你不觉得他很过分吗？！"怀澈澈拿起水杯将水一饮而尽，又抽噎了两声，"还有水吗？"

"有有有，水管够。"唐瑶又转身去给怀澈澈倒了一杯水，放在怀澈澈的面前，"你爸是很过分。但这事儿吧，有一个大前提，就是你先骗他说你已经和霍修搬到一起去了，对不对？他不尊重你，是一部分原因；但你骗他，让他以为你的那套房子空下来了，也是一部分原因。"

刚才唐瑶听完怀澈澈哭哭啼啼地描述的事情经过，就感觉这对父女简直是两个活宝。要说怀建中不爱怀澈澈，那怎么可能？去年怀澈澈毕业前，怀建中就把那套房子准备好了，为的是什么？还不就是希望怀澈澈能回庆城发展，能离家近一点儿，方便他们照顾怀澈澈吗？

但怀建中也确实让人难以理解。他在外圆滑得像一条泥鳅似的，对怀澈澈这种吃软不吃硬的却偏又拉不下脸来走"怀柔路线"，心里对女儿宝贝得很，偏偏心口不一，让旁人看着都着急。

怀建中要是像唐瑶的父亲那样，明确地说唐家的一切都属于小儿子，女儿就是不能继承家业，让唐瑶死了这条心，倒还干脆、明了。唐瑶现在也只是一年三节回一趟家，做做样子。

"我……那我和霍修结婚，我爸也要承担一定的责任……"怀澈澈被唐瑶的话说得心虚了，干巴巴地抽噎两声，"而且我爸就是故意气我的，要不然干吗不去给陈钰另租一套房子？"

"估计你爸是觉得不能用租来的房子招待老家的亲戚吧。"唐瑶叹了一口气,"男人都这样,面子比天大。"

怀澈澈端起水杯,先喝下去半杯水,然后将剩下的水一小口一小口地喝完,才擦了擦眼泪,满脸狐疑地问:"你说会不会陈钰才是我爸的亲女儿啊?"

唐瑶说:"你是不是忘了去年你爸春节回家,一时兴起送了隔壁的那个什么……修车行那家的大儿子一辆车?你爸就是这种人,只要被别人给的高帽子架起来,不散点儿财出去,根本下不来。"

怀澈澈有些失望地"哦"了一声。唐瑶无语地看着怀澈澈,说:"对了,你的手机是不是被你一不小心调成静音了?我刚看见有电话进来。"

"可能是萧经瑜打来的吧。"怀澈澈刚才给萧经瑜留言说让他赶紧回电,此时她一听见唐瑶的话,脸上立刻云开雾散,快乐地扑向了插着充电器的手机。

怀澈澈出去旅游的这段时间,萧经瑜也进了下一个剧组。两个月过去了,临近杀青,他天天赶夜戏,忙得像狗。这么想着,怀澈澈拿起手机给萧经瑜拨了回去。电话很快接通,萧经瑜的声音听起来有点儿疲惫,但依旧清澈、富有磁性:"喂,怎么了?"

"萧经瑜!我和你说,我爸这次真的太过分了……"

听怀澈澈真情实感地抱怨完,萧经瑜短暂地沉默了两秒,问道:"那你现在在哪儿?"

"我在唐瑶这儿啊。"怀澈澈说,"我要被气死了!我爸怎么可以这样?!"

"等会儿我先让胡成回去一趟,帮你重新找一套房子。"萧经瑜听怀澈澈说是在唐瑶那儿,悄悄地松了一口气,"在胡成找到房子之前,你先再麻烦唐瑶两天,等我回去时请她吃饭。"

"这不是房子的问题！而且为什么是我重新找房子啊？"怀澈澈愣了一下，开始怀疑萧经瑜有没有听清楚她要表达什么，"那个房子本来就应该是我的好不好？为什么我被别人抢了房子，还要我重新去找房子啊？"

"你冷静一点儿。"萧经瑜刚拍完夜戏，睡了两个小时又继续拍打戏，累了一天，听怀澈澈带着点儿哭腔的声音，连太阳穴都在突突地跳。他深吸了一口气，极为无奈地说："我只是觉得你没必要和你爸较劲儿。他再怎么样，也是你爸。"

又是这句话！怀澈澈感觉自己从小到大，只要和怀建中产生矛盾，所有人就都会对她说这句话——他再怎么样，也是你爸。

她没有觉得这句话不对，相反，这句话很对，对到没有反驳的余地，对到她不知道应该说什么，对到她好像不能再对此报以委屈的情绪，只能虚心地接受。

方才还汹涌澎湃的情绪好像挥出去的拳头打在了棉花上，怀澈澈只能哑着嗓子应了一声："好吧……"

唐瑶在旁边听得简直满头问号。虽然她知道怀澈澈的情绪起伏大，但没想到起伏这么大。怀澈澈在说前两句的时候，还在义愤填膺地告她爸的状，而最后一句就好像是起了火的锅被盖上了盖子，片刻之间，所有跳动的火舌就全部归于无声无形了。

唐瑶心道：这样就没事儿了？自己刚才可是哄怀澈澈哄了半个小时也没哄好，看来还是萧经瑜厉害啊。

怀澈澈是临近中午时分回到庆城的，从家里折腾到唐瑶家，现在已经华灯初上。唐瑶看怀澈澈好像没什么事儿了，挺平静的，便看了一眼时间，走到卧室开始描眉画眼。怀澈澈屁颠儿屁颠儿地跟过去问道："你要出去吗？"

"是啊，我已经迟到一小时了。"唐瑶手上的动作非常娴熟，

"好久没有去约会了,我今晚要玩得尽兴一些。"

怀澈澈感觉自己好像一条又累又饿的流浪狗:"那你能帮我点个外卖再走吗?"

唐瑶愣了一下,大概是完全没想过这句话会从怀澈澈的嘴里说出来:"呃,你是拿了什么落难公主的剧本吗?"

"我出来之前和我爸说,再花他一分钱,我就是狗……"怀澈澈想想又开始委屈,"但是我和蘅舟传媒签约用的那张工资卡,之前在我妈生日的时候,我为了哄她开心,就给她了……"

也就是说,怀澈澈现在身上一分钱也没有,如果不用她爸的钱的话。

"行行行!给你可怜死了,真是的。"唐瑶看怀澈澈那副可怜巴巴的样儿,忽然被戳到了笑点,"你想吃什么?"

"肯德基!"

唐瑶穿着一条特别性感的吊带连衣裙出门后,怀澈澈的肯德基外卖也被送到了。

怀澈澈是真饿了,狼吞虎咽,一个汉堡转眼就下了肚,蛋挞、鸡米花也照单全收,最后她听着可乐空杯发出的"咕噜"声,在空房子里好像都能传出点儿回音来,忽然感觉比没吃饱的时候更孤单了。

对于怀澈澈的委屈,怀建中制造,唐瑶倾听,但谁也没有办法真的解决,萧经瑜也不行。这不是萧经瑜的错,怀澈澈很清楚这一点,因为萧经瑜从小就是和爷爷两个人相依为命长大的。

怀澈澈还记得,自己一开始不知道这件事情的时候,向萧经瑜抱怨怀建中的那张嘴有多过分,本来以为萧经瑜肯定会站在自己这边,却意外地在他的脸上看到了有些羡慕的神情。

"其实,我觉得你爸还是很爱你的。"那天,萧经瑜听完了她所有的话之后，很认真地给出了自己的看法，"有的人，确实就是心里越在乎，嘴上越不善于表达。"

一个从来没有感受过来自父母的亲情的人，要怎么解决别人和父母的矛盾呢？怀澈澈偶尔也觉得自己挺自私的，明明知道萧经瑜曾羡慕过她有一个健全而完整的家庭，明明知道他很向往来自父母的亲情，却还是忍不住会与他提起自己家里的事情，只为了自己的情绪在那一瞬间能有一个宣泄的出口。可能怀建中说的也没错，她真的是只会护食的狗，只会管自己的情绪，从来都不管别人。

怀澈澈还是第一次来唐瑶这里住，好在唐瑶临走前把可能用到的东西的位置都简单向怀澈澈介绍过了。怀澈澈洗了个澡，换上行李箱里自己的睡衣，看到枕头放得有点儿歪，想拿起来摆正，却意外地看见枕头底下放着一条男人的领带。怀澈澈小心翼翼地把领带和枕头放回原处，心里五味杂陈。

从客厅的方向忽然传来手机振动的声音，怀澈澈以为是胡成到了庆城，来问她对房子的要求，也没仔细看来电人的名字就接通了。

"小怀，到了庆城一天了，也不知道给我打个电话。"

怀澈澈在唐瑶这儿哭了一下午，号干了嗓子，哭干了眼泪，本来以为早已干涸、再也湿润不起来的眼眶，在她听见电话那边男人的声音时，好像重新复苏的泉眼，眼前的世界一下子模糊了。

"霍修……"忽然大颗大颗的眼泪开始往外掉，怀澈澈一只手拿着电话，另一只手擦着怎么也擦不完的眼泪，一时间搞得手忙脚乱。

她不知道为什么，明明一切都已经过去了，萧经瑜给了她一个无懈可击的解决方案，她晚上有地方落脚，也填饱了肚子，吃了想吃的肯德基……是啊，明明一切都解决了的。但就在霍修的这通电话到来的一瞬间,她心里的那股说不清、道不明的委屈,一下达到了顶峰。

"你能不能……来接我?"

霍修来得很快,二十分钟不到,车已经到了楼下。怀澈澈带出来的行李箱还没怎么动,正好不用重新收拾,她拖着箱子给唐瑶发了一条微信消息,说自己去霍修那里住两天,让唐瑶不要担心,就下了楼。

这里是全封闭小区,外来车辆不让进,霍修只能在大门口等。等了一会儿,他看见怀澈澈拖着有她半个人高的那么大的箱子,从小区的大门里出来。

她还穿着睡衣,方形领,泡泡袖,底下是两圈大大的荷叶边,外面套了一个红色的线衫外套。这样的她,乖得就像是从童话故事里走出来的小红帽。

霍修下车把她的行李箱接过来,感受到箱子的重量后,侧过头朝她笑:"小朋友离家出走?"

"我是被扫地出门了。"小姑娘道。但她这一天里已经说了两遍怀建中的恶行,真的没力气再说第三遍了,便只是叹了一口气,没再说话。

她满脸倦态,垂眸的时候,连睫毛都像是蔫下去的叶子,眼睛又红又肿,像桃核似的,一看就知道她刚才大哭过一场。

"好了,没事儿了。"霍修将她的行李箱放进后备厢里后,一只手轻轻地搂过她的肩,嘴唇在她的眉心碰了碰。

"你回去好好睡一觉。"他的声音低沉,仿佛他这一刻正坐在床边,向她讲述一个引人入胜的睡前故事,"晚饭吃了吗?"

"吃了。"

"那你想想明天想吃什么?"

"嗯……番茄炒蛋。"

"是从店里买的还是我做的？"

"你做的。"

"好。"

怀澈澈已经在唐瑶家洗过澡，到了霍修家直接就倦极而眠。等她睡着后，霍修才轻轻地关上房门，走到阳台上拨通了电话。

"喂？爸，我已经接到她了。"

今天霍修下午要开庭。庭审刚结束，霍修把王瑞送回去，就接到了怀建中的电话，说是要霍修过去一趟。霍修以为怀建中让自己过去，是因为怀澈澈回老宅去了。下班交通高峰时段的路况，开过车的都知道，霍修好不容易到了怀家老宅，却连小姑娘的影子都没见到，只有怀建中不紧不慢地招待自己吃饭，李月茹陪在一旁，好像是霍修自己记错了怀澈澈回来的日子，抑或是她的航班推迟了但没有通知自己。直到吃得差不多了，李月茹心里着急，瞪了怀建中好几次，怀建中才说："刚才澈澈联系你了吗？"

"没有，怎么了？"夹菜的动作顿住，霍修立刻抬头问。

"我不是把她的那个房子给老家的亲戚住了吗？刚才她给我打了一个电话，发了一通火。然后我的那个亲戚的孩子说，她收拾完行李就跑出去了。"

"她真的太幼稚了，哪里有二十五岁的样子？"怀建中丝毫没觉得自己哪里做得不妥，只怒其不争地摇了摇头，"上次我打电话问过你，确认她搬到你那里去了，才让小钰住进去的。一个空房子而已，不知道这小孩儿怎么会养成这么小气的性格。"

仅从怀建中这三言两语中，霍修已经大概猜出发生了什么。来不及与怀建中讨论到底谁对谁错，霍修只说"我先去找找她，找到了再联络你们"，就直接出来了。

某人旅游回来，到家后却发现房子被父母安排给其他的人住了——说句不好听的，霍修更多的是在同事口中听到这样的民事诉讼案件。霍修可以想象得到小姑娘现在有多委屈，以至于车已经往市区开了十分钟，才想起自己还没有先给她打个电话问问她在哪里。

"辛苦你了，还好有你啊，霍修。"一听霍修说已经把怀澈澈接回去了，怀建中在电话那边也松了一口气。

而后怀建中与身旁的李月茹说："找到了。我就说她不可能走哪里去，估计就是在那些朋友的家里躲着吧。"

"这事儿本来就是你做得有问题，"李月茹埋怨道，"一开始我就和你说，最好给小钰租个房子，又不要她交房租。这还有什么好说的吗？"

"你这不是胡闹吗？这要是传回去，我成什么人了？家里有房子不拿出来，随便租一套糊弄人？"

"这怎么叫糊弄呢？……"

"爸、妈，现在我大概知道是怎么回事儿了。你们看这样行不行？"霍修站在阳台上，回头看了一眼卧室的方向，冷静地打断电话那边争执的两个人，"澈澈的那套房子，周围的商圈消费水平很高。那里不太适合工薪阶层生活，而且距离地铁站和公交站也都有点儿远。因为澈澈有车，所以这一点不算什么问题，但对需要乘坐公共交通工具出行的人来说，就不太适合了。"

霍修不但指出问题，还给出了解决的方案："正好我也有一套房子在那边，和澈澈的那套房子相比，层数、面积都很接近，但离地铁站和公交站都更近，旁边还有一个大型超市。让那个亲戚家的女孩子住到我的那套房子里，这样她上班、生活都能更方便一些。你们觉得怎么样？"

"当然不行了！"次日早餐时，怀澈澈捧着一碗番茄炒蛋盖浇饭，直接否决了霍修的提议，"从我的房子里搬到你的房子里，这算什么事儿？老霍同志，你别忘了，现在从法律层面上来说，你的也是我的！"

怀澈澈对那个叫陈钰的女生压根儿没什么印象，更谈不上好感与恶感，毕竟从理论上来说，这件事儿也不是那个女生的责任，都是怀建中在里面搅和的。但怀澈澈记得很清楚，昨天自己的床上被换上的新三件套，还有那个女生用来擦头发的浴巾，可全是怀澈澈的！

这人与别人也太没有边界感了吧？就算怀建中叫你住过来，那对房里别人的东西，你也默认可以随便用吗？你当这是宾馆房间呢？！

现在怀澈澈严重怀疑自己放在衣柜里的衣服也都被那个女生穿过了，恶心到浑身起鸡皮疙瘩："不行，我坚决不答应！"

"小怀同志，你别急。"和怀澈澈说这件事儿之前，霍修就知道怀澈澈肯定不乐意，于是耐心地解释道，"其实我在你家那边根本没有房子。我说的那套房子的信息，是我昨天在唐瑶家楼下等你的时候在租房软件上看到的。"

怀澈澈愣了一下："所以你是想自己租一套房给她住？那也不行！你的钱也是我的钱，我不允许你这样铺张浪费！"

这样的话从怀澈澈的嘴里说出来，霍修听着格外顺耳，此时心情不是一般的好："当时我看见那套房的价格略低于市价，却还没有被抢走，于是今天上午就让王瑞帮我跑了一趟……"他明明是在给她下套，语气却像和煦的三月暖阳一般，"王瑞刚才回来同我说，因为楼上住了一个小提琴老师，每到周末全天都在上课，所以那套房被退租了很多次。"

像陈钰那种朝九晚五上班的人，就指着周末休息一下。这楼上要是住了个教乐器的老师……这也太残忍了吧！怀潵潵眨巴眨巴眼："那她到时候不得又要闹着搬回我家啊？到时候我爸那个死要面子的，会不会又把我赶出来？"

"不会。"

"为什么？"

"到时候我们一起搬回你家住。我已经和你爸说了，我觉得你那套房子的地理位置更好，"霍修说，"而且还有车位。"

自己想到的、没想到的全被这个人想到了，怀潵潵一时之间不知道还能再问点儿什么。她端着饭碗，满脸呆滞地感叹道："你好厉害啊……"

"下次你遇到这种事儿，不要哭着收拾行李就走，直接打电话给我，我们一起把属于你的东西抢回来，"霍修抽出一张餐巾纸，把她嘴角的饭粒擦掉，"要不然不是白白便宜了别人？"

怀潵潵愣愣地点了点头，然后又想起了什么："陈钰答应了？"

"答应了。"

"你怎么做到的？"

霍修把纸团扔进垃圾桶，端起咖啡杯啜了一口："因为我说的那些，确实是站在她的立场上考虑的。"

"啊？"

"要让别人接受你的提议，"他毫不吝啬地给小姑娘上课，"就得让对方先感觉到，她能从中得到一些好处，小怀同志。"

霍修说得很对，在得知附近有一个在各方面都更好的选择时，陈钰几乎没有任何犹豫就搬离了怀潵潵的房子。

又过了一天，怀潵潵跟着霍修一起回到了自己的家。踏进玄关的时候，她才意识到霍修为什么让她又多等了一天才和她一起回来。

他找人来把房子打扫过了。玄关的脚垫、茶几上的衬布,还有沙发罩……之前所有让她抓狂的地方,都替换成了新的,没有被别人用过的,只属于她一个人的……不对!想到这里,怀澈澈忽然意识到另外一个很严重的问题——不是一个人,因为霍修好像也要住到这里来。因为当时能最快说服她爸同意陈钰搬走的理由,就是霍修说,虽然两套房离得很近,但他的那套房没有车位,所以同为市中心的怀澈澈这套房子才是最佳的居住选择。

怀澈澈回头,霍修正好也在看她。他的眼睛确实很好看,是属于对整张脸来说锦上添花,单拎出来也越看越有味道的类型。他的眼角微微上挑,双眼皮的皱褶不太明显,瞳孔颜色很深。平时不知是出于礼貌还是其他原因,他看人的时候要么带着笑,要么总有些其他表现友善的情绪,而像现在这样情绪很淡的时候,才能让人发现他的眼神深沉、坚定,眼里的光就像是被凸透镜聚焦到了一起,不消一会儿,就能燃烧起来。

她忽然心头一颤,赶紧看向别处,却又听身旁的男人温和地说:"我那边的拖鞋,我已穿了好几年,不想把它带过来用了,等一下我们一起去买新的好吗?"

霍修已经为她做了这么多,她怎么可能还开得了口,说你也和我来这边住,不是为了骗我爸的吗?

怀澈澈握着行李箱的拖杆,以细长的指甲有一下没一下地划着把手黏合处微微凸起的地方,最终还是没忍心对霍修说出那句话,只轻轻地应了一声:"好吧……"她说完,又小声地补了一句,"那你能再给我买几包薯片吗?谢谢。"

第十章
没　用

　　超市里，怀澈澈戴着口罩在和霍修选洗发水。她做梦也没想到自己出门居然会有需要遮遮掩掩的一天。

　　事情是这样的。刚才霍修从家里带着行李箱往怀澈澈那边去的时候，一下楼就被人认了出来。那人追问了一路，就想知道霍修到底有没有和怀澈澈在一起，俨然是看恋综看到上头的粉丝。

　　到了怀澈澈那里之后，霍修同她说了这件事儿。两个人一合计，觉得就这么大大方方地出门可能不太行，容易被围观，于是又在外卖平台上买了两包口罩。等口罩被外卖员送上门后，两个人才敢出门，开始在超市里扮起夏末流感人群。

　　"你带牙刷了吗？"

　　"带了，不过可以买两个刷头备用。"

　　"那边有巧克力促销。"

"那你去拿两罐，我在这儿等你。"

逛超市的过程还是快乐的。怀澈澈从小就喜欢买零食，每次怀建中给她结账的时候，都是父女关系融洽的高点。原本是来给霍修买拖鞋的，结果整个购物车里全是怀澈澈的零食，薯片、巧克力、牛肉干……堆得就像圣诞树下的礼物山。路过的小孩儿已经羡慕哭了，怀澈澈很大方地从购物车里拿出一盒巧克力饼干递给他："送你，多大点儿事儿啊！"

小孩儿哭得更伤心了："你还没付钱！"

怀澈澈毫无慈悲心地指了指身后无辜的某霍姓男士："没办法啊，姐姐现在也没钱，都得靠那个叔叔养。"

霍修被她说成是叔叔也不介意，在旁边笑着看。等小孩儿走了之后，霍修才把她的巧克力饼干重新放回购物车子里："下次能不能让人家叫我一声哥哥？叫叔叔，把我叫得太老了吧？"

"叫'哥哥'太肉麻了吧？我这辈子还没对谁喊过'哥哥'。"怀澈澈笑得厚颜无耻，"要不然叫你伯伯吧，反正你也是'老霍'了。"

"那我倒是无所谓，"霍修一本正经地顺着她的玩笑话继续往下说，"就怕爸不答应。"

这种正经八百的人忽然来点儿幽默感，简直效果超群。怀澈澈在原地笑了五分钟，差点儿整个人都被放进购物车里推走，才勉强站起来，接受"霍伯伯"的"夸奖"。

霍修道："小怀还挺警惕的，知道不能给父母不在身边的小孩儿零食吃。"

怀澈澈压根儿没想那么多，愣了一下才说："原来不能啊？"

"是啊。因为如果人家吃出问题来，很难界定责任。"霍修顺着她的话就聊起来，"之前我们律所接了一个案子……"

两个人聊着天儿，从零食区到了生鲜区。怀潋潋看霍修去拿袋子，跟过去问："要买菜吗？"

"要不咱们买一点儿？"霍修看她一脸懵懂的样子，又问，"你什么时候复工？"

"哦……我明天就得开工了……"怀潋潋一想到之后一直排到年尾的工作安排，连头都大了，"就这三天休息时间，还是我争取了二十分钟才争取来的。"

"好，那就少买点儿菜。"霍修点点头，"你要继续探店吗？"

"要，但我也还有别的事儿。"怀潋潋也觉得挺莫名其妙的。因为蘅舟传媒那边现在给她接的工作，除了原本的探店之外，还有一些平面广告、网络节目，她感觉这已经不是视频主播的工作了，更倾向于艺人的工作。本来她还想着能推就推掉，但眼看现在自己的经济来源被断，也不是挑活儿的时候，只能硬着头皮先攒钱再说了。

"哦，对了，红姐那天还向我要你的联系方式呢。"怀潋潋说，"说是毕竟我们是以恋综中'情侣'搭档的身份而有了热度的，如果能一起接商务活动的话……"

"我可以接和你一起的商务活动，但是不想把手机号给你的经纪人。"霍修挑了一些番茄，又选了几只生蚝，"如果有需要我配合的工作，你叫我就好了，可以吗？"

忽然被人信赖，把自己的事儿托付给她，她竟然紧张起来："不过你应该很忙吧？"

"还好，"霍修笑了笑，"时间总是能挤出来的。"

两个人买好东西回到家里，霍修在厨房处理食材，怀潋潋则是去书房，准备给霍修收拾出一个住的地方来。

因为在为这套房子做设计规划的时候，怀潋潋根本没考虑过还有另一个人入住的需求，所以好好的三室两厅大平层，只留了一个主卧，而剩下的那两室，其中一间做成了衣帽间，另一间做成了她压根儿没进去过几次的书房。

书房里的东西不多，书柜里都是她之前读建筑专业时用过的书，还有画过的图纸作业。

在国外读大学的时候，怀澈澈每个学期都会把自己用过的教材和画过的作业寄回国，在老宅里放着。后来她有了这套房子，就把这些东西都带到新家来了。

本来怀澈澈是想进书房看看这里的沙发能不能打开后当床用的，结果一推门进来就把正事儿忘了，拿起柜子里的图纸，一页一页地翻了起来。

怀澈澈从小就喜欢画画，但别人家的小孩儿喜欢画花鸟虫鱼，什么都画，她只喜欢画房子，各种各样的房子。她跟着怀建中去到哪里，就把素描本带到哪里，去北京就画故宫、颐和园，去西藏就画布达拉宫，去内蒙古就画蒙古包……只可惜那时她画得不怎么样，经常被怀建中拍着后脑勺儿嘲笑说："你这画的是什么啊？中国的顶子，外国的身子，乱七八糟的，四不像。"

后来李月茹问怀澈澈为什么没有完全照着建筑的样子画时，怀澈澈才说："我觉得这样好看。"再后来，怀澈澈真的读了建筑专业，才知道这就是最原始的"设计"。

怀澈澈翻了几张图纸，看见旁边老师的小字批注，忽然又想起大学时被一张张图纸作业支配的夜晚。当时怀澈澈虽然经常向唐瑶抱怨很累，但每一次都是在忘我的绘画中不知不觉地熬到天亮。

"小怀？"

直到霍修的声音传来打断她的回忆，怀澈澈才回头："啊？"

"我是想问你，生蚝是清蒸还是配蒜蓉？"霍修说着，握着书房的门把手将门打开，"我以为你在客厅，结果你跑到书房来了。"

"哦！对！"怀澈澈这才想起自己是来干什么的，随手把图纸往桌子上一放，扑到旁边的沙发上，"来来来，你帮一把手，帮我把它打开。"

书房里有一张沙发，怀澈澈记得把它打开是可以当床用的。其实现在她这样说有点儿马后炮的意思。她购入这张沙发的时候，完全没有想要给家里添一张床，满脑子想的都是有了它，自己在书房里躺着看书得有多舒服。

只是她说完这话，忽然意识到自己好像还没和霍修商量，就已经决定让他睡书房了，于是赶紧哄着他说："你先在沙发上睡一阵，等我赚到钱，给你换一张大床，怎么样？"

霍修对睡沙发看起来倒不是很介意，非常好说话地点了点头，然后就过来帮忙了。但沙发很显然有自己的想法，不知道是哪个关节卡住了，两个人费了半天劲儿也没能将它打开，到最后怀澈澈累得脸红脖子粗，一边大口喘气一边认输："算了，我们又不是没一起睡过，就这样吧，毁灭吧！"

夜幕降临，怀澈澈洗完澡站在洗手台前，刚把电动牙刷塞进嘴里，就见霍修拿着换洗衣物走进来。他问："我待会儿要开个视频会议，怕开完会就很晚了，洗澡会吵到你，所以能现在借浴室用一下吗？"

"哦，好。"人家有工作上的事情，怀澈澈当然愿意让步，但这一口牙膏沫子也把她给困在了浴室的洗手台前，只能看着镜子里男人动作利索地脱下身上的衣服，打开淋浴间的玻璃门。

这场面……是不是有点儿熟悉？怀澈澈面无表情地握着手里的电动牙刷，脑海中非常不合时宜地浮现出男人肩背部无比明晰的肌肉线条。但和在茶山上的那天不一样的是,这一刻,怀澈澈的面前是镜子,背后是淋浴间,她要想不看到霍修的身体,除非往左右看。可自己刷牙的时候往左右看那也显得太刻意了吧,简直就是做贼心虚啊!

而霍修看起来是真有事儿,脱衣服的动作相当快,不到一分钟,他就已经站到了花洒下。

怀澈澈赶紧垂下眼去,在心中默念三遍"非礼勿视",却不小心用余光瞄到了上次在茶山上的酒店里同住一房时她没看见的他的下半身。

与上半身的精壮相吻合,霍修的下半身也很富有力量感,比例极佳的腰臀、大腿,肌肉饱满,线条硬朗,没有一处是平直的。

来自淋浴间吊顶的灯光与花洒喷出的热水一并倾落,让他整个人立刻如同满身汗迹的战神披着太阳的金辉从天而降。怀澈澈盯着他洗澡时的背影,感觉他真的很适合去拍男士沐浴露的广告。

她的神经很放松,因为她知道自己看也看不了多久,很快就看不清楚了,但没过多久,她就发现不对劲儿——没有雾气。

因为现在是夏天,浴室里的水汽稀薄,只浅浅地在两面玻璃墙上蒙上一层似有若无的斑驳的水迹。

怀澈澈嘴里的电动牙刷早就不知何时停了下来。因为电动牙刷停留在一个位置的时间太长,她感觉自己的口腔内壁都被震得有点儿发麻,脸颊上更是一片滚烫。

花洒被关闭,水声戛然而止,对她如同当头一击。她如梦初醒,慌乱地把牙刷从口中拽了出去。明知淋浴间里的霍修背对着这边,她依旧因做贼心虚而在某一瞬间像被抽空了力气一样,手上没拿稳,电动牙刷掉在了地上。

怀澈澈感觉自己的耳朵"嗡嗡"作响,仿佛心跳过速产生的回声。她蹲下身,准备赶紧把牙刷捡起来,漱一下口,然后逃离现场,但牙刷被从旁边伸出来的另一只手捡起。随即,她整个人也被从地上拉了起来。

霍修只有下半身围着一条简单的浴巾,大概是随手一围,围得相当松垮,劲瘦的腰部,两道清晰的人鱼线在浴巾的边缘处隐没。

怀澈澈从他的手里接过牙刷,便急匆匆地转身漱口,镜子里男人的身影却忽然靠近。他搂上她的腰,将手握成拳,以小臂在她的腰上用力地往自己的方向带了一下,声音低沉、隐忍:"看个没完了是吧?"

他说完这句话,就松开了怀澈澈的腰,套上放在旁边的干净的衣服,离开了浴室,只留下怀澈澈一个人站在镜子前,看着镜子里那个目光呆滞、满脸潮红的人,回不过神来。

怀澈澈!原来变态的竟是你自己!她怀着对自己的审视与批判,迅速地钻进淋浴间。

空调的冷风吹过,怀澈澈躺在床上卷着被子,闭上眼睛试图入睡。她虽然平时喜欢出去玩,一玩起来可能就玩到凌晨一两点再回家,但不出去玩的时候差不多十一点之前就睡了。

虽然生物钟不太稳定,但她一向入睡很快,当年去留学的时候,倒时差也倒得非常顺利。而今晚她意外地失眠了。心里莫名其妙地躁动,大脑不知道在亢奋些什么,哪怕她已经将双眼紧闭,脑子里仍不断浮现出刚才浴室中的画面。连串的水珠顺着精壮的身体滚落,皮肤在自屋顶射下的灯光中散发着健康的小麦色光泽,男人偶尔侧身取东西的时候,胸肌和腹肌分明的胸腹……

小姑娘暴躁地将被子扯过头顶,把整个头都兜在里面,顿时整个世界都黑了下去。视觉受限的同时,听觉就会异常灵敏,此时她更加清楚地听见自己心虚的心跳声。

手机振动的声音传来时，怀澈澈被吓得一激灵。在看见蓝色鲸鱼小图标的时候，她忽然感觉就像是被海里的鲸鱼游过时带起的巨浪冲刷了一遍，猛然冷静了下来。

"喂？"怀澈澈从床上坐起来，按下接听键，"你忙完了？"

"快了，还有几天吧。"电话那边的萧经瑜因极度疲惫，声音格外轻柔，"你呢，怎么回事儿？胡成说你又搬回去了，所以不用找房子了。"

"嗯……"怀澈澈含糊地应了一声，"那个女的搬走了，所以我搬回来了。"

萧经瑜好像笑了一声："你怎么好像一夜之间长大了似的？要是以前，就算她搬走了，你也不会再搬回去吧。"

确实是这样，按照怀澈澈以前的性格，只要她意识到家里的东西已经被别人用过，就绝对不会再回来。说白了还是这次霍修的处理确实好到已经无可挑剔，把她心里的那根小刺也给拔了。但这件事儿就这么明晃晃地被萧经瑜说穿，还是让她感觉脸上有点儿挂不住："怎么了？我就不能成熟一点儿吗？"

"挺好的。"萧经瑜渐渐放松下来，"那剩下的事情，就等过阵子我回海城，我们见了面再说吧。"

怀澈澈："嗯？"海城？

"你还不知道吗？蘅舟传媒准备给你开一个新的网络节目，"萧经瑜说，"第一期的嘉宾邀请函发到我这儿来了。"

蘅舟传媒确实是在铆足了劲儿培养怀澈澈。一个小公司，能为了一个新网络节目，几乎给现在的一线艺人发遍了邀请函，就为了给节目弄个开门红，真不能说不感人。只是可惜哪怕钱给够，绝大多数的一线艺人也是不愿意自降地位去给一个"网红"作陪的,甚至不用艺人自己来做决定,这个邀约到艺人的经纪人那里就会直接被否掉。

得亏胡成对"蘅舟传媒"这个名字有印象,看了一下发过来的资料,发现这个节目的主角还真是怀澈澈,就将资料发给萧经瑜看了一眼。但胡成也把丑话说在了前面:如果萧经瑜去这个节目,那行程只能安排在萧经瑜准备休假的两天时间里。

萧经瑜干起活儿来很拼命,连轴转起来,三四个月没有一天休息都是很正常的情况。要是他进了剧组,可能要连轴转上半年,经常一天就睡四五个小时,就连春节时可能也要马不停蹄地参加各种晚会。因此,能帮萧经瑜挤出这两天的假期来,胡成也已经是拼了老命。

"我答应这个节目的邀请之后,蘅舟传媒那边联系我,说因为我要参与的是这个节目的第一期,因此拍摄地点在国内可以选择的面儿还很大,我可以去我想去的城市。"萧经瑜说,"我想了一下,就选了海城。我和你一起回母校逛逛,再去看看我以前打工过的酒吧,看看老板他们过得怎么样了?"

视频会议定在晚上十点开。霍修进入网络会议室时,其他人已经到齐了,大家的视频画面铺满屏幕。说是会议,其实也就是因为霍修今晚要回来做饭,早走了一会儿,没来得及听手底下的人汇报现在手头儿案子的进度,所以回到家补上这一环而已。

霍修的视频画面一出现在网络会议室中,王瑞就从霍修身后的新背景墙上看出端倪:"老大,你这是在哪儿呢?"

在王瑞旁边的那个视频画面里的人叫李懂,人如其名,对一些事儿真的很懂。李懂一眼就瞄到霍修身后的书柜里有些书的书脊上含有与建筑相关的字眼儿,立刻一拍大腿:"老大,你不会是在嫂子家吧?"

怀澈澈在节目里提过自己学的是建筑专业。自从观看《哈特庄园》的"潮流"在他们律所内蔓延开之后，这帮人都成了霍修和怀澈澈这一对的粉丝，每天追着霍修问东问西，想抠出一点儿这一对在节目外亲密互动的片段。

奈何怀澈澈录完节目就像失踪了一样，而霍修也确实给不出他们想要的东西，今晚可算是让他们逮着了。

霍修笑着说了一句："别废话，赶紧开会，快点儿结束。"但他这么说完，似乎没什么效果，甚至越描越黑。

李懂顿时懂了："哦——"

一帮人从他这长长的尾音中听出暧昧的意味来，也跟着笑了几声，这才开始进入工作状态。他们插科打诨归插科打诨，工作起来立刻收起了玩笑的态度，一场会议顺利地推进，结束的时间比霍修预计的还要早十分钟。

散会后，霍修扫了一眼又从工作状态中跳出，开始蠢蠢欲动，俨然想要开记者发布会的小律师们，直接退了软件，给王瑞和李懂他们留下一个突如其来的黑屏。一帮人哇哇大叫起来：

"他跑了！他慌了！他急了！"

"他绝对是在嫂子家啊啊啊……"

霍修关了视频会议软件，合上笔记本电脑，之后拿起怀澈澈随手放在书桌上的图纸，翻看了起来。

她的这些图纸不是用电脑画的，都是手绘的。这些图纸只是随便地被放在一起，顺序应该是被打乱了的。某一张图纸上画的是看起来构图比较简单的小独栋楼，画技还相当青涩；到了下一张，画的就是构图复杂的别墅了，画技也是成熟的。

但无论是简单的还是复杂的，每一张图纸上都有至少两个外观图，再分出三到四个剖面图。有一些特别复杂的建筑，例如中式园林，图纸上会将其分出更多的区域来绘制，每一个区域以不同的颜色做出区别，到处都标着数字与箭头，以标示尺寸、距离、方位等信息。

除此之外，这些图纸中还夹着不少建筑的插画，似乎是她在闲暇时对着某个建筑用彩色铅笔简单地勾勒、描绘出来的。这些插画，有的画得粗糙一些，只勾出轮廓就不画了；有的画得精致一些，甚至会把周围的天空和建筑物旁的植物也画一点儿进来。从时间上来看，这些插画有她在海城大学就读期间出去采风时画的，有她出国后画的。

霍修一张一张地翻着图纸，忽然在当中看到一张图纸上的建筑布局非常眼熟，好像就是他正身处的这套房子的内部剖面图，图的右下角处标着完成日期——2018年1月13日。今年1月，应该是她刚回国的时候。

他再往下翻，还有很多张图纸上画着类似布局的剖面图，整体框架类似，但细节各有不同，标示的完成日期一点儿一点儿地往前推，最早的一张是"2017年8月2日"。看来对于这套房子的内部装修，她纠结了小半年。

霍修把图纸按原样整理好，放回原处，然后去了卧室。他一进卧室，就见小姑娘已经睡着了。卧室内的温度很低，空调上显示的是十六摄氏度，她身上紧紧地卷着空调被，就像一个蚕蛹。他随手把空调调到二十五摄氏度，将遥控器放到床头柜上，走出卧室。

他简单地在房子里四处转了一圈，重新好好地欣赏了一下这个家各处的小细节，才又回到卧室，俯下身，在她的额角处轻轻地亲了一下，心里想着：还好，自己把这里帮她抢回来了。

怀澈澈直到出发去海城的路上，才从方红的口中得知蘅舟传媒给怀澈澈开的这个新节目的名字叫《今天吃点儿啥呢》，属于网络综艺节目。这个节目和它的名字一样，实质上就是一个游遍全国的探店节目。节目的每一期都会邀请一个嘉宾，与怀澈澈这个主播一起在全新的城市吃吃玩玩。简单地说，这个节目给人的感觉就是一个豪华版以vlog的形式呈现的"吃播"。

节目类型倒是怀澈澈喜欢的那种，但她总觉得，要和其他人一起吃饭，肯定没有自己一个人去吃饭来得自在。不过赚钱嘛，也不是挑挑拣拣的时候，她现在只想赶紧赚钱，先经济独立，然后再攒钱把这套房从她爸的手里买过来，断了他吵架时常用招数的后路。

方红的助理是一个名叫宋蕾的小姑娘。第一期节目录制前，怀澈澈和方红、宋蕾，以及负责摄影、灯光、妆造的一大批工作人员，在酒店里与萧经瑜和胡成碰了头。

萧经瑜这次来海城没带上孟小馨。见怀澈澈看到孟小馨没来有点儿失望，胡成主动解释说："小馨这两天放假。"

其实萧经瑜这边，除了他和胡成，其他人都放假了，任谁这样连轴转几个月也会受不了的。要不是怕萧经瑜冲动之下又做出什么傻事，胡成也好想回家。

虽然怀澈澈和萧经瑜熟得不能再熟，不过拍摄的过程中，其实更多的是公事公办。面对镜头，怀澈澈除了描述食物的味道之外，就是偶尔按照方红的指示，去问一问萧经瑜新戏的情况、口味偏好等。最难的地方，可能就是她明明早已知道这些事儿，还要在镜头前演出很意外的样子。

一天的拍摄终于结束，所有工作人员，包括方红和胡成，都回到了酒店。怀澈澈卸了妆，独自躺在酒店的房间里。这时萧经瑜发来了微信消息，说在停车场等她。

对于躲避专门追踪知名艺人的娱乐记者，萧经瑜早已驾轻就熟。备用车已提前准备好。他戴着黑色口罩，穿着兜帽卫衣和运动鞋，开车到海城大学附近，下车后就完全融入了课余时间在校周围活动的学生群体中。

怀澈澈和萧经瑜的工作就是吃饭。怀澈澈这一天就没断过吃，到现在还感觉很撑。萧经瑜的情况也差不多。正好两个人戴着口罩也不方便进入周边的饭店吃饭，就双双混进海城大学散散步，正好消消食。

九月中旬的海城，温度十分宜人，尤其入了夜，完全没有庆城的那股燥气。湿润的海风徐徐吹来，哪怕两个人戴着口罩，也不觉得闷热。

怀澈澈穿的也是大学生气息十足的T恤加运动裤。两个人都是大学时期的打扮，走进熟悉的校园，一时之间更是感慨万千。

"我们之前是从这条路走到教学楼的吧？然后那边是女寝。"

"对，男寝在另外一边。"

"那时候，我经常因为自己是女生而感到幸运，因为女寝离教学楼比较近，嘿嘿。"

"你那时候就说过这个，还问我嫉不嫉妒你。"

说实话，前几天听说要来海城的时候，怀澈澈还有一点儿迷惘，不知道为什么萧经瑜才二十几岁就开始怀旧了。她也确实没想到自己站到这里，居然就真的能想起那么多往事。毕竟她只在这里读过一年书，之后出国了，也没再回来过。要说她对这里的感情很深，那确实有点儿假。

"是吗？"怀澈澈完全不记得自己还说过那样的话，"那你是怎么回答的？"

"我说自己不嫉妒,早起五分钟就好了。"萧经瑜说。

"什么啊?真无聊。"她笑着往前赶了几步,然后转过身,一边倒退着往后走,一边朝萧经瑜弯起眼,"我当时不会也是这么说的吧?"

"没有。"萧经瑜回想起那个时候的怀澈澈,眼底亦流露出些许笑意,"你说,那就让我以后叫你起床,反正我会早起五分钟。"

这确实像是她能说出来的话。二十五岁的人重新去听十八岁时的自己说的话,纵使是在朋友圈里公认这么多年"零成长"的怀澈澈,也感觉有点儿不好意思。只是不好意思归不好意思,她挠了挠头,仍旧死鸭子嘴硬:"我说的没错啊,统筹计划嘛!"

在学校里逛了一圈,两个人从另外一个校门出来。这边很多餐馆早已经换了主人,但怀澈澈还是在熙熙攘攘的街道中认出其中的一家川菜馆——"小四川"。

大学城附近一般都是物美价廉的小店。哪怕做炒菜的店,从外观看也更像苍蝇馆子。而这"小四川"算是这边相对来说最有排面的,不仅仔细装潢了一番,还设了二楼雅间。所以当年同学里谁恋爱了、谁过生日了,但凡是正式一点儿的事情,大都在这里吃饭。

"我的天!'小四川'可以啊!我还以为我走后它肯定倒闭了。"

怀澈澈当年跟着同学来过"小四川"一次,毕竟吃过、见过,觉得无论是环境还是味道,都很不怎么样,因此断言这家店离倒闭不远了,结果没想到竟然是它把周围其他店都给熬死了。

她回头看向萧经瑜:"你之前是不是就在这里打工来着?后来我爸搞突然袭击,你还在这儿请他吃了饭。结果这老头儿一点儿也不领情,第二天酒醒了,第一句话就是——你们学校附近的菜馆真难吃。"

怀澈澈考上大学那年，是八月离家去的海城。当时怀建中被她气得说让她赶紧滚出去吃苦，但心里还是惦记女儿的。他一边惦记，一边又拉不下脸来和她说过来看看她，就趁那年的国庆假期，一声不吭地跑到海城。

当时怀澈澈刚往家里打了电话说自己国庆假期不回家，然后伙同一帮朋友满世界疯玩去了。怀建中到寝室找她却扑了个空，向她的室友询问她在哪儿。室友回答说："我也不知道澈澈在哪儿，不过没准儿萧经瑜知道。"

"萧经瑜"——怀建中乍一听这名字，都没听出这个人是男是女，又向怀澈澈的室友问了一番，才知道原来怀澈澈已经追人家追到满校风雨。

怀建中寻思自己这一趟可真没白来，然后直接就按照怀澈澈室友的"供词"，找到萧经瑜工作的地方——"小四川"。

"小四川"这家店，虽然菜品的味道不怎么样，但作为海城大学附近唯一一家上了点儿档次的小酒店，姿态倒端得挺高，所以哪怕只是雇服务员，宁可比旁边馆子给服务员开出的工资每小时多五元钱，也要找些长得好看的大学生。

那时候，萧经瑜周一到周五下课后在"小四川"端盘子，周末赶到市区给人家当家教。那一天，他架不住怀澈澈缠人的电话，答应她下班了就去KTV找她，没想到刚挂了电话就遇到了怀澈澈的爸爸。

怀建中那年才四十几岁，自以为正是意气风发的时候。他一看萧经瑜只是个"端盘仔"，便对怀澈澈找男人的眼光嗤之以鼻，心里燃起两分无名火。等怀建中表明身份，跟萧经瑜坐下，酒过三巡，了解到萧经瑜从小无父无母，只有一个卧病在床的爷爷时，那无名火已经蹿到了五分。

其实当时萧经瑜也看得出怀建中对自己是越来越不满意的。

从感性角度考虑的话，萧经瑜似乎应该隐瞒一部分自身的情况，但理智驱动萧经瑜走了与之相反的方向——正因为怀建中对自己不满意，所以自己更应该将自身的真实情况和盘托出。

这些话，萧经瑜之前就和怀澈澈说过，但怀澈澈太过天真，根本不懂这些事情意味着什么，还是一头扎了进来。他没有让她清醒，想着换一个人，换成她的至亲，也许能够把她叫醒，让她从这段感情中抽身而去。所以那天他借着酒劲儿，把自己向怀建中剖开了——每一刀，都是萧经瑜自己划的。

怀建中却好像真的醉得厉害，一直向萧经瑜抱怨怀澈澈生活上穷奢极侈，抱怨怀澈澈不懂事儿。

当那些萧经瑜在怀澈澈的身上见过却不认识的小配件，变成了一个一个确切的数字展现出来的时候，那种震撼无异于井底之蛙窥见满天星斗。

如果说上次那个酒店房间的价格还能让萧经瑜有拿它与自己的收入进行换算的想法，那么这一次，萧经瑜就连这一步都已经不敢再触碰。他不敢算以自己廉价的劳动力，自己要不吃、不喝、不睡多久，才能给她买得起一个配得上她的礼物。

饭后，萧经瑜把喝得烂醉的怀建中送到了附近的宾馆。萧经瑜刚把怀建中放平躺在床上，怀澈澈催促的电话就打了进来："萧经瑜，你半小时前就应该下班了，到底有没有在路上啊？！"

她的声音就在耳畔，萧经瑜却感觉两个人相隔无数光年。他在地球上，而怀澈澈在他肉眼无法企及的银河里的另一个星系之中，那不是可以通过努力弥补的差距。这一刻，萧经瑜感觉哪怕只是臆想一下两个人的未来，都有一种痴心妄想的滑稽感。

"抱歉。"他开口,感觉自己像是表演吞剑却失败了的小丑。剑刃划破了他的喉管,可他顾不上疼,只想赶紧把满嘴的血咽下去,让自己最后的表演看起来没有那么失败和狼狈。他努力地让自己的声音听上去是平静的:"我突然有点儿事儿,就不过去了,你们玩吧。"

数年后再次回到海城的怀澈澈和萧经瑜,望着这里熟悉的景物,不免回忆起大学时代发生的事情。在海城大学附近转了一圈后,他们没有停留,下一站就是那个距离海滩很近却只做熟人生意的酒吧。

当年怀澈澈第一次找到这家酒吧的时候,就是抱着那种"我倒要看看这七拐八弯的路的尽头是什么"的心态走到了最深处。她现在回过头来想想,那时自己真的是初生牛犊不怕虎。

时隔多年,这曲里拐弯的小路上也终于装上了路灯。即便如此,两个人各拿着一个手机,开着导航摸到目的地的时候,才终于知道为什么找这个地方费了这么半天的劲儿。

"老王啊,我的生蚝呢?!"

"来了来了。"

"我的呢?我已经等半小时了!"

"马上马上!"

怎么好好的一家酒吧,就这么被改成了烧烤摊儿呢?老板还是那个老板,只是跟在他身边的早就不是当年的那个酒保和那个服务员,而是变成了一个年轻女人。小小的店面,墙上嵌着几根颇有朋克风格的灯条,但主要的照明来源还是棚顶的黄灯泡。两个小孩儿一大一小,都还没有到上学的年纪,晚上十点多了还在满地乱跑,又叫又笑。

老板手里握着烤串儿,熟练地往上面撒了一把辣椒面,才得空儿回头吼了一句:"吵死了!再吵你们就给我回家去!"两个小孩儿完全没把这话当回事儿,跑到妈妈身边,各自抱着女人的一条腿,笑得肆无忌惮。

怀澈澈站在烧烤摊儿前,本来以为自己早已吃饱,但辣椒和孜然的香味轻而易举地穿过口罩。她本能地看了一眼旁边的萧经瑜,正想问问他想不想吃,就见萧经瑜已经走上前去点烤串儿了。

以怀澈澈和萧经瑜现在的身份,他们都已经不再有坐下撸串儿的自由。怀澈澈见萧经瑜走过去,刚说了一句"来十个生蚝",老板手上的动作就顿了一下。老板抬头看了看萧经瑜,又在另一边的角落里找到怀澈澈,笑得眼角的鱼尾纹都挤到了一起。

"我家还有橙汁呢,鲜榨的,你们要不要来一瓶?"

将烧烤打包好,怀澈澈和萧经瑜到海边找了一个僻静的角落,直接坐在沙滩上。怀澈澈掀开打包盒的盖子,端起生蚝先喝了一口汁儿,心满意足地"哇"了一声:"好甜!这生蚝可以。"

萧经瑜拧开鲜榨橙汁的塑料瓶盖,将瓶子递给她:"给,'小橙汁'。"

好久没有被人这么叫过了,怀澈澈感觉自己自从今晚同萧经瑜到学校,好像就一直在被以前的回忆攻击。她吸了吸鼻子:"这都过去多久了?还'小橙汁'呢,我现在已经能喝酒了。"

"能喝酒,不也还能喝橙汁吗?"萧经瑜见她接过瓶子喝了一口,才收回手,"你和霍先生相处得还好吗?"

这个问题,他问得好突然。橙汁里还有不少橙子果肉,怀澈澈咀嚼着那些小小的颗粒,不知道自己是应该说实话还是应该说谎话。她想了想,还是选了个折中的说法:"就那样吧。"

"怀澈澈,你心虚的时候声音也会特别虚。"但她的"对手"是已经相识七年的萧经瑜,"干吗,怕我吃醋,连实话都不敢说了?"

可不是吗?小姑娘用两只手捧着塑料瓶,将双腿蜷缩起来抵着瓶底,快速地瞟了一眼萧经瑜的脸色:"实话就是,我和他相处得挺好。这样你满意了?"

萧经瑜冷哼一声:"看得出来。"

《哈特庄园》第二季大火,直接导致了怀澈澈与霍修这对"荧屏情侣"爆火,加上官方时不时地拿相关话题冲一波话题榜,所以与两个人有关的剪辑、截图已经出圈,网络上随处可见。

哪怕是萧经瑜已经忙到根本没时间刷微博,但他周围的工作人员、演对手戏的演员以及他们的工作人员……萧经瑜可以接触到的所有人,好像都在讨论这一对年度"荧屏情侣"。

可能这个世界上真的有现世报,萧经瑜终于切身地体会到,看着喜欢的人与别人成了"荧幕情侣"是什么样的感觉——心里酸苦,又无可奈何。

"你不觉得你和霍修的热度高得很不正常吗?"萧经瑜背靠着礁石,被那凹凸不平的石面硌得生疼,只得重新把背挺直,"一般来说,一个恋综很难达到这样的热度。"

"嗯……是节目组找了一些营销号?"怀澈澈拿着橙汁瓶子,啜了一口,"不过我也没想到我和霍修会那么火,还以为最火的应该是闵佳美他们的'三角恋组合'。"

"第一季播出时,节目组找了营销号,但哪怕是最火的'绿植组合',也根本没有你们这么火爆。"萧经瑜看向怀澈澈的眼神越发深沉,"你说有没有可能是那位霍先生在背后推了一把?"

"啊?"怀澈澈愣了一下,立刻本能地摇头,"不可能!霍修又不是演艺圈里的人,他哪儿会有这种意识啊?"

"有的时候,律师才是最善于操控舆论的人……"萧经瑜说,

"还是你觉得他已经好到不会做这种事了？"

"他确实没必要这么做嘛。"怀澈澈撇了撇嘴，"他连商务活动都不想接，又不靠这个赚钱，要热度干吗呢？"

他这样来恶心我啊。——这句话已经到了嘴边，又被萧经瑜咽了下去。因为萧经瑜发现，上一次也好，这一次也好，怀澈澈好像每一次提到霍修，都有一种她自己都没察觉到的本能的信任感，相信霍修言出必行，相信霍修与此无关。她甚至不愿顺着萧经瑜所说的去思考一下再给出结论，而是直接就能笃定地选择相信霍修。

海风吹过，海面之上的天空聚起连片的云。

怀澈澈扎了一个高高的丸子头，鬓边的碎发被吹得仿佛海底无序漂动的藻。萧经瑜忽然想起小时候自己在村头的小河边跟着爷爷抓游刁子，也就是白条鱼。河水不深，只到萧经瑜的膝盖，里面的鱼很多，看着好像到处都是，距离水面很近，只要自己弯腰下去就能抓到。实际上，那不过是因水对阳光的折射，使鱼看起来好像离水面更近，所以自己每一次手伸进水里，都会发现自己和鱼之间永远都存在着某种不可测的距离，等自己的手接近时，鱼早就跑得没影了。

"好像起风了。"怀澈澈逐渐意识到来海边吃烧烤好像是个错误的决定，因为她在短短一分钟的时间里，已经重复把碎发别到耳后这个动作二十余次。

她刚喝完手里的橙汁，放在旁边的小包里的手机就响了起来。她不讲究地在裤子上擦了擦手，掏出手机，看见是霍修打来的电话，想着他应该是下班后吃完饭，洗完澡，打个电话问问她是否顺利到达海城吧。

在前阵子怀澈澈出去旅游的时候，霍修时不时就会打个电话给她,问她到哪儿了,玩得如何,所以她已经对霍修给自己打电话的习惯习以为常。她正准备接通电话,却忽然被旁边的人抓住了手腕。她抬眸,意外撞上萧经瑜眼中闪烁着的不安与动摇。

"你要接他的电话?现在是我的时间。"萧经瑜说。

"我的时间"……这话说出来的时候,萧经瑜就已经感觉到了其中的怪异。把怀澈澈的时间分成了你的、我的,好像他已经默许了自己和另外一个男人去分享她的时间,而那个男人偏偏还是她在法律层面上的丈夫。

思及此,萧经瑜又收回了手:"算了,你接吧。"

他的声音很轻,仿佛随时都能被海风席卷而去。怀澈澈察觉到他的情绪,更意识到他措辞的怪异,想了想,还是先挂断了电话,转而点开微信。

CHECHE:"怎么了?我现在不太方便接电话。"

霍修很快发来一张照片,看得出拍的是便利店的货架,货架上面整齐地排列着各种零食,其中就有怀澈澈前阵子在微博上看到别人的推荐而一直垂涎的蜂蜜黄油薯片和巧克力波浪薯片。

霍:"照片上的薯片是不是你想吃的那两种?要不要我买几包放到你的零食架上?"

怀澈澈的家里有一个零食架,就在客厅沙发的旁边,她坐在沙发上一伸手就能拿到架上的零食。薯片、饼干、小麻花,常年将零食架塞到爆。

小姑娘一看是零食,立刻眉开眼笑,连着回复了三个"好啊",而后还不忘嘱咐:"你多买几包,自己先尝尝,给我来点儿'吃后感',让我过过干瘾。"

她发完消息一抬眸,就看见萧经瑜已经侧过了头,看着在风中翻着浪花的海面,目光好像已经到了海平线的另一边。

萧经瑜在想，怀澈澈是回到海城大学时笑得更开心，还是刚才回复霍修的微信消息时笑得更开心。可是把这两件事儿放在一起对比也显得很可笑。

"回去吧。"萧经瑜忽然感觉有些失望，不是对怀澈澈的失望，是对自己的失望。

大一下学期的时候，两个人展开了有史以来最长的一次冷战。怀澈澈整整一个月没有和萧经瑜说一句话。到学期末的时候，她才终于再一次在教学楼的楼下堵上了他，说："萧经瑜，我再跟你最后一次告白。你如果这次还不答应，我再也不会来纠缠你了。"

听见这话，萧经瑜当下五味杂陈。他当然希望怀澈澈能够从自己这摊臭烂泥里抽身出去，但她说"最后一次"……虽然很多人说怀澈澈是块牛皮糖，但萧经瑜知道，其实她是一个说到做到的人。之前无数次告白，她其实都是半开玩笑地说的，最后还会加上一句"你要是不愿意，我就过几天再来问问"。只有这一次，她说了是"最后一次"。他能清楚地感觉到自己的动摇与畏惧。

当时正赶上下课，教学楼的楼下正是人流量顶峰期。他们两个人的事儿在校内早就闹得尽人皆知，一堆等着看怀澈澈热闹的人早就在不远处聚集起来了。萧经瑜最讨厌这些对着怀澈澈评头论足的人，特地把她拉到了人少的地方，借着走这一小段路的时间冷静了一下，才终于说出那声"抱歉"。但怀澈澈出国的消息已经在校园中传开，好像他把她拉走还是不把她拉走，都没有什么区别。

后来只要他们班上有同学恋爱，室友就会用很做作的故意恶心人的语气问萧经瑜有没有后悔。

萧经瑜后悔吗？当然后悔。每天晚上他都在后悔，都在想如果当时自己能自私地把她抓住，哄她等着他出人头地的那一天，是不是至少自己的心里会舒服一点儿？

但那是什么时候？那个年纪的他，说"一无所有"都算高抬他，他又怎么敢厚颜无耻地去向她许诺一个虚无缥缈的未来？

人生好像总是这样，当你踏上一条路的时候，就会渴望另一条路上的风景，后悔自己选错了路。

他的人生出现转机，是在他读大二的下学期。那时候他已经半年多没和怀澈澈有任何联系了，却因为同学拿手机拍了一段他自弹自唱的视频，在网络上传开，他忽然成了一个"网红"。

在意识到自己具备商业价值之后，萧经瑜很快与现在供职的千星娱乐公司签了约，并以歌手的身份出道。

生活发生翻天覆地的改变的同时，萧经瑜马上做了两件事儿，第一件事儿就是他给爷爷办理了转院，第二件事儿则是他重新鼓起勇气给怀澈澈发了一条微信消息："最近还好吗？"

萧经瑜打字的时候，其实已经做好看到表示自己的微信被对方删除的红色感叹号的准备，但万幸的是，红色感叹号没有出现，怀澈澈没有把他的微信从好友列表中删除，甚至过了半小时之后还回复了他的消息："你是哪位？"

明明他从买了手机，注册了微信开始，头像和昵称就一直没有换过，她不会认不出来，但他还是顺从地按照她的意思，重新进行了一次自我介绍，然后才开始介绍起自己的近况。

他们重新开始聊起来了。怀澈澈偶尔会在微信上发自己拍的照片给他，比如异国的天空、建筑、路过的流浪小狗、颜色特别好看或形状特别奇怪的叶子……当然，还有"这个和那个相比哪一个好"的挑选环节。

萧经瑜一边没日没夜地写新歌挣钱，一边恶补各种奢侈品的信息、阅读时尚杂志，终于偶尔也能接上她的话："我觉得还是这个牌子上一个季度发布的新品好看一点儿,选前者吧。"

第一次接上她抛来的相关话题的时候,他甚至有种近乎病态的自豪感,好像自己终于借着她的影子被路灯拉长的那一瞬间,碰到了点儿另一个世界的边界。那段时间,他每天都在祈祷,希望自己能够跑得快一点儿,再快一点儿,能够追上她的脚步,能够不让她等得太久。但是他还是太没用了,太没用了……

第十一章
她于他是山

出差在外，住宿环境的好坏直接决定了整个行程的质量。方红本来也想和怀澈澈一样住单人间，奈何这家酒店的单人间已经客满，因此方红只能和助理宋蕾挤在同一间。

宋蕾是喜欢萧经瑜多年的粉丝。之前她听说，这个新节目的第一期是和萧经瑜合作，激动得连续一周没有睡着觉。今天一见到萧经瑜，她就向他要了一份签名并和他拍了一张合照，现在正躺在床上打着滚儿回味呢。

"天啊！我真的感觉像做梦一样。他真的好帅，脸好小。近距离看他，感觉他比我之前在演唱会台下看到他时还好看。"他明年六月的演唱会的门票，我一定要买到！天啊！我真的感觉像做梦一样！"

方红正在旁边敷面膜，听见宋蕾的话，毫无感情地吐槽："最后这句，你已经说过一次了。"

"讨厌啦,方姐!"宋蕾笑得花枝乱颤,"虽然你入行比我入行久多了,不过我还是冒昧地问一下,需不需要我给你推荐一下我们'小鲸鱼'哥哥啊?他真的特别棒!"

"你们家哥哥是我亲自邀来的。"敷面膜的时候,说话最好不牵动面部肌肉,以防增加皱纹,所以此时方红的嘴不怎么能动,语速快,语气又平,"他出道五年,头一年就拿了金曲奖最佳新人奖,第二年上春晚,同年忽然转型开始参加综艺、出演电视剧……说起来,他转型的那一年,很多粉丝放弃追他,你怎么没有?"

"我怎么可能那样啊?我巴不得他多参加点儿综艺节目,多演点儿电视剧,多挣点儿钱呢!"宋蕾兴奋得在床上直扑腾,"当时他忽然想通了,什么活儿都接,我开心得要死好不好?他之前简直无欲无求,拿了金曲奖之后,就像停止一切活动了似的,歌也不写了,专辑也不出了。我还以为他要退出演艺圈了,天天怕得要死。"

"哦,你还不知道,因为那时候他爷爷去世了。"方红说着,瞥了一眼全身的动作猛然顿住的宋蕾,继续道,"萧经瑜没跟媒体披露过这件事儿,所以你们粉丝不知道。实际上他在拿金曲奖前夕,他爷爷就去世了。估计是感觉精神支柱倒塌了吧,我听他们公司的人说,萧经瑜至少消沉了大半年才缓过劲儿来。他的个人第四张专辑中的那首《没说完的话》,就是他写给他爷爷的。"

"我的天……"宋蕾一秒钟就代入偶像视角,脸上的笑容还没冷却呢,眼神中的欢快就已经先落了幕,"我听说他小时候家里特别穷,他是被爷爷抚养长大的。"

"嗯。"

"那他才刚开始挣钱,爷爷就去世了啊?"宋蕾越想越心酸,趴在床上噘起嘴看着萧经瑜的签名,"呜呜嘤嘤"地怪叫了半天,才从床上挣扎着坐起来,拿起手机,低着头,一边操作一边说,"不行,我太心疼了。我要再多买几张专辑支持一下哥哥!"

方红无语地起身卸面膜,刚洗好脸直起身,就听到脚步声渐近。宋蕾以讨好的语气说:"方姐,你还知不知道什么内幕啊?比如他在2015年的时候为什么突然好像定位有了变化?是不是也有原因啊?"

"我听经纪人胡成说,萧经瑜与公司签了一个为期五年的对赌协议。"这在业内也不算什么秘密,只是毕竟对赌结果还没出来,粉丝中极少有人知道,"好像是只要能达到公司想要的业绩,萧经瑜就能拿到公司的股份成为股东,晋升管理层吧。"

"啊……"方才听到对赌协议还很兴奋的宋蕾,一听说萧经瑜竟然想晋升管理层,情绪当即低沉下来,"那他要是对赌成功了,我岂不是就再也不能在荧屏上看到他了?"

"差不多是这样吧。"

"我也不能再听到他的新歌了?"

"大概率是这样。"方红毫不留情地说,"毕竟他签的可是千星娱乐。千星娱乐背靠徐氏集团。他要是拿到了千星娱乐的股份,可就一下从卖命的,摇身一变,成为让别人给他卖命的了。毕竟人的产出总是有极限的,他不可能卖一辈子艺吧?他肯定要为未来做打算啊。"

宋蕾听了方红的解释,依旧满脸失望之色,嘴里嘟囔着:"可是那样我就见不到他了啊……要么他的这几张专辑,我还是申请退款吧……有点儿不希望他赌赢……"

方红:"……"

在与萧经瑜往回走的一路上,怀澈澈感觉身边的气压明显很低。她当然看得出萧经瑜不开心,于是在网络地图上搜索了一下附近的便利店。

令她垂涎的薯片,庆城已经有了的话,没准儿海城也有了。这一猜测很快在附近的便利店得到验证。她兴高采烈地从货架上把两款薯片各拿了两包,出了便利店就跟萧经瑜五五分:"喏,我'觊觎'这个很久了,分你一半。"

两款薯片的包装都不大,小小的一包。再一听她说馋它们很久了,萧经瑜本能地就对它们没了想法。反正他也对这种东西没什么兴趣,不如全留给她。他抬手把口罩往上拉了拉,说:"因为下一部戏的要求,我要减肥。今天我已经摄入过量了,不能再吃了。"

"啊?"怀澈澈虽然有点儿失望,但还是收回手,上上下下地打量了萧经瑜一番,"你还减啊,再减就要成薯片了。"

"的确没有霍先生的身材好。"萧经瑜咳了一声,将目光移向旁边,"你就喜欢他那样的吧?"

这句话中揶揄的意思更重的,这就是个玩笑话。怀澈澈却本能地想起了那天在浴室里,在稀薄的水汽间,霍修那小麦色的精壮的胸腹与大腿。

她一心虚,把原本准备给萧经瑜的两包薯片往塑料袋里一塞,丢下一句:"你不吃就算了,我回去睡觉了!"然后她转身仓皇地往酒店跑去。

萧经瑜借着便利店的光,瞥见她的耳朵尖红起来了,好像被火点燃,烧得很旺。他只瞥了那么一眼,那火便烫得他心头一悸。

他站在原地,看着她的背影,不知道她是不是真的会回去就睡觉,还是又会继续熬夜刷微博和颤音。总之,他是睡不着了。

怀澈澈回到酒店房间,随手把薯片先丢到沙发上,冲进浴室洗了一把脸。

她一边揉自己的脸,一边在心里指责自己她好不容易冷静下来,结果刚一出浴室,就接到了正主儿的电话。

"你到酒店了吗?"男人富有磁性的声音无比清晰地传来。

"嗯,我刚到。"怀澈澈一听到霍修的声音,又开始了对自己新一轮的道德审判,声音也跟着发虚,"你也到家了?"

霍修一听她那发虚的声音,就忍不住笑:"我刚洗完澡出来。"

"哦……"怀澈澈现在对"洗澡"这个词有点儿过敏,一听,连脸颊都开始有点儿痒痒。她伸出手挠了两下脸,满脑子想的都是赶紧换个话题,余光正好瞥见刚才自己进门时随手扔在沙发上的薯片,"那个薯片你吃了吗?"

"还没有。"霍修感觉她忽然好像一个检查作业的老师,又笑着走回零食架旁边,"要么我现在开一包尝尝?"

"好啊,"怀澈澈估摸了一下现在自己的胃容量,大概只能吃一包,"你吃巧克力味的,我吃蜂蜜黄油味的。"

霍修拿出那包巧克力的,动作顿了一下:"我刚才差点儿忘了你去海城录节目了,还以为你马上到家。"

"哈哈哈!抱歉抱歉。"怀澈澈说完才意识到自己的这个提议说得没头没脑,"我刚才去附近的便利店也买到薯片了。怎么样,海上生明月,天涯共薯片?"

过了两分钟,霍修给出结论:"薯片一般,诗不错。"

"英雄所见略同。"刚说好自己只吃蜂蜜黄油味那包的怀澈澈,又不服输地把巧克力味那包也打开了,一边吃一边骂,"这巧克力味的薯片,我一吃就吃出来是代可可脂的,蜡质感也太强了吧。就这样还十元一包,巴掌大,简直是抢劫!"

霍修听了个"吃播"现场,心情不错,问她:"你这次录的这个节目什么时候播？"

"你要看？这让我觉得有点儿羞耻啊。"

"看看，"霍修把薯片用封口夹把袋口封上，随口道，"毕竟有我老婆。"

比起节目被他看到，连"老婆"这个词都无法给怀澈澈带来什么刺激了。

她支支吾吾地向霍修介绍了一下这个节目的类型，就被霍修很精准地抓住了重点："那现在和你一起录影的嘉宾是谁？"

怀澈澈的声音更虚了："萧经瑜……"

果然，薯片是她买来哄别人的。霍修没有了"天涯共薯片"的"雅兴"，把只尝了两口的薯片放回她的零食架上，问她："你刚才挂我电话，也是因为和他在一起？"

"我刚才挂电话，是因为海边风太大了，怕你听不清楚。"怀澈澈最怕霍修这种好像拿她无可奈何的温和的语气。他越温柔，越考验她的良心。

"嗯，你和他还去了海边。"

"……"怀澈澈觉得自己是真错了，怎么会傻到在一个律师面前找借口。

她抿了抿嘴，正准备认真地道歉，就听电话那边传来"叮"的一声，是微波炉的声音。

"你在热东西吗？"怀澈澈立刻迫不及待地顺杆爬，转移话题，"庆城最近挺冷的，用微波炉弄点儿热饮挺好的。"

"不是弄热饮，我刚才在便利店买了一份便当。"霍修以平静的声音陈述一个最普通不过的事实，"刚才给你打电话之前，我把它放进微波炉里，现在刚热好。"

怀澈澈："……"所以刚才她在和萧经瑜散步、吃烧烤、到海边吹风的时候,霍修连饭都还没有吃上。

怀澈澈捂住开始隐隐作痛的良心,脑袋一空,她又问出个问题:"你怎么不自己做一点儿,或者点个外卖?"

"你不在家,我想着就随便吃点儿。"

霍修把饭放到餐桌上。怀澈澈听到那边传来拉椅子的声音,好像也将她的负罪感扯开了一角。她继续道:"要不然你找个阿姨做饭?"

"你是嫌我做的饭不好吃?"霍修笑了笑,"我不喜欢家里有生人,挺不自在的。"

"呜呜……不是,你做的饭好吃……"

霍修就听着小姑娘哼哼唧唧半天,不知道说点儿什么,又一直不肯挂断电话,才终于把筷子放下,说:"你这两天拍摄完,有没有假期?"

"嗯……大后天有半天时间吧。主要是方姐没订到上午的机票,所以空出半天时间,要不然估计和下一个行程无缝连接。"怀澈澈原本想的是这半天时间在酒店躺过去,但现在忽然觉得回庆城一趟也没什么,"要不然我从海城带点儿什么回去?正好你妈妈不是很喜欢珍珠吗?"

"只有这几个小时,算了,你别来回跑,太累了。"霍修一边举着电话一边去电脑上查两天后的航班信息,之后又看了一眼自己目前手头儿的案子。还好,最近的一场庭审也在一周后,而且自己准备得已经很充分。

工作上没有什么需要安排的。霍修背靠着椅背,却不知道是不是因为一边盯着电脑屏幕一边打电话有点儿分神,语气显得有点儿淡:"你要是想买珍珠送给我妈,过两天我和你一起去挑?正好我们的婚戒还没买,可以趁这次机会挑挑款式,再决定是买成品还是定制。"

婚戒？因为打从一开始就没把这个婚姻当真，怀澈澈也完全忘了这一茬儿。听到霍修提起这件事儿，她本能地往自己左手无名指的位置上看了看。

小姑娘本来就觉得自己理亏，还等着霍修怪她两句，好歹能让她心里舒服一点儿。可霍修不光没怪她，反而把话题岔开，提出了一个无论她怎么想都觉得非常合理的诉求。

"那……那你要过来吗？"这让她怎么拒绝？根本不可能拒绝。

"嗯，我后天晚上到。然后第二天你走的时候，我和你一起去机场。"霍修说。

双方达成一致。挂断电话之后，怀澈澈去浴室洗澡，心里想着，等这次与霍修见完面，下次再见可能就真的要等到年底了。想到这里，她又拿手机搜了一下今年春节的阳历日期。

2019年2月5日——看着这个时间，怀澈澈意识到，过完年，好像就差不多到她和霍修领结婚证一周年的日子了。

好不可思议！她居然真的和一个人结婚了，而且就这么一路风平浪静地走过来了。结婚，好像也没有她想象中的那么不好，至少完全没有出现过她以前以为的婚姻中必然出现的争吵、矛盾和鸡飞狗跳。而她依然在做自己想做的事情，没有被束缚，也没有被打扰。

想到这里，怀澈澈忍不住又拿起手机，点开微信。

CHECHE："你有什么想要的东西吗？之前我做过的那几个推广，广告费已经结了。我现在可以稍微挥霍一下！"

霍修回复微信消息一向很快，怀澈澈便拿着手机等了一会儿。微信新消息通知迟迟没有出现，她想着他应该是去吃饭了。但她刚把手机放下，就莫名其妙地想起他说要过来选戒指时说的那两句话。

那两句话说得没什么不妥，是很典型的霍修的风格，妥帖而细致。但她仔细想一想，隐约地感觉到霍修当时的语气好像不如以往那样温和、松弛。他好像有点儿不高兴。

之后两天的拍摄很顺利，不过还是出现了一些小状况。一半的状况出在萧经瑜这里，他被他的粉丝追着要合照和签名。另一半的状况基本出在怀澈澈那里，她被"火车组合"的粉丝认出来，给她送好吃的，并且千叮咛、万嘱咐，叫她千万不要和霍修是Bad Ending（不好的结局）。

"呜呜呜！我第一次看恋综追'荧屏情侣'。如果你们俩最后是Bad Ending，我就再也不相信爱情了！"

"对！到时候我们要是谈不成恋爱了，都怪你。"

"哈哈哈！你们差不多得了，已经把'澈仔'吓蒙了。"

"'澈仔'回去会向霍修告状吗？"

怀澈澈无语地扶了扶额，在心里默念着：等我和霍修离婚的那天，希望你们已经忘了这档子事儿。

好不容易送走了粉丝，方红又抓着怀澈澈问："我上次向你要霍修的联系方式，怎么样了？要是现在不抓紧，你俩这热度等恋综全部播完就要开始走下坡路了！"

"他说，如果公司有合适的商业活动可以联系他，但就不把他的联系方式给公司了，需要的时候我联系他就行。"怀澈澈把上次霍修说的话完整地复述了一遍，"他好像不太想入行。不好意思啊，方姐。"

"那也行啊！"方红倒好像对霍修的这个态度不是很意外，"这样就挺好。那他最近有没有时间？如果没多少时间，他能和你在微博上互动一下也行啊,或者和你拍个合照什么的,主要是把你的热度巩固住了。"

简单地补了一下妆,工作还要继续,怀澈澈深吸一口气,坐回镜头前,然后又被方红摁住。方红急道:"你能不能打起一点儿精神来?一个做'吃播'的,看见吃的东西满脸颓丧,这像话吗?"

"方姐,我以前做的'吃播'可不是这样的。"怀澈澈自己还不爽呢,"那时候,我是想吃了再吃,而现在我已经连着三天每天吃五顿饭了。我第一天来海城吃的东西还没消化完呢。"

"那你也不看看我们找了谁来陪你吃!"方红凑到怀澈澈的耳边压低了声音,"萧经瑜还算可以,拍摄按天计费,要知道有些一线艺人参加节目是按小时计费的。每一分钟都在燃烧经费,哪有那么多时间等你产生食欲啊?回去我给你买两盒胃药,你赶紧打起精神来!"

怀澈澈揉着自己的胃,想到三天拍摄,才只能出一期节目,之后自己还要连续吃好多天,她真的连头都大了。

方红说话间,恰逢萧经瑜补妆回来。他看着怀澈澈趴在桌上不好受的样子,朝方红皱了皱眉:"实在不行,我们这边可以……"

"我们这边不可以延时。"萧经瑜的背后也有胡成在死死地把着时间,"'鲸鱼',今天晚上最晚六点半要到机场,九点必须到川城。"

两个可悲的"提线木偶"对视了一眼,萧经瑜的脸上写满了"无语",怀澈澈可以理解他的无奈。

又吃了一天,她感觉食物已经要满到嗓子眼儿了。在坐车回去的路上,她明明很疲惫,但胃胀得难受,哪怕她闭着眼睛也很难休息。

她只能别无选择地开始玩手机,转移一下注意力。刚刷了两分钟微博,她就看到屏幕上方接连闪出微信新消息通知。

霍:"我到海城机场了。你忙完给我打电话。"

怀澈澈没急着回复,先调出网络地图让大数据计算了一下自己这边离所住的酒店有多远。

CHECHE:"今天的拍摄刚结束,我估计还有半小时到酒店。"

霍:"好。"

"今晚你别闲着,去酒店的健身房稍微'补救'一下,可别'吃播'没拍两期,体重先上去了。然后明晚我们先飞渝城,去拍杂志封面……"方红叮嘱怀澈澈。

他们这边艺人加工作人员浩浩荡荡一堆人,怀澈澈和萧经瑜不同车。和怀澈澈一起上了车,方红还在为怀澈澈安排后续的工作:"拍封面,给你两小时应该够了,争取晚上十一点之前结束。然后后天早上你早一点儿起来,和宋蕾一起去拍一下后面的视频更新的素材,争取上午九点,最好八点半之前结束,十点还有一个平面拍摄任务。"

怀澈澈沉默了一会儿,说:"行程是不是太紧张了?"

"还不是因为你出去玩了两个月,现在的这些行程都被压到一起了?"方红手捧着平板电脑在那儿操作,侧头毫不留情地剜了怀澈澈一眼,"还有很多其他的合作方,我还没开始排时间呢。反正你先做好工作到除夕夜的准备吧。"

"……"

胃里翻江倒海,怀澈澈实在难受,也没力气与方红争论,默念着"钱难挣,屎难吃",把这口气咽了下去。

几辆车几乎同时到酒店楼下。怀澈澈刚下车,那边孟小馨就已经提前给萧经瑜和胡成收拾好东西，拖着两个人的行李箱走了出来。

胡成跟方红对了个眼神，说道："退房的事儿就麻烦你们了。这段时间合作很愉快，大家都辛苦了。"

方红忙笑着道："你们也是，辛苦了。谢谢'鲸鱼'来参加我们的节目！"

双方说了一通客套话。怀澈澈以余光看到不远处有一辆出租车开了过来，停在酒店的门口。

她看了天气预报，最近庆城那边经历了一次大降温，看得出此时的霍修完全被海城的温暖的气温给打了个措手不及。下车时，他还穿着针织线衫，小臂处挂着一件长风衣。他从司机的手里接过自己的行李箱，便往酒店那边走去。

霍修的个子很高，往人群中一站，便存在感十足。他脸上的温和一如既往，完全看不出任何心情不好的痕迹。怀澈澈觉得果然是自己想多了。就他这脾气，他怎么会和她一样，说生气就生气呢？

"我要走了。你的肚子……自己注意一点儿。"萧经瑜道。

他们的车为了不挡别人的路，停在了靠边的位置。怀澈澈看着霍修拖着行李箱准备进酒店，没往这边看，才回头看向走上前来与她小声说话的萧经瑜，回道："嗯……我目前还行，就是有点儿撑。"

她一边说话，一边悄悄地往另一侧走了两步，试图引着萧经瑜背对酒店大门的方向，又忽然意识到不对劲儿。

怀澈澈正感到不可思议，那边方红却是真没想到自己前脚刚跟怀澈澈提了要联系霍修，怀澈澈后脚就把这事儿办妥了。一时之间，方红又惊又喜，朝着酒店门口的方向大声招呼道："霍律师，好巧啊！没想到在这里遇到你啊！"

怀澈澈："……"

胡成一看霍修居然出现，心中顿时警铃大作，拽着萧经瑜就想赶紧走。

奈何萧经瑜从霍修出现的那一刻起，就如同嗅到了血腥味的鲨鱼，游走在失控的边缘。

"他怎么会来？"萧经瑜压低声音朝怀澈澈发问，"你叫他来的？"

怀澈澈偷偷地看了一眼已经走过来的霍修，含糊地"嗯"了一声："我们要一起买点儿东西，送给他妈妈当礼物。"

两个人要一起买东西，给长辈当作礼物。这画面实在是太有夫妻的感觉了，甚至比拥抱、接吻还要显得更亲密，令两个人更像夫妻。

萧经瑜根本没法儿控制自己不去想象他们手挽手一起走在商场里时有多亲昵、有多登对，就像自己曾经幻想着自己和怀澈澈逛街时那样。

方红开心地问："霍先生怎么会过来？"

"我来这边出差。"霍修当然不会把实话向方红和盘托出，寒暄间，他用余光往旁边看过去。

怀澈澈躲在萧经瑜的身后，两个人正在小声地交头接耳。看她的表情，她应该是在解释他过来的事情，在乎、亲密的感觉不言而喻。

"萧先生。"与方红客气了一番后，霍修转向萧经瑜，率先出声。

"霍先生，好巧啊。"

两个男人在空中对上眼神，礼貌地一笑间，眼神中都没带多少温度。怀澈澈感觉自己就像是一片被夹进三明治里的煎蛋，好像应该说点儿什么，但又实在想不出来要说点儿什么。就在这"生死关头"，她的胃不合时宜地搅腾起来。

剧痛袭来，突然且猛烈。怀澈澈皱起眉，感觉好像自己的肚子里忽然凭空生出一个旋涡，把她浑身上下的力气、精神全部吸了进去。几乎是在片刻之间，她感觉两条腿开始发软，整个脑袋一片空白，只剩下一句话：糟糕，我好像因为吃太多，快要死了。

"不舒服吗？"虽然霍修还未走近她，但她那迅速地拧在一起的五官就足以引起他的注意。他拨开旁人，走到她的面前："怎么了，哪里不舒服？"

萧经瑜也马上发现了怀澈澈的异样："肚子疼吗？"

她顾不上回答，先捂住嘴，掌心全是在短短几秒间渗出来的细汗："我……我好想吐……"从齿缝间艰难地挤出这句话后，她便再也等不下去，拨开旁人急不可待地往酒店里跑去。

"不好意思，我去看看。"霍修直接拎起行李箱追了上去。

萧经瑜本能地往前追了几步，却被胡成抓住："'鲸鱼'，我们得去机场了！"

"她现在这样，我怎么去机场？！"萧经瑜不过是回了个头，感觉自己好像只是停顿了短短一秒，那两个人的身影就已经相继消失在了酒店的电梯口。

怀澈澈冲回房间的第一件事儿，就是抱着马桶疯狂地吐了起来。她好久没这么吐过了。上一次好像还是她刚到国外，一边想家想得厉害，一边想萧经瑜想得要死，没办法发泄情绪，从而暴饮暴食，结果得了肠胃炎，吃什么吐什么。

后来唐瑶见怀澈澈再这样下去不行，就出了主意，让怀澈澈每天吃饭的时候与自己通视频，由自己监督怀澈澈控制饭量。

怀澈澈当时在荷兰，与中国有七个小时的时差。每天她吃晚饭的时间国内已经过零点了，更别提她吃早午饭的时候，经常撞上唐瑶上课的时间。

持续了几天，怀澈澈觉得这样不行，就说自己以后干脆将一日三餐录成视频发给唐瑶，就当是唐瑶每天检查自己的作业了。

一开始面对镜头的时候，怀澈澈感觉自己就像个木雕猴子，哪儿哪儿都僵硬，特别难看。后来她逐渐习惯，甚至还养成了对着镜头自说自话的毛病。

唐瑶建议道："干脆你把这些视频上传到视频平台吧，要不然我感觉你白说这么多话了。"

怀澈澈一想，这话有道理，就这么开始做起了探店"吃播"。

说起来怀澈澈确实是喜欢逛逛吃吃，做"吃播"也算是兴趣对口，但蓊舟传媒的这个节目算什么狗屁"吃播"啊？！一日三餐就不说了，中间还穿插各种小吃，她吃饱了还得再来一杯饮品。每次这样将食物硬塞进肚子里的时候，怀澈澈的脑海中都会浮现出一个画面——放满了石头的铁桶还有缝隙能藏沙子，用沙子灌满了缝隙后桶中还能再倒进去水。总之就是四个字——见缝插针。

她吃的时候也并不放松，对每一口都必须小心翼翼，避免拍废了再来一次，而且还要一边吃，一边思考如何评价所吃的食物，应该说点儿什么，所以根本谈不上享受，只觉得是折磨。

这样的日子不会要持续到自己彻底经济独立吧？怀澈澈在心里哀叹。她这回胃不舒服，纯属是因为吃得太多，因此一吐完，整个人就感觉轻快了，那种食物满到喉咙口的窒息感一下就消失了大半，只剩下喉管被胃酸灼后的刺痛。

怀澈澈盖上马桶盖，按下抽水键，感觉腿还软着，索性直接坐到了地上。

浴室的地板很凉，周围也没地方靠，怀澈澈就把马桶盖当成桌面趴在上面。她趴了一会儿，那股委屈感才后知后觉地涌上来。

霍修托酒店的管理人员帮着开了房间门。等霍修进来的时候，怀澈澈还维持着刚才的姿势，趴在马桶盖上。因为她吐得太用力，眼睛、鼻子、嘴巴周围都红得厉害，脸颊上也有点儿充血。除此之外，她的头发很乱，原本梳好的可以上镜的发型仿佛被拨乱的野草，后背的衣服也被汗水打湿，整个人就好像刚刚被人从垃圾堆里捡回来的洋娃娃，可怜又狼狈。

"谢谢，麻烦你们了。"

霍修礼貌地向酒店管理人员道了谢，把行李箱往墙根一放，就走进了浴室，先克制住情绪，把她从地上扶起来："还站得起来吗？"

其实刚下车的时候，霍修就注意到怀澈澈此时的脸色比离家时难看了不只一点儿。无论是蘅舟传媒的工作人员给她选择了安全不到位的食品，还是为了节目效果强迫她吃下太多食物，都很难让霍修没有情绪。

但面对怀澈澈，霍修还是先克制住对蘅舟传媒的不满，给她倒了一杯水，低声问她："你很想做这个节目吗？"

小姑娘脸上充血的状态很快缓解，眼中的薄泪和眼眶那一圈红却迟迟未消下去，透出一种无声的委屈感。

"还行吧，"怀澈澈接过水杯，垂下眼想了想，声音带有沙哑的颗粒感，"毕竟已经录完第一期了。"

确实，节目已经拍了第一期，萧经瑜也已经参演。如果她现在说不继续录了，那等于之前大家所有的付出都成了无用功。

在理性上，霍修当然知道继续录制才是最好的选择，但关键的问题在于，他现在好像不是那么理性了。

前天晚上挂断电话之后，霍修到她家的小阳台上抽了两根烟，才想起来自己还没吃晚饭。

而在抽烟的这段时间里,他干了什么呢?他什么也没做,只是看了一眼海城今天的天气——晴天,南风,二十四至二十九摄氏度。这种天气,确实适合散步。

她在别人面前的时候好像还挺会哄人,这边同自己在微信上聊了薯片,那边就给别人买了同款薯片。是她和萧经瑜手牵手散步的时候,被萧经瑜看见了自己和她的聊天儿记录?对她来说,与自己通微信消息,与萧经瑜在海边散步,到底哪边才是偷着的?

霍修一边想着,一边站在阳台上一口接一口地抽烟。他看着远处的万家灯火,忽然又想起那天在录制恋综的时候,她趁他睡着后偷偷出去和萧经瑜见面。

自己不嫉妒吗?怎么可能?!霍修只是知道自己还没资格像萧经瑜那样,怕她嫌弃自己,怕她讨厌自己,更怕正中她的下怀。毕竟自己没有能得到她的偏袒的从容,没有再来一次的机会。

霍修看着眼前显得有些虚弱的小姑娘,仿佛自语一般说了一句:"是因为萧经瑜吗?"

山不来就我,我便去就山。她于他,就像那座山。

"嗯?"怀澈澈好像没听清他说了什么,低头喝了一口水,有些意外地抬眸:"你在水里放了糖?"

"嗯,正好那边有配咖啡用的砂糖。"霍修说,"你现在很虚,喝点儿甜的,补充点儿糖分。"

"谢谢。"小姑娘连日来疲惫的舌尖确实因为这股甜味而得到了慰藉。温暖的糖水顺着食道下去流进胃,一路给予抚慰。她久违地产生一点儿舒适的感觉,将两条腿一起蜷上沙发,想了想,才想出刚才霍修的那个问题的答案:"我想继续录制这个节目,当然不是为了萧经瑜,而是为了自己。他已经那么红了,还需要我

234

在这儿替他当个操心的老妈子?"

其实怀澈澈从刚才就在想,这个网络综艺到底还要不要继续下去?蘅舟传媒的这群人其实是没有什么制作网络综艺的经验的。方红一开始也很老实地和怀澈澈说过,制作网络综艺,是为了怀澈澈的发展,也是公司往未知的领域踏出去的一步,所以一切都好商量。

现在这个节目的第一期已经拍完,萧经瑜这种一线艺人也请了,蘅舟传媒的经费已经烧出去不少,而怀澈澈自己也正好是缺钱的时候……

很奇怪,如果按照怀澈澈以前的行事方法,肯定会一边委屈地哭,一边同方红说再也不录了——甚至刚才自己在浴室里抱着马桶吐的时候,脑袋里都充斥着"老娘不干了"的想法。但就在刚才霍修走进浴室把自己扶起来的时候,怀澈澈的脑袋里忽然冒出一个她长这么大以来从没有过的念头:"我只是刚才看见你的时候,忽然在想,如果今天换作是你在这里吐,你会怎么做?"

可能人的本性总是慕强的。自从怀澈澈见过霍修那如春风化雨、润物无声一般将一切问题都化解于无形的手段后,虽然知道自己不可能做到,但还是忍不住会想,如果自己有一天也能变成像霍修一样的人该有多好。

她也不想总和怀建中吵架,也想能够在几句话之间,以四两拨千斤,把矛盾解决掉,而不是像个笨蛋一样只会自己生气,躲起来哭。

那么,如果霍修也遇到因为工作不得不吃到吐的情况,当然不会像她一样哭哭啼啼地说"不干了"。像他这样成熟又面面俱到的人,应该会寻找一个双赢的办法。

思及此,怀澈澈难得地在第一时间就冷静下来。她意识到自己应该和蘅舟传媒那边先协商,争取继续录制下去,哪怕到最后不能双赢,也至少不是两败俱伤。

怀澈澈说完,见霍修一直没说话,又有些不安地问:"我这样是不是很傻?你不许笑我啊,要不然以后我不和你说了!"

"没有,你一点儿也不傻。"听到意料之外的答案,霍修迟了几秒才回过神来,"我不笑。"

云开雾散,霍修在心里舒出一口气。他觉得自己是真给她制住了。只要碰到怀澈澈,他的情绪就简单得好像只剩下黑白两面。就像现在,他只是听她说了这么两句话,甚至没有一句是解释那天她和另一个男人在一起的情况的,自己就什么情绪也没有了。

"对了,霍修……"怀澈澈用两只手捧着杯子,刚想问他是不是前天因为她挂了他的电话的事情不高兴,然后自己好好地向他道个歉,再向他请教自己工作上的事情具体应该如何做,就一抬眸,正好对上了他的目光。

他没有笑,却让她清楚地感觉到他很高兴。因为他的目光温柔,如同月光般垂落,倾洒在她的身上,只照耀着她一个人。